BIBLIOTHÈQUE PORTUGAISE
Dirigée par Pierre Léglise-Costa

ESTUAIRE

DU MÊME AUTEUR

CHEZ LE MÊME ÉDITEUR

Le Rivage des murmures, 1989

La Journée des prodiges, 1991

La Dernière Femme, 1995

Le Jardin sans limites, 1998

La Couverture du soldat, 1999

La Forêt dans le fleuve, 2000

Le Vent qui siffle dans les grues, 2004

Nous combattrons l'ombre, 2008

La Nuit des femmes qui chantent, 2012

Les Mémorables, 2015

Lídia JORGE

ESTUAIRE

Traduit du portugais
par Marie-Hélène Piwnik

Éditions Métailié
20 rue des Grands Augustins, 75006 Paris
www.editions-metailie.com
2019

Retrouvez-nous sur les réseaux sociaux :

Couverture :
Design VPC
Illustration © Westend61/Getty Images

ISBN : 979-10-226-0889-3
ISSN : 0757-9276

Un chant se lève en nous qui n'a connu sa source
et qui n'aura d'estuaire dans la mort.

Saint-John Perse

ESTUAIRE

Edmundo Galeano écrivait sur du papier ordinaire, mais, si l'on ignorait qu'il avait perdu une partie de sa main droite, on pouvait penser qu'il se servait d'une plume pour dessiner des miniatures sur un papier de soie. Sa main, réduite à son index, à son pouce et à une partie de son métacarpe, avançait nonchalamment, répartissant les mots sur cette surface blanche selon une inhabituelle symétrie, et l'écriture de sa jeunesse, qui était alors pointue et irrégulière, était devenue harmonieuse comme si l'application de son auteur était celle d'un scribe. Et c'était bien. Edmundo était fils de l'armateur Manuel Galeano et il avait dit plusieurs fois à son père que la mortalité lui avait rendu visite dans les camps de Dadaab non sans retenue. Elle lui avait pris l'essentiel lui permettant de se savoir périssable, sans le voler au point que ce ne fût récupérable.

Il avait indiqué récupérable à son père, mais il aurait dû dire remplaçable. En effet, au cours des douze mois pendant lesquels il avait utilisé sa main partiellement, il s'était établi une sorte de compensation que lui-même avait remarquée avec surprise. À mesure qu'il réapprenait à manier son stylobille comme s'il était un enfant qui dessinait des lettres pour la première fois, la lenteur de ce rythme imprégnait tout son corps, le poussant à faire d'extraordinairement grandes enjambées, tandis que le champ de son regard augmentait. À présent, ce qu'il voyait n'était pas seulement ce qu'il voyait auparavant, c'était aussi ce que l'opacité dissimulait, et ce qui n'existait pas encore mais qu'il souhaitait voir. Comme si, à partir de la fracture qui était arrivée à sa main, s'étaient établis une politique d'ajustement entre le corps et la psyché, un transfert entre l'âme et l'organique, et que lui-même était à la fois le sujet de ce processus de récupération et son gardien. Et ce n'était pas à négliger. La perte de trois doigts et d'une partie de la paume de sa main droite l'avait propulsé au sein d'un univers jusque-là inconnu. Ce bouleversement en valait-il la peine ? Personne à part lui n'avait accès à ce dilemme, mais lui-même parfois, qui possédait maintenant quelque chose dont il ne disposait pas auparavant, trouvait que oui, que cela en valait la peine.

Cela en valait la peine.

Pensant à cette transformation, en cette matinée de juin, Edmundo Galeano avait déjà énormément marché le long du fleuve, à pas lents, rythmés, allant de-ci de-là, entre l'asphalte et l'écume, comme si le mécanisme d'une ancienne horloge hollandaise réglait désormais sa circulation sanguine et que lui-même était devenu un éloquent cadran qui, au lieu de chiffres, s'ornerait de mots. Les mots étaient les chiffres et les aiguilles de son mécanisme. Son pied droit avançait et son cadran, involontairement, marquait les heures : *Seul, sur le quai désert.* Son pied gauche avançait et le cadran disait tout haut : *en ce matin d'été.* Son pied droit avançait de nouveau, et avec lui le corps tout entier d'Edmundo Galeano déclamait, comme s'il était en même temps le récitant et la scène : *Je regarde du côté de la barre, je regarde vers l'Indéfini.* Il cheminait un peu plus vite et sa marche devenait l'écho d'autres paroles : *Je regarde et j'ai plaisir à voir, Petit, noir et clair, un bateau à vapeur qui entre...* Et c'est ainsi qu'il avait parcouru à plusieurs reprises, à grands pas, sac à dos à l'épaule et capuchon sur la tête, le même morceau de quai, dans le sens de l'embouchure ou dans la direction opposée, revenant au même endroit, après avoir passé deux heures à recopier des mots, les uns après les autres, sur les feuilles d'un simple cahier, avec la délicatesse de celui qui trace un message pour l'éternité sur un frêle papier de soie.

La blessure à sa main droite, encore mal cicatrisée, telle qu'il l'avait rapportée des camps de Dadaab, glissait sur le papier. Il était onze heures du matin en ce 20 juin. Edmundo se rassit à la terrasse de la Praça do Mar, une plate-forme insérée sur le bas-côté, une sorte de pont vers le quai, frivole et touristique, faussement moderne, conçu pour que les oisifs contemplent l'agitation des autres et en profitent comme si c'était la leur, voilà ce qu'il pensait en s'asseyant. Et tout son corps se mit à reproduire des mots qui, il y a bien longtemps de cela, quand il était encore au lycée, lui étaient apparus comme un blabla incohérent et inutile, fruit d'une sorte de folie douce, et qui aujourd'hui lui servaient de boussole, alors qu'il recopiait à nouveau dans son cahier des bouts de phrase comme ceux-ci : *Il apparaît au loin, net et classique à sa manière. Il laisse derrière lui dans l'air distant la lisière vaine de sa fumée. Il entre, et le matin entre avec lui, et sur le fleuve, Ici et là, s'éveille la vie maritime, Des voiles se tendent, des remorqueurs avancent.* Edmundo recopiait lentement, avec délicatesse, se laissant envahir par un mouvement amoureux, soumis à sa main qui griffonnait sur le papier, fluide, triomphante, lorsqu'il aperçut quelqu'un qui ne lui était pas inconnu assis à une table non loin de la sienne. Il rejeta sa capuche en arrière, fixa le profil de l'individu. C'était un homme adulte, mais pas n'importe quel homme adulte. C'était son frère aîné, Alexandre Galeano, qui l'attendait, assis, au milieu de la terrasse.

À moins qu'il ne l'attendît pas.

Il pouvait s'agir d'une coïncidence. Malgré la faible distance qui les séparait, Alexandre Galeano paraissait ne pas avoir remarqué l'arrivée de son frère cadet sur la terrasse. Ou il faisait semblant. Sur sa table il avait ouvert un journal qu'il feuilletait avec affectation, de temps en temps il en secouait les pages et les pliait avant de les parcourir rapidement. Quoi qu'il en fût, cette coïncidence n'était pas une hypothèse. Edmundo rejeta sa capuche et se dit à lui-même, comme s'il l'avait écrit sur un cahier : *Mais mon âme est avec ce que je vois le moins. Avec le paquebot qui entre.* Il s'arrêta là, retira ses affaires de son sac, les plaça sur la table et se mit à regarder du côté de son frère aîné sans parvenir à continuer de déclamer les mots qui en cette matinée concrétisaient sa musique. Il se contenta de promener son regard, sans écouter cette musique, indécis, ne comprenant pas ce que pouvait bien faire là Alexandre, dans un endroit aussi éloigné de son itinéraire habituel, loin de chez lui, loin de son *atelier** ; c'était un lieu dont il n'avait jamais remarqué que son aîné l'eût fréquenté auparavant. De ce fait, Edmundo attendit que la situation s'éclaircisse. Il ne ferait aucun geste en direction de son frère.

En effet lui-même, le plus jeune des frères Galeano, il se trouvait en ce lieu depuis l'aube, comme c'était le cas depuis trois mois, car il était rentré d'Afrique bien différent de celui qu'il était quand il était parti. Sa main mutilée l'avait introduit non seulement dans la lenteur, mais aussi dans la circularité, et non seulement dans la circularité, qui était rythmée par une chanson intérieure, mais surtout au cœur de l'intervalle, ce silence qui s'établissait au beau milieu de cette partition à présent inaugurée en lui comme s'il était quelqu'un d'autre. Le silence installait des pauses dans la circularité, et la circularité lui ouvrait l'espace environnant dans de multiples directions et dans tous les sens. Récemment, il regardait le fleuve et il ne voyait pas seulement le fleuve et sa surface lisse comme celle d'un lac, avec des cargos à l'ancre, rangés le long des quais, animaux en fibre et métal, soumis et domestiqués au ras de la pulsation des eaux. Il ne voyait pas seulement ça. Il ne voyait pas seulement les barques, les corvettes, les frégates,

---

* Les mots en italique suivis d'un astérisque sont en français dans le texte. (*Toutes les notes sont de la traductrice.*)

les navires de croisière blancs et bleus, les villes flottantes abordées, les départs et les arrivées, le fourmillant trafic matinal. À présent il descendait aussi au fond de l'eau et il voyait comment le courant invisible emportait avec lui épluchures, chapeaux, souris, excréments, pisse, morceaux de pneu, dents humaines, et lui-même n'aurait pas hésité à plonger dans la vase et à en ressortir couleur fumier et charbon, parce qu'il avait passé trois mois dans les camps de Dadaab et avait cessé d'établir des distinctions entre les divers produits de la création.

À présent, s'il regardait les eaux du fleuve, il se sentait lui-même eau, il se confondait avec les caniveaux, jaillissait au-dessus des pierres et allait se jeter dans la mer. Il avait acquis cette faculté, après être remonté au début du temps humain, et de là avoir vu non sa fin, dénouement toujours prévisible, mais son avenir, ce qui implique des conjectures beaucoup plus sophistiquées. Il était revenu des camps de Dadaab avec l'idée qu'il devrait accomplir quelque chose pour ce futur qu'il avait entrevu à partir de la ville de la poussière, là où les gens vivaient et naissaient entre la poussière et les ronces, et de cela seul s'alimentaient, continuant à vivre comme s'il n'y avait pas eu d'autre monde. Ou comme si le monde qui surgissait devant lui par le biais des écrans de télévision installés dans les tentes de soutien était fait d'ombres glissant sur les parois d'une caverne. De belles femmes qui souriaient, des hommes assis, discutant sans arrêt. Ombres d'ombres de mondes lumineux qui devaient se trouver quelque part dans l'espace sidéral et qui surgissaient là, sur ce petit *écran**, et qui parlaient anglais. Avoir séjourné huit jours à l'infirmerie de Dagahaley, non comme auxiliaire mais comme patient, la main bandée et avec trente-neuf degrés de fièvre, c'est ce qui lui avait permis de vivre cette expérience. À Dadaab, un monde irréel cohabitait pacifiquement avec le monde réel, de façon contrôlée, inoffensive, et tel serait l'avenir du monde. Toute la vie sur Terre n'était qu'un espace de transition vers ce monde futur. Edmundo avait songé qu'il faudrait graver cette transition, et il avait pensé à un livre dans lequel lui-même pourrait être appelé à témoigner. À Dagahaley, il avait passé des heures à discourir à voix haute, comme s'il anticipait sa déposition. Il était obligé qu'il en fût ainsi. Quelqu'un devrait clore le cycle inauguré par la fixation sur le papyrus d'histoires humaines et aussi par l'invocation aux animaux et aux esprits, le cycle qui permettait d'expliquer la vie jusqu'à nos jours mais n'en disait pas plus, tandis que lui, qui était jeune et avait l'avenir devant soi, était prêt à parler.

En ce moment même s'ouvrait un nouveau cycle, il sentait dans l'air cette atmosphère de changement, même s'il savait également que de toute éternité les êtres humains avaient pensé de façon semblable. Qu'ils vivaient dans un repli du temps. En voyant les images du monde extérieur, à partir de la tente de campagne de la CARE* à Dadaab, Edmundo avait eu la certitude que le passé était en train de s'anéantir et que le futur se présentait sous la forme déprimante d'une civilisation qui se nourrissait de poussière. Donc, quelqu'un devrait écrire ce livre, un livre qui soit à la fois le dernier d'une époque passée et le premier des temps futurs. Il en avait eu la certitude le jour où ce médecin finlandais, le Dr Häkkinen, un rigolo soudain pris d'un accès d'humeur, s'était assis à côté de lui sur le lit, se mettant à disserter sur la contradiction de l'univers humanitaire. Pourquoi tous ces sacrifices ? Pourquoi, puisque le schéma serait toujours le martyre de la vie des uns sur l'autel de la survie des autres ? Et pourquoi épargner les uns au nom des autres, puisque la catastrophe était certaine et finirait par nécessairement retomber sur quelqu'un ? Selon le type qui s'occupait de sa blessure, en ce matin de fournaise, dans le baraquement de Dagahaley, nous n'étions pas en tout cas préparés à la catastrophe, et nous nous ingéniions

---

* *Care International* est une association humanitaire fondée en 1945 aux États-Unis, à la fin de la Seconde Guerre mondiale, avant le Plan Marshall. Il s'agit aujourd'hui d'un réseau international.

à trouver des façons d'en ajourner l'échéance, en inventant des situations imaginaires, des lieux factices de résistance où ceux auxquels le sort avait prédit qu'ils seraient exterminés étaient entretenus comme s'ils allaient vivre. Voilà ce que disait, subitement d'une humeur de chien, le Dr Häkkinen. Et d'insister : Ceux qui sont là dehors ne sont déjà plus personne, ils ne sont que la preuve de notre inefficacité à vouloir repousser l'inévitable. Et c'est en raison de ce dévouement forcé que vous avez perdu votre main droite, que vous l'avez perdue sans remède, et c'est une chance que cela se soit arrêté là. Que cela vous fasse comprendre un peu la terrible erreur que nous avons eu la faiblesse de commettre. Pensez-y. Pensez-y. Nous sommes un Hamlet lymphatique, parlant aux ossements et à la Lune, et laissant le monde perplexe au sein d'une bataille indécise. Quelle idée vous a pris de vouloir rester ici ? De ne pas vouloir être évacué, comme si vous aviez contracté une dette à l'égard de ce sol non arable, qui ne vous fournira que des épines plantées dans votre propre chair ? Rentrez chez vous. Ainsi parla le Dr Häkkinen, le médecin de garde, dans un moment de défaite.

L'air conditionné ronronnait bruyamment mais, malgré cela, des gouttes de sueur perlaient au front du médecin, dessinaient une courbe au-dessus de ses maigres sourcils et glissaient le long de son cou. Pourquoi le Dr Häkkinen parlait-il ainsi ? Un livre, se dit Edmundo. Manquait un livre immense, qui évoquerait la transition du temps de la Terre au sein de l'Univers. Il se prit à méditer, se sentant un témoin privilégié de l'erreur, comme disait ce jour-là le médecin finlandais. Mais l'idée qu'il pût être lui-même l'auteur de ce livre s'était seulement manifestée lorsque, revenant chez lui, Largo do Corpo Santo, il avait retrouvé ses livres d'école et, dix ans après les avoir délaissés, s'était remis à les lire et à les comprendre. Non seulement il les comprenait mais, en les recopiant pour favoriser la récupération des mouvements de sa main droite, il se rendait compte qu'il était capable d'écrire lui-même, à partir de ces pages, une suite digne de ce nom. Une suite qui, en même temps, assurerait la similitude avec ce qui avait été et marquerait la différence par rapport à ce qui serait, car il avait séjourné dans la ville de la poussière et il pouvait imaginer comment serait la Terre réduite en poudre, les derniers hommes s'y mouvant lentement, à côté des derniers ânes et des derniers chameaux, des dernières automobiles et des dernières télévisions, sur un sol exsangue. C'est pour cette raison précisément, parce que cette tâche venait de lui être confiée, qu'il regardait du côté de son frère et pensait que cela ne valait sans doute pas la peine de perdre son temps avec Alexandre Galeano.

Qui était Alexandre Galeano, dans la galaxie du futur ?

D'autant qu'Edmundo savait pertinemment que si Alexandre était assis là, si près de lui, il ne l'avait sûrement pas fait par provocation, il ne s'agissait que d'une coïncidence. Il avait sans doute pris rendez-vous avec un collègue ou un client et n'attendait là, en milieu de matinée, que par hasard. Il imaginait les deux hommes en train d'échanger des points de vue sur un projet commun. Le commanditaire n'était pas encore là, tandis qu'Alexandre, l'exécutant, devait être arrivé en avance et attendait. Rien de plus naturel. Mais, tout à coup, son frère aîné replia son journal, se leva, prit ses affaires et vint s'asseoir sur la chaise en face de lui. Il fixa son cadet et se mit à lui poser des questions surprenantes. Pourquoi Edmundo était-il revenu à la maison du Largo do Corpo Santo ? Était-ce parce qu'il savait que sa sœur Charlote était revenue, elle aussi, deux mois auparavant, à la maison paternelle ? Qu'elle était revenue avec son petit David afin d'aider son père et de s'occuper de Titi ? Était-ce parce qu'il s'était rendu compte de l'état de Titi ? Alexandre, le premier-né, le lui demandait. Et, comme si ne coulait pas ici un fleuve qui devenait un lac, un lac prodigieux sur lequel plusieurs villes se penchaient, un ensemble pacifique qui encourageait des pensées élevées, comme si rien de toute cette grandeur ne le touchât, et qu'il n'eût jamais lu une ode, Alexandre Galeano, son frère de quinze ans plus âgé que lui, prit un deuxième café et commença à parler du confort de la maison du Largo de Corpo Santo. Au lieu de parler niveaux, cotes d'eau, terrain, épaisseur d'aquifères, couches de sol et de roche, processus de dessalement et transport d'eaux, son sujet de toujours, sa conversation de tout temps, comme l'ingénieur hydraulique qu'il était, il avala un troisième café jusqu'à la dernière goutte et se mit à parler de salons et de chambres. Puis il en vint à faire allusion à des sujets pénibles comme l'argent, les intérêts, les maisons confisquées, les fonctions ayant pris fin, les délais, les poursuites, les affronts, les dangers, Titi, la jambe de Titi, le mutisme de Titi, la fermeture de l'agence de voyages de Charlote, le renvoi forcé de Seleide, les lettres de l'avocat Pereira, les bateaux *Horizonte* et *Batalha*. Et finalement il demanda si son frère plus jeune, oui, lui, Edmundo Galeano, trouvait agréable de vivre dans un espace étroit et retiré, au cinquième étage, ou s'il n'aurait pas besoin de plus de place, c'est-à-dire s'il n'envisageait pas d'occuper une pièce de plus dans l'immeuble.

Lui, Alexandre Galeano, comprendrait que son frère plus jeune veuille occuper une plus grande place dans la maison du Largo do Corpo Santo. Edmundo avait été en Afrique, l'Afrique terrible des tourbillons de sable, des grandes batailles invisibles et passées sous silence, des effroyables religions primitives, sanguinaires, aux dieux faits d'un croisement entre crocodile et vautour, et il en avait été une victime, rentrant d'une mission de paix la main fracassée comme s'il avait fait la guerre. Il s'était montré bon, généreux, sublime, et il avait été puni. Il avait fait le bien et récolté le mal, comme dit le proverbe. Mais lui, Alexandre Galeano, expliquait qu'il était venu jusque-là, sur cette terrasse, seulement pour savoir si son frère se sentait bien dans cette partie de la maison, qui était plus une véranda qu'une maison. Cette grande maison où ils avaient tous été élevés par Titi, Tatiana. Et maintenant celle-ci, leur tante, était immobilisée, passant d'une chaise à un lit, et la maison où leur père avait toujours habité avait de nouveau recueilli les enfants qui revenaient, même inespérément, comme Sílvio. C'est tout ce qu'on sait pour l'instant. Ainsi parla Alexandre Galeano.

La lumière frappait le visage d'Alexandre, et si on le regardait dans l'espace autour depuis cet angle plat, crûment éclairé par midi le juste, on se rendait compte qu'il était bien maigre, si maigre que les poils de son visage paraissaient gris, hérissés. Il y avait quelque chose de famélique dans le corps d'Alexandre Galeano, et dans ses paroles on remarquait un désaccord entre son statut et les questions qu'il soulevait à propos de la maison du Largo do Corpo Santo. Qu'est-ce qu'il avait, son frère Alexandre ? À vrai dire, tout le discours qu'il avait tenu sur cette Praça do Mar, ce matin-là, ne dépassait pas l'insignifiant et devrait être oublié. Cette histoire de chambres, de titis et de frangines qui revenaient à la maison avec leurs bébés ne ferait pas partie du dernier livre de la fin de cycle, premier exemplaire du suivant. Purement et simplement, s'il l'écrivait, il n'en retiendrait rien. Ce qui ne signifiait pas, cependant, qu'il fût indifférent au sort de son frère Alexandre.

Non, il n'y était pas indifférent.

Mais Alexandre était Alexandre, un homme des ressources hydriques et des barrages, un comptable rigoureux, pragmatique, maintenant l'équilibre entre l'esprit et la nature, le projet possible et l'impossibilité, le souhait de l'efficacité et les limitations de la matière, il vivait de cette pondération rigide et ne parlait pas de lui ni de sa maigreur inusitée. Alexandre se plaignit, toutefois, qu'il fût difficile de trouver Edmundo chez lui. Ou il était enfermé dans sa tanière, ou il n'était pas là, et c'est pour cette raison que lui était venu jusqu'à cette terrasse, pour lui dire de ne pas oublier de venir dans deux jours, vers dix-huit heures, au premier étage du Largo do Campo Santo. C'était là qu'à présent ils habitaient tous à nouveau. Mais sauras-tu, Edmundo, où se trouve cette maison dans ta géographie ? Sais-tu, par hasard, où tu te trouves exactement ? Te rappelles-tu, par hasard, l'adresse de la maison de notre père ? Son ironie à l'égard d'Edmundo frôlait le sarcasme. Alexandre enchaîna aussitôt pour annoncer solennellement que lui serait là, avec cinq membres de sa famille. Outre lui-même, Rosário, sa femme, et ses enfants, Laura, Cássima et Lourenço. Leur frère Sílvio, ce vaurien invétéré, serait présent, parce que cela le regardait, le vaurien. Et João Vasco, seul ou accompagné, on ne savait pas encore, ainsi que Charlote et David, son fils. Si Titi parvenait à descendre l'escalier (ou qu'on le faisait pour elle), même sans prendre la parole, elle serait là aussi. Et, surtout, sera là celui qui nous convoque, notre père. Heureusement que père est un château sur un roc, rien ne l'abattra, il n'est pas comme nous, qui sommes fragiles en comparaison avec lui. Et toi, Edmundo, tu viendras ou pas ? Avant qu'Edmundo ait pu répondre, Alexandre le désigna du doigt en disant : "Tu viendras, ce n'est pas parce que tu as une main handicapée que tu peux t'en dispenser. C'est quoi, cette idée que tu as depuis peu, de te dispenser de tout ce qui nous concerne ?"

Edmundo fixa l'eau dont la surface bleue était frappée d'un soleil impitoyable, baissa les yeux et recommença tranquillement à copier, lentement, d'une écriture ronde, son corps tout entier penché sur le papier dans la perspective de la conception d'un livre. Un livre volumineux. Il lissa la feuille de papier et copia pour la dixième fois : *Je regarde de loin le paquebot avec une grande indépendance d'âme, Et au fond de moi un volant commence à tourner, lentement.* Très lentement. Il avait encore huit cent quatre-vingt-neuf vers à recopier, avec minutie, délicatesse, sur les pages d'un vulgaire cahier, comme s'il écrivait sur une feuille de papier de soie extrêmement fine. Bien qu'Alexandre se tînt toujours assis en face de lui, sans bouger, l'observant en train d'écrire, Edmundo, sans enlever sa capuche, tendit sa main gauche pour dire au revoir à son frère. Pour qu'il comprenne, de cette façon, que rien de ce à quoi il avait fait allusion ne le concernait. Et à présent il était parti, marchait le long du quai. Mais que lui arrivait-il, pourquoi laissait-il glisser le journal qu'il avait sous le bras, comme s'il ne remarquait pas qu'il était tombé sur l'asphalte ? En fait, Alexandre Galeano, qu'il avait toujours vu empêtré dans des rouleaux de papier, des dessins interminables et techniques, des calculs de distances, de volumes d'eau, des cotes, des reproductions des zones sèches de la Terre, non seulement avait considérablement maigri mais paraissait avoir perdu de l'assurance quand il marchait. Quelque chose dans sa silhouette avait changé, qui n'aurait su être décrit, le volume de ses cheveux avait diminué, une partie de son cou s'était recroquevillé, et lui était tout entier amaigri, squelettique. Et de la main qui prolongeait son bras le long du corps pendait un sac plastique verdâtre. Edmundo n'aurait jamais pu imaginer que son frère abandonnerait son journal sur l'asphalte, continuant sa route en zigzag, parce qu'il se dirigeait vers le parc des Oliveiras, transportant avec lui un étrange objet qu'il avait l'intention de jeter dans le fleuve.

Il aurait été impossible de le prévoir.

D'ailleurs, Edmundo Galeano ne devait cesser de penser à la maigreur de son frère que plus tard, dans l'après-midi, au moment où il copiait pour la dixième fois le passage où les pirates rugissaient et assassinaient au sein du poème "Ode maritime", et il sentait que quelque chose de cette fureur annonçait son propre livre. Non point son sujet précis, mais la fureur qui l'habitait. Alors, une fois dans sa tanière, et loin de l'image de son frère, il cala son stylo entre son pouce et son index et se mit à copier, lentement, en lettres rondes, tout en disant à voix haute : *Ah pirates, pirates, pirates ! Pirates, aimez-moi et détestez-moi ! Mêlez-moi à vous, pirates !* Il copia plusieurs fois tout ce passage, l'après-midi, installé dans son refuge du Largo do Corpo Santo, jusqu'à atteindre le point où cette brutalité se retournait totalement contre lui-même, sans pour autant qu'Edmundo renonçât à dessiner voluptueusement des mots qu'il récitait en même temps : *Piétinez sur le tillac des navires mes yeux arrachés ! Fracassez mes os contre les bastingages ! Fouettez-moi attaché aux mâts, fouettez-moi !*

Non pas que les mots aient eu pour lui une grande signification. Parfois, s'il prêtait attention au sens de chacun d'entre eux et de tous en même temps, il trouvait qu'ils étaient en fait capables de contredire ce qu'il voulait et pensait personnellement, mais qu'ils surgissaient tel un support permettant à ses lèvres de bouger et à une musique impérieuse de le pousser vers l'avant, vers la future rédaction de son propre livre. Il trouvait dommage que Titi se fût apparemment laissée aller à un léger sommeil, une torpeur immuable qui ne lui permettait pas de répondre aux questions qu'on lui posait. Il venait à l'instant de descendre à la bibliothèque, où naguère il voyait Titi perchée sur l'escabeau, ou assise sur le canapé en cuir, un châle en laine sur le dos, mais à présent elle n'était pas là. Elle lui manquait. Toutes ces années où Titi souhaitait parler de livres avec lui, qui n'en avait pas eu envie, et à présent, alors qu'il voulait écrire un gros volume et qu'il avait besoin de ses conseils, elle n'était plus là.

Si elle avait été là, il lui aurait posé les questions qui occupaient totalement sa pensée : Titi, devrais-je lire encore plus de livres, et aussi les copier, pour écrire mon propre livre ? Ou mon expérience dans le domaine de la misère et le fait d'avoir perdu trois doigts de la main droite me suffisent-ils ? La musique que l'ode, à laquelle je me consacre depuis déjà un mois, me suggère ne suffirait-elle pas à m'épauler et à me projeter vers l'avant ? Comment penses-tu, Titi, que je doive me comporter ? Mais Titi n'était pas là, et la bibliothèque, pleine de tant de livres, sans Titi semblait n'en proposer aucun. Compliqué. Il était face au dilemme qui précède la décision. Heureusement qu'Edmundo avait appris dans les camps de Dadaab que la solution ne se présente jamais d'un seul tenant et qu'il lui faudrait prendre son temps avant de décider, face aux diverses propositions, quelle serait, parmi les mensongères, celle qui dirait la vérité. Personne ne le pressait, les échéances n'étaient pas datées. En cette fin d'après-midi ou début de soirée, comme tout au long de la nuit qui s'annonçait, il aurait même pu rester là, dans l'attente de la solution juste émergeant au sein des propositions erronées, mais il préféra remettre le livre aux odes là où il était rangé et sortir se promener dans la rue, pénétrer dans le théâtre de la nuit, poussé par la musique des pirates, par la musique qui chante viol et trépas imaginaires, la musique qui se tenait en deçà de tout ce qui pouvait être nommé et avait pénétré en lui, exprès, pour qu'à la face de la Terre surgisse un nouveau livre. Emporté par ce son qui l'entraînait vers l'avant, une rafale qui naissait à l'intérieur de lui mais qui semblait venir des quatre points cardinaux pour souffler sur son corps, il poussa du pied la porte du Super Flumina, enfonça sa capuche sur sa tête et alla s'asseoir dans un coin.

Personne ne vint le déranger.

Au Super Flumina, certains avaient des lèvres noires et des paupières écarlates, et cela ne dérangeait personne, et ils n'étaient dérangés par personne. Certains avaient des anneaux dans les ailes du nez, d'autres dans les oreilles ou les lèvres, et cela ne dérangeait personne. Certains avaient des crêtes sur la tête pareilles à celle du coq castré, et d'autres avaient le crâne rasé, exhibant un melon grisâtre, pâteux, quelquefois ridé. Ceux-ci presque nus, ceux-là dans des robes longues et immaculées comme celles des dominicains. Ceux-ci montrant, sortis de vêtements noirs, des bras blancs, comme deux grandes larves, ceux-là les ayant complètement tatoués. Ceux-ci pieds nus, ceux-là chaussés de crampons permettant d'escalader des montagnes ou des cothurnes comme dans le théâtre antique. Et il y avait les normaux, comme partout. Une capuche sur la tête, comment pouvait-elle rivaliser avec une telle diversité ? Lui, il en avait besoin. Edmundo se servait de sa capuche pour dissimuler son regard observateur. Il s'était trouvé dans divers camps de réfugiés, mais avait surtout connu ceux de Dadaab, et cela faisait toute la différence. Sa poitrine était lourde d'un souvenir et d'une projection dans le futur qui englobait tout. De ce fait, il regardait tout autour de lui et un sentiment de peine l'animait.

De peine parce que aucun de ces jeunes, assis en grappes là, au Super Flumina, ne connaissait la réalité vraie, ce qui était si évident qu'on en avait même mal à l'âme. Personne capable de le comprendre. Pire encore, personne capable de lui être utile. Il le savait, ce n'était pas un soupçon, c'était une preuve étayée. De même qu'il savait que les hommes étaient différents des femmes, même si l'on n'avait de cesse de les rapprocher et de vouloir annuler cette distinction. Parfois, il s'asseyait à une table et tentait une expérience. Il sortait sa main droite de sa poche et la posait sur la table. Il attendait. Les hommes observaient de loin et tournaient la tête, sans dire un mot. Mais les filles réagissaient. Il y avait celles qui rougissaient et qui, comme si elles avaient vu un voleur faire main basse sur la tranquillité de leur existence, faisaient tout pour s'éloigner. Il y avait celles qui s'immobilisaient fascinées, hypnotisées par sa cicatrice encore fraîche, comme on le fait à la vue d'un signal de danger. Il y avait d'autres réactions, nettement plus éloquentes : "Mon Dieu, ta main est pleine de mort." Disaient-elles, en faisant un bond en arrière avant de disparaître par la porte des toilettes. Une des filles avait dit : "Mon Dieu, ta main est pleine de vie", et elle s'était mise à examiner la cicatrice comme s'il s'était agi d'une carte à explorer. Une autre avait commencé à pencher le visage en direction de sa main jusqu'à la toucher des lèvres. Comme il ne l'avait pas retirée, elle l'avait couverte de baisers. Et n'avait demandé qu'ensuite : "Comment cela est-il arrivé ? On te l'a fait, tu n'es pas né comme ça ?" Une autre encore avait eu un geste semblable à celui de celle qui lui avait embrassé la main, mais c'était pour la couvrir de larmes. Il sentait la brûlure des larmes salées réveiller sa blessure. Celle-là s'appelait Matilde. Matilde s'était mouchée en disant : "J'imagine comment ça s'est passé." Mais elle imaginait de travers. Edmundo était arrivé à d'importantes conclusions. Il estimait qu'il n'y avait pas de correspondance entre le visage des filles et leur réaction devant sa main mutilée. Celles qui avaient des visages doux pouvaient être hautaines et dures, celles qui avaient des visages durs pouvaient manifester de la sympathie et même de la compassion. Non, il n'y avait pas de relation directe au départ. Les physionomies étaient trompeuses. À une exception. Celle de la fiancée de son frère João Vasco, Nadja.

Edmundo avait perçu que Nadja avait dans le regard deux lumières froides, une sous chaque paupière, et il semblait bien qu'il ne s'était pas trompé. Lors d'une récente rencontre qui avait eu lieu entre les deux frères, à un moment donné, il avait posé sa main droite sur la table. C'était samedi. Elle avait regardé, tourné la tête, bien que son corps se maintînt immobile, très droit, et avait dit : "Pas la peine de me montrer, ton frère m'a déjà parlé de ce qui t'est arrivé." Comme il ne retirait pas sa main : "Mais je pensais que tu te servais d'un crochet." João Vasco avait dit : "C'est toi qui as pensé ça, Nadja, c'est toi qui l'as pensé, car moi je n'ai pas parlé de ça." Cet échange avec sa belle-sœur n'avait pas été vain. Edmundo eut l'impression qu'il avait trouvé, en la femme de son frère João Vasco, un des personnages qui lui seraient utiles pour son livre de transition. Ce qu'il ne tarderait pas à voir, quand il commencerait à écrire le livre. En attendant, cette nuit du 29 juin, il s'était rapproché de Matilde, la jeune fille qui, quelques jours auparavant, lui avait couvert la main de larmes.

Selon Matilde, Edmundo aurait perdu les doigts dans un accident de moto, ou de voiture, ou peut-être s'était-il blessé dans un ascenseur, peut-être dans un escalier roulant, dans une trancheuse à jambon, elle cherchait à deviner.

Mais le sujet avait été abordé la nuit où Matilde avait pleuré, et il ne lui avait même pas répondu. À présent il était disposé à lui raconter la vérité. Il l'invita à sa table. Ses larmes avaient disparu, mais lui n'oubliait pas comme elles avaient, quelques jours auparavant, brûlé sa cicatrice. Alors, il lui raconta qu'il s'était trouvé dans un lieu où il faisait aussi chaud en janvier qu'en août, toujours aussi chaud, et où il pouvait autant pleuvoir en juillet qu'en février, ou ne jamais pleuvoir. C'est-à-dire que pendant trois années de suite il pouvait ne pas tomber des nuages une seule goutte d'eau. Si on déambulait dans le coin, entre le ciel et la terre, il y avait pour mobilier un tronc d'arbre et comme toit un bout de plastique.

Des ordures, il n'y avait pas d'ordures.

On vivait d'un bien essentiel. Il n'y avait jamais trop de papiers, d'épluchures, d'emballages, d'excréments, tous ces biens de première nécessité étaient utilisables. Les poubelles, que l'UNHCR* installait dans certains lieux stratégiques des camps, étaient déplacées pour, un peu plus loin, abriter du vent ou procurer de l'ombre à qui n'allait pas tarder à mourir ou donnait le sein à un enfant. Elles étaient assez faciles à bouger, car elles avaient des roulettes et étaient toujours vides. Ça s'était passé au mois de décembre de l'année précédente, il se trouvait dans les locaux de la CARE quand deux journalistes dans une Land-Rover avaient surgi devant lui, un Portugais et un Irlandais, en tenue de rigueur. Tous deux voulaient circuler dans la campagne, pour entrer directement en contact avec le plus populeux des camps de réfugiés du monde, et pour y parvenir ils étaient prêts à courir des risques. Ils étaient accrédités et escortés, et demandaient qu'on leur serve de guide.

En fait c'était difficile pour un préposé à l'installation de ces personnes de quitter son poste, mais il avait fini par

* Haut-Commissariat des Nations Unies pour les réfugiés.

obtenir l'autorisation nécessaire, et ils partirent. Au milieu du deuxième camp, à côté des bennes, se trouvait un groupe d'enfants qui tentait d'en renverser une. Il était descendu de sa Land-Rover pour voir ce qui se passait et avait compris que les enfants voulaient retourner la poubelle parce qu'il y avait quelque chose de vivant à l'intérieur. Quand les criailleries des enfants diminuaient d'intensité, on entendait un miaulement, un glapissement étouffé, un vagissement. Il avait levé le couvercle et aperçu au fond de la benne un petit être ressemblant à une sauterelle, qui se contorsionnait. Il se pencha, l'attrapa, et le tira vers le haut. On aurait dit une sauterelle mais c'était un être humain. Un nouveau-né. De son bras droit il maintenait le couvercle, du gauche il soutenait le bébé encore couvert de sang et de sébum. Les enfants se perchèrent sur la poubelle et lui posa sa main sur le rebord. Le journaliste irlandais avait crié, caméra au poing : "*Show the baby ! Raise him up ! High up !*" À cet instant, le lourd couvercle était retombé là où il appuyait sa main droite. Il la lui avait tranchée. Tranchée de telle sorte qu'aucun des doigts sectionnés ne servait plus à rien. Le médecin finlandais, ce Dr Häkkinen porté sur la plaisanterie, n'en avait pas moins dit, quelques jours plus tard, dans un de ses subits accès d'humeur de chien : Pas la peine de faire semblant, il n'y a que deux attitudes pertinentes, ou on s'en va aussitôt, ou on se prépare à les voir pourrir. L'ONU payait bien généreusement ce refus du faire semblant. C'est à cette époque qu'Edmundo s'était dit qu'il faudrait écrire un nouveau livre. Mais sur pareil thème, il éviterait de parler de la jeune fille aux larmes.

D'ailleurs, il était tard, au Super Flumina. Edmundo prit congé. Il n'avait pas de temps à perdre avec une fille qui ne pourrait jamais entrer dans ce nouveau livre. L'aube s'annonçait dehors. La ville bruyante, active, ne tarderait pas à émerger de ce corps immobile, éteint, comme une toile de fond en devenir. Edmundo reprit ses grandes enjambées, paresseuses, les deux mains dans les poches et la capuche sur la tête. Il avait appris par cœur des passages de cette ode qu'il avait recopiée dix fois, et à présent il pouvait les répéter tandis qu'il marchait parallèlement aux bateaux à quai. *Qui suis-je pour pleurer et interroger ? Qui suis-je pour te parler et t'aimer ? Qui suis-je pour que te voir me trouble ?* disait-il, sachant très bien qu'il n'y avait pas là trois interrogations, qu'il n'y en avait qu'une, même si pour celle-ci, qu'il pressentait parce qu'elle le concernait aussi, il ne trouvait pas les mots pour la traduire. Et c'est pour cette raison qu'il les disait, emporté par le rythme des trois questions, bercé par le son de chacune des paroles, demandant qui suis-je pour vouloir te dire, qui suis-je pour vouloir t'écrire, non tel que tu es, mais tel que tu devrais être, ô monde. Et en disant cela, au rythme de ses enjambées, la musique surgissait de dessous ses pieds et se transformait en une sphère bleue, une sorte de langue de feu transparent, devenu une pelote, une sphère qui avançait devant lui, l'attirant et lui montrant le chemin. Et lui, qui ne pourrait pas appuyer sur des touches avant longtemps, s'imaginait en train d'écrire avec un stylobille sur un papier, lentement, soigneusement, comme s'il écrivait sur une feuille en papier de soie.

ENTRENT DANS CE LIVRE

Manuel Galeano et la poutre
Alexandre et une bouteille
Sílvio et son cheval Immortel
João Vasco et la jeune fille enceinte
Charlote et son fils David
David et la baleine chanteuse
Amadeu Lima et la Jaguar
Tatiana et les boucles d'oreilles en perle
La maison du Largo do Corpo Santo et la bibliothèque
Rafaelito et l'ombre
La ville et son estuaire
Edmundo et la troisième partie de son livre

1

Et pourtant Edmundo n'avait pas raconté tout l'épisode du bébé sauterelle à la jeune fille aux larmes. Non que Matilde ne le méritât, mais parce qu'il ne souhaitait pas qu'elle s'exprime à nouveau d'une façon aussi éloquente que lorsqu'elle l'avait fait devant sa main droite. Les larmes, c'était précisément l'une des substances qui ne pourraient pas contaminer son livre. Les larmes qui y couleraient devraient provenir de ceux qui l'habiteraient et non des sentiments qui le mettraient en valeur. C'est pour cette raison qu'il ne lui raconta pas qu'il avait fini par rencontrer la mère du nouveau-né qu'il avait récupéré dans la poubelle de l'UNHCR, ni les circonstances dans lesquelles cet épisode s'était produit.

Il ne lui raconta pas que le journaliste irlandais s'était entêté à réunir le bébé sauvé, sa mère et le sauveur dans un même tableau, et qu'il les avait photographiés avec dévotion. Ça s'était passé dans la tente de campagne à Dagahaley. La mère de l'enfant ressemblait à une gardeuse de troupeaux qui se promènerait dans les champs, et c'était en fait une jeune championne de course à pied somalienne, qui s'entraînait pour des objectifs de haute compétition lorsqu'elle s'était vue obligée à fuir sous les balles des milices du Mouvement des Jeunes Guerriers de son pays. Comme tout le groupe auquel elle appartenait, elle avait survécu en mangeant les racines et les feuilles qu'elle arrachait aux terrains arides par où elle passait. Des semences, des graines, le lait d'une chèvre. Et à présent elle était là, avec son bébé dans les bras. Elle était si petite que, debout, sa taille dépassait à peine la tête d'Edmundo assis sur une chaise, la main droite bandée posée sur sa poitrine. Le tissu couleur safran qui enveloppait la jeune fille couvrait ses jambes musclées, son bassin étroit, sa silhouette agile qui avait dû maîtriser au niveau des artères l'ardeur de sa vitesse et de sa course. Elle avait participé à des compétitions en Afrique du Sud, en Chine, à Rio de Janeiro et en d'autres lieux dont elle avait oublié le nom. C'était cela même que l'Irlandais voulait montrer au monde. L'Irlandais demanda : "*Smile, Abibi.*" Comme elle ne riait pas, il dit : "*Pleure, Abibi.*" Comme elle restait impassible, il prit des dizaines de photos d'une jeune fille courant son enfant dans les bras, au visage expressif à force d'inexpressivité.

Le monde connaîtrait ainsi l'histoire de la vie de cette jeune athlète qui avait mis au monde un enfant, par la suite jeté dans une poubelle et sauvé par quelqu'un qui avait perdu une partie de sa main droite pour le sauver. Un épisode hors du commun dans un monde où les choses hors du commun étaient devenues communes mais, pour ce qui était d'elle, prisonnière de ce terrible scénario, jamais plus elle ne courrait. *Beautiful baby*, avait dit l'Irlandais en photographiant les deux visages, celui de la coureuse somalienne et celui du minuscule petit bébé. Tout s'était passé aux abords du camp, là où s'entassaient ceux qui venaient d'arriver à Dadaab et n'étaient pas encore inscrits sur la liste de l'UNHCR. Là où la CARE vous donnait un kit de survie, et où la terre vous fournissait du bois hirsute et les excréments d'un âne affamé. C'est là que ça s'était passé. Dans la pièce, le journaliste irlandais avait pris soin d'omettre que c'était elle, cette même jeune fille somalienne, Abibi, qui était allée jeter aux ordures la semence du Mouvement des Jeunes Guerriers. À quoi cela aurait-il rimé ? Quand on trouve le remède, il est inutile d'évoquer l'irrémédiable, avait dit l'Irlandais. Mais ces détails-là, Edmundo ne les avait pas rapportés à Matilde, la jeune fille aux larmes. Il ne l'avait pas fait même s'il pensait avec insistance à l'épisode qui s'était produit à Dadaab, et dont l'expérience le conduisait maintenant à rentrer nonchalamment chez lui, rêvant de ces paroles silencieuses qui résonnaient dans ses oreilles, toutes en même temps, fortes et chuchotées, douces et âpres, irrésistibles comme on le dit du chant des sirènes. Edmundo rentrait chez lui, et là était le danger.

Un danger réel pour son livre.

Jusqu'à quel point, en effet, pourrait-il garder associés dans son existence le souvenir de la privation absolue qu'il comptait raconter et le bonheur que l'on vivait au sein de sa famille ? Il voulait écrire sur les tentes en plastique que le vent nocturne déchirait et il vivait sous le toit solide d'une maison ancienne, faite de poutres en bois et briques, résistant aux siècles, récemment réparée au mortier mélangé de ciment et de sable. Quand le vent du sud-ouest passait, même les blancs rideaux ne bougeaient pas. Il voulait écrire sur les affamés, s'alimentant de feuilles et de racines au cours de leur fuite éperdue, et chez lui on buvait du thé et du vin, on mangeait du poisson, de la viande, des fruits et de la confiture, et on prenait des médicaments ciblés, pour ceci ou cela. On parlait à voix basse, on se saluait avec amabilité, on vivait en paix, en harmonie. S'il n'y avait pas Titi, qui était tombée malade après s'être cassé la jambe, il n'y aurait chez eux aucun problème grave. Charlote avait dû fermer son agence, mais elle était revenue habiter dans la maison familiale avec son fils David, occupant une chambre du troisième étage et celle d'à côté. Personne n'était en danger, personne ne risquait sa vie, personne n'était fouetté par le vent, personne ne fuyait des milices de fanatiques de Dieu avides de sang frais. Sílvio, son frère qui jetait l'argent par les fenêtres, vivait sa vie tranquillement, l'héritage et diverses affaires le lui permettant. João Vasco gagnait de l'argent grâce aux clients d'une pension appelée Miosótis et à d'autres ressources du même genre. Alexandre était un ingénieur très apprécié pour ses compétences, avec sa femme, ses trois enfants, ils composaient une unité indestructible.

Et lui, Edmundo Galeano, auquel manquaient trois doigts de la main droite, était-il bien à la place qu'il fallait, au moment qu'il fallait, pour écrire son livre sur le monde, susceptible de se transformer en gigantesque Dadaab ? Dadaab comme prototype des futurs agglomérats humains à la surface du globe ? Il craignait fort de ne pas être à sa place, même si sur le plan temporel le moment était bien choisi. La sphère bleue qui tournait devant lui, alors qu'il rentrait à la maison, lui disait que oui, que c'était le bon moment, un maintenant ou jamais, Edmundo. Et Edmundo pensa de nouveau à son père. Soixante-quinze ans, vingt-sept de veuvage, et pourtant quelqu'un de serein, un individu robuste, un homme âgé essayant de maintenir en activité, avec une grande obstination, les deux derniers bateaux qui lui restaient d'une flotte de cinq. Il avait vécu d'autres temps, à une époque où il était possible à un citoyen d'être propriétaire de cinq bateaux et de vivre dans une relative tranquillité. Mais, comme toujours, et par rapport au reste, le monde des bateaux lui aussi avait changé. Trois d'entre eux avaient été démantelés en Espagne et les dernières photos les montraient défaits, grands cachalots désossés au fond des chantiers navals. De la flotte invincible, comme ses frères et sa sœur l'appelaient, restaient *Horizonte* et *Batalha*, que son père et Alexandre maintenaient en bon état, dans l'attente de nouveaux voyages et de nouvelles fonctions, parce que tout change, et tout passe, mais quelque chose de ce qui reste s'adapte, si nous sommes attentifs. Et ils l'étaient. Sur ces mêmes bateaux dans la cale desquels on chargeait du pétrole, on allait désormais transporter de l'eau pour ceux qui vendaient du pétrole. Et son père était là, à l'heure de ce bouleversement, dressé comme un mât, orgueilleux comme une bannière au vent. Vieux, bien sûr, avec son unique mèche sur le front, et pourtant tranquille, gérant son rêve en forme de négoce. Gérant ses deux jouets qui pouvaient faire le tour du monde, comme disaient ses frères et sa sœur. Oui, tranquille. Edmundo poussa la grille du pied, se retrouva nez à nez avec le porte-manteau où pendaient le chapeau de son père, la veste de lin de son père, et il éprouva une si forte sensation de paix dans la pénombre de l'entrée de la maison qu'il se demanda à nouveau si c'était là un lieu approprié pour écrire son livre. Quel dommage que notre corps ait ses limites. Quel dommage.

Si cela avait été possible, Edmundo ne serait même pas passé par la maison.

Il serait resté à se balader sur la Praça do Mar, aurait dormi sur les planches, et le matin il aurait fait sa marche en chantant sur la musique d'un passage de l'ode : *Les eaux m'appellent, Les mers m'appellent. Élevant une voix corporelle, les lointains m'appellent, Les époques maritimes, toutes ressenties dans le passé, appellent.* Disait-il, pour ensuite s'asseoir à une table, le regard perdu dans la distance de l'espace et du temps, sa main droite dessinant des lettres rondes sur les feuilles d'un cahier, sa main gauche lissant les pages comme s'il était un écolier. Rester loin des contingences de l'espace, c'est à cela qu'il aspirait, mais ce n'était pas possible. La réalité était autre, et cynique, si autre et si cynique que, la veille, il avait été assailli en pleine période de concentration par son frère Alexandre. Bizarrement tout maigre, défiguré. Il avait passé son après-midi à évoquer son frère, et il pensait encore à cette rencontre inattendue quand le soir il était entré au Super Flumina. Heureusement que la sphère avait surgi ensuite, bleue, lumineuse, phosphorescente, l'appelant, glissant sous ses pas comme un ballon de jeu. Heureusement. Quelque chose s'était produit.

2

Entre-temps, à l'intérieur de la chambre d'Alexandre Galeano, la nuit s'était assombrie. Vers trois heures du matin, c'était nuit noire. Alors que le jour se levait, dans le halo flamboyant de l'aube, Alexandre Galeano voyait se déplacer au-dessus de lui un œil attentif qui lui ôtait le sommeil et lui disait, sans relâche, que ses pas étaient traqués. De sorte que lui-même se dirigeait vers les zones de veille comme s'il tendait le cou à quelque élément inquisiteur. Cela s'était produit la veille. Pour quelle raison ses pas l'avaient-ils conduit sur la route de son frère Edmundo ? Le port était si vaste, les cafés au bord de l'eau si nombreux, et il avait fallu que d'emblée il se retrouve sur un trottoir en planches où, de son côté, son frère, occupant une chaise libre, était assis et le regardait comme s'il voulait lui faire reproche d'un acte illicite. Surpris de ce hasard, qui de toute évidence ne devait pas être un hasard, il avait produit une conversation improvisée avec Edmundo, passant ainsi de surveillé à surveillant. Mais cet artifice lui avait coûté. Il était absolument convaincu de ne s'être pas montré crédible auprès de son frère.

En fin de compte, pourquoi ne lui avait-il pas raconté la vérité ?

Pourquoi ne lui avait-il pas dit qu'il se trouvait là, à la terrasse de cet établissement, parce qu'il transportait dans un sac plastique un objet contenant un message qu'il s'apprêtait à jeter dans le fleuve ? Un récipient en verre, au goulot étroit, où il avait introduit deux feuilles de papier qui devraient rejoindre la mer ? C'était le petit matin, il était là à réfléchir. Alexandre était assis sur un carton où Rosário avait placé les vêtements d'hiver, le dernier d'une pile où elle avait rangé les draps de lit et de bain, des photos, des livres, des faïences, des bibelots, des ustensiles de cuisine et de table, des tableaux, le contenu d'une maison tout entière, dépôt accumulé au long de deux décennies et qui allait désormais être conservé dans un baraquement du côté de l'aéroport ; et il ne pouvait s'empêcher de penser qu'il aurait dû parler de sa vie personnelle à son plus jeune frère, au lieu d'invoquer la vie des autres. Au lieu de lui décrire le moment difficile qu'il traversait, il avait été cynique et arrogant, considérant Edmundo comme un irresponsable. Les paupières gonflées par l'insomnie, l'estomac anesthésié par la fatigue, Alexandre ne se le pardonnait que parce qu'il voyait Edmundo comme une pièce importante du système de surveillance qui le harcelait, à un moment où il attendait que le temps passe pour aller jeter l'objet dans le fleuve.

L'objet était une bouteille.

Une bouteille d'aspect normal, dont Rosário avait retiré l'étiquette pour que son contenu soit bien explicite au sein des eaux. Deux feuilles, la copie de l'en-tête d'un procès de quatre cent vingt pages, avec sa date d'entrée dans un ministère sept ans auparavant, et la copie de la dernière feuille de la communication la plus récente de l'avocat Pereira, déclarant le rejet imminent du recours. La veille au matin, comme il en avait été instruit par Rosário, avant le lever du soleil, Alexandre Galeano avait introduit par le goulot, de sa main précise d'ingénieur, les deux feuilles enroulées, qui s'étaient dépliées à l'intérieur, se présentant légèrement de biais, plutôt froissées, bien qu'Alexandre Galeano, à l'aide d'un stylet, se fût efforcé de les faire adhérer aux parois de verre. Mais il ne s'était résolu à considérer l'opération conforme à ses souhaits que lorsque, finalement, d'un côté on distinguait le nom du destinataire, au frontispice de l'un des documents, et la signature de l'émetteur, Manuel Galeano, à la fin de l'autre. Toute cette mise en scène était exposée circulairement, tout contre la surface convexe du verre, les mots essentiels brillant comme s'ils avaient été engloutis par l'œil d'un poisson dans un aquarium. Ensuite il avait repris sa promenade le long de la ville jusqu'à déboucher sur la Praça do Mar, surveillant l'objet de crainte que le message par quelque extravagante incidence ait pu disparaître.

Et c'est ainsi qu'Alexandre Galeano, après sa rencontre avec son frère, n'avait plus jamais sorti la bouteille. Bien au contraire, il l'avait serrée contre sa poitrine, écrasant le sac plastique contre lui sans l'ouvrir. Il avait fait sept kilomètres à pied depuis l'aube, de la porte de son immeuble à la rive du fleuve, pour aller jeter la bouteille dans le courant au pic du soleil et, ce faisant, ayant anticipé, il s'était trouvé nez à nez avec son frère. Comment aurait-il pu oublier cette rencontre ? Il se rappelait aussi qu'il avait dévalé le quai, dans l'attente de l'heure du zénith, cheminant entre le parc des Oliveiras et la digue du fleuve, attendant le moment propice. L'idée était que le message contenu dans la bouteille, une fois jeté dans l'eau et emporté vers l'embouchure, rapporterait une bonne nouvelle. Alexandre Galeano avait serré à nouveau la bouteille contre sa poitrine et murmuré les paroles que Rosário lui avait recommandées : *Résous le mystère, rapporte-nous la bonne nouvelle*. Il avait répété l'une, puis l'autre, plusieurs fois, à voix haute, assis sur un banc de pierre, puis il avait ouvert les yeux et, à ce moment-là, avait vu une femme jeune, montée sur une bicyclette, qui le regardait, plutôt amusée. La jeune femme avait appuyé ses pieds sur les pédales et disparu entre les arbres en souriant. Le frère le plus âgé d'Edmundo s'était considéré comme un misérable.

Il ne s'était pas considéré comme, il était un misérable.

Il dirigeait une équipe de six ingénieurs, il tenait dans sa main le destin de plusieurs familles, il avait des projets signés en Zambie, au Japon, en Égypte, son nom était reconnu et respecté, et pourtant il parlait tout seul dans le parc des Oliveiras et les filles se moquaient de lui. Misérable. Sans force, il prononçait à voix haute les mots que Rosário lui avait recommandés, des mots émis par une femme qui avait son bureau dans le quartier de l'Intendente, une magicienne avec une coiffe de velours sur la tête retenant des cheveux qu'elle n'avait pas, selon ses dires, coupés depuis qu'elle était devenue femme et s'était sue voyante. Cette dame avait un fer à cheval et un croissant couleur or au-dessus de la porte de son bureau, et sur le mur une constellation d'étoiles de diverses couleurs. Un pot contenant les cendres d'un chat noir. Et c'était les paroles décrétées par cette personne qu'il prononçait, c'était ses ordres qu'il exécutait. La jeune fille à bicyclette passait de nouveau, à toute vitesse, pédalant sans regarder, mais il se sentait surveillé par elle, par les oliviers, par le jet d'eau, par les voitures qui circulaient, et il s'éloigna de là où il était aussi vite que ses pieds le lui permettaient.

Oui, il se sentait réduit à l'état de misérable. Ce qu'il aurait dû faire, c'est marcher jusqu'à un endroit quelconque, peut-être un édifice public, et quand personne ne se serait trouvé près de lui, attraper la bouteille par le goulot et la briser contre un mur. Là, contre le musée de l'Électricité, ou contre n'importe quel autre édifice, la casser en mille morceaux, attraper les papiers qu'il y avait introduits et les déchiqueter eux aussi. Il y avait pensé, alors qu'il cheminait sous le soleil au zénith, et pourtant il n'allait pas en être capable. Son œuvre n'était pas imaginaire, elle était gravée dans la terre, elle était faite de constructions concrètes qui retenaient le cours des eaux, il faisait des conférences là-dessus, des expositions complexes, il affrontait des salles de deux cents à trois cents personnes, il se montrait objectif, rationnel, démonstratif, et là il allait, obéissant comme un petit chien timide menacé de mort, jeter la bouteille magique dans le fleuve. *Bouteille, bouteille, résous le mystère, rapporte-nous la bonne nouvelle, rapporte-nous la bonne nouvelle*. Alexandre Galeano s'approcha de la digue, regarda autour de lui. Personne. Deux heures de l'après-midi, le zénith. Personne. Il retira la bouteille du plastique, froissa le plastique, attrapa la bouteille, la suspendit dans les airs et, de toute la force des muscles de son bras droit, il la jeta le plus loin possible de la rive. Quand il se retourna dos au soleil, il sentit que sa chemise était trempée de sueur.

La magicienne de l'Intendente avait dit à Rosário qu'il rentrerait sûrement à pied, en faisant le parcours inverse, mêmes rues, mêmes avenues, sans regarder en arrière. Et ça, considérait-il, parce que, derrière lui, les regards se multipliaient tout au long de son trajet, l'épiant, l'agressant, se moquant de lui. Alexandre était si fatigué qu'il avait pensé qu'en arrivant chez lui, il ouvrirait la porte, enjamberait la barrière des cartons empilés et tomberait raide sur son matelas les yeux fermés pour un interminable sommeil. Mais, en fait, il s'était jeté sur son lit, volets fermés, il faisait noir, il faisait complètement noir, sa femme respirait sereinement à côté de lui et lui ne dormait pas. Il n'arriverait pas à dormir. Il ne saurait pas comment dire à ses frères et à sa sœur qu'il avait échoué dans son projet concernant les bateaux *Batalha* et *Horizonte*. Un projet qui paraissait sûr et qui, en fin de compte, apparemment n'avait même pas été approuvé en première instance. Et pourtant il n'avait pas été classé, il demeurait dans les limbes du non-défini. Lui-même avait été abusé par cet ajournement. Il ne saurait expliquer pourquoi il s'était fait des illusions, comment il avait entraîné ses frères et sa sœur dans la perte et la dépossession de leurs biens. C'est lui qui était responsable de l'espoir infondé qu'il avait fait naître chez Manuel Galeano, son père, et donc lui, Alexandre, n'en dormirait plus. Sílvio lui, était un *bon vivant**, pourtant il ne pouvait s'empêcher de le plaindre car il se retrouvait dépossédé des instruments de son bonheur, comme lui-même disait. Et il pensait aussi à Edmundo, qui était revenu sans une partie de sa main droite, parce qu'il avait retiré d'une poubelle un bébé qui résultait des luttes fratricides de la Corne de l'Afrique. Quant à João Vasco, il vivait en marge, il ne comptait pas dans cette affaire. Et, enfin, il y avait Charlote et son enfant, qui étaient revenus à la maison après avoir remercié Seleide, dont ils regrettaient tous l'absence. C'était surtout à sa sœur, et à ce neveu appelé David, qu'il avait pensé tout au long de cette nuit ténébreuse.

Alors, comment faire face au matin qui se levait ?

3

Charlote savait, avant même d'entrer dans l'étroit box à côté de la chambre, que son fils serait couvert de sueur. Aussi avait-elle une serviette de toilette à la main. Elle s'approcha du lit comme si c'était la première fois. Avec David, son fils, c'était toujours la première fois qu'elle s'approchait de son lit et contemplait son visage. C'était un enfant, il avait dix ans. Un enfant est toujours un événement absolu dans une vie, pensait-elle. Deux enfants, ce sont deux événements absolus. Trois, trois événements absolus. Ce n'est pas par hasard qu'on envisage un nombre raisonnable d'enfants pour composer une entité familiale commune, pensa-t-elle également.

Avoir vingt enfants, quarante enfants, comme on le raconte pour les princes des anciens temps et les reproducteurs occasionnels, c'était une image terrifiante. C'était savoir que certains de ces enfants, nombre d'entre eux ou même tous ne seraient jamais un événement, pensa-t-elle. Pourquoi dans les années 40* la propagande en faveur de la procréation était-elle aussi écœurante ? Parce que c'était une invitation à ce que chaque enfant ne fût pas, individuellement, un événement. Aucune vie humaine ne peut suffire à alimenter de son affection l'individualité de vingt enfants, et ces gens-là le savaient, pensa-t-elle encore. Un enfant est un éblouissement. Aucune femme, aucun homme n'a

* António de Oliveira Salazar (1889-1970) a installé au Portugal un régime autoritaire de 1932 à 1968, l'État Nouveau, aux caractéristiques fascisantes.

assez de vie pour vingt éblouissements, même s'ils vivaient cent ans. Son fils s'appelait David mais, dans le secret de ses pensées, elle le nommait éblouissement. Et là, elle avait une serviette de toilette dans les mains et elle allait retrouver David éblouissement.

Alors Charlote promena son regard sur les traits de son fils.

Elle le faisait pour la dix millionième fois. Elle lui essuya le visage, s'assit en face de lui et attendit. L'enfant écarta la serviette de toilette et attrapa un livre qu'il ouvrit dans la pénombre. C'était un livre sur les baleines. Le petit était fasciné par le mystère de la Baleine 52 Hertz. Il disait qu'il était presque sûr que cette baleine, finalement, était Moby Dick, qui ne serait pas morte et se promenait sur les mers en s'amusant. Charlote surveillait l'heure. Elle lui dit que c'était peu probable, parce que Moby Dick avait été une baleine meurtrière et que la Baleine 52 Hertz était seulement une baleine chanteuse qui se déplaçait dans l'océan Pacifique à la recherche de compagnie. Dans une heure David devait prendre au bout de la rue le car de ramassage du collège, et Charlote devait encore monter dans la tanière d'Edmundo pour le prévenir qu'il devait se tenir prêt pour le rendez-vous qui les attendait le lendemain en fin de journée. Elle ignorait ce qui allait se passer, mais elle était sûre que ses frères comptaient l'investir d'une mission impossible. Mais ils ne l'envisageraient que parce qu'ils ne connaissaient pas une bonne partie de sa vie.

De sa vie, ou plutôt, de l'intensité de sa vie, seules trois personnes étaient au courant. Elle-même, Francisco Andreu, le père de son fils, et Amadeu Lima, l'homme qui serait au centre de la question en cause le lendemain autour de la table. D'ailleurs ni son père ni Titi, Alexandre, Sílvio ou João Vasco ne connaissaient la réalité. Encore moins Edmundo, qui était passé directement des bancs de la faculté au service de la CARE sans avoir l'expérience de la vie, qui était revenu blessé à la main droite et avait décidé d'écrire un livre. Aucun d'entre eux ne connaissait pour de vrai son passé, et elle ne les mettrait jamais au courant de la vérité, pour autant elle ne comptait pas céder. Le lendemain elle se présenterait avec les armes dont elle disposait. Qu'ils prennent garde. Elle viendrait protégée, elle viendrait presque nue. Une femme nue dans la pénombre est une femme armée, à la lumière d'une fin d'après-midi une femme à demi vêtue, devant ses frères, fait savoir qu'elle dispose d'un arsenal d'armes prêt à être utilisé en toute situation. Ils devraient faire bien attention à elle. Elle porterait une robe courte, bras et jambes bien dégagés, et sur ses lèvres elle passerait le rouge à lèvres le plus vif qu'elle trouverait dans son *kit* de toilette. Si ses frères ne l'avaient jamais prise au dépourvu, ce ne serait pas non plus le cas le lendemain. En la voyant, ils sauraient qu'ils ne pourraient pas faire de sa vie ce qu'ils voulaient. Pour être sûre qu'il en serait ainsi, elle emmènerait son fils avec elle. Et elle exigerait que personne, autour de la table, ne prononce à son sujet le mot amour. Mais à présent il lui restait encore à descendre, il lui restait encore à s'attarder dans la chambre de Titi, à gagner la chambre d'Edmundo pour lui demander de se mettre de son côté. Elle avait besoin qu'au moins Edmundo, celui qui ne s'était jamais mêlé de sa vie, se solidarise avec elle, étant donné qu'on ne connaissait que trop l'opinion de ses autres frères concernant son refus de monter l'escalier conduisant au bureau d'Amadeu Lima pour lui exposer la situation, *flesh to flesh*, comme ils disaient.

Pourquoi, chair contre chair ?

Parce que ses frères pensaient que son histoire devait être interprétée comme une affaire vénale. Le fait qu'on lui ait prédit les plus grands succès en fonction de ce que l'on disait de ses capacités avait eu pour résultat que son parcours les avait déçus, car ils le considéraient dévoyé par rapport à ce qu'ils avaient imaginé. Et ils oubliaient tout ce qui se rapportait à son propre engagement, n'invoquant que son histoire sentimentale symptomatique d'insignifiance. Ils estimaient que le mieux qu'on pouvait dire de leur sœur était qu'à vingt-trois ans elle avait écarté son amoureux pour rejoindre un type nettement plus vieux qu'elle, divorcé avec trois enfants, qui de son côté avait abandonné femme et enfants pour la rejoindre, elle. Y avait-il quelque chose de plus banal dans la vie d'une jeune femme ? Si banal qu'en privé on avait toujours dit que Charlote et son séducteur s'étaient joints, de *jungere*, un verbe physique, si physique qu'il renvoyait à de la corporalité, puisqu'on s'en servait pour les bœufs. Charlote s'était jointe comme les bœufs sous le joug, disaient-ils. Ensuite, Charlote et le divorcé avaient vécu pendant deux ans une passion ardente. Ses frères eux aussi disaient *ardente*, sachant que le mot suggère la chaleur, l'intensité et la flamme, cependant qu'inévitablement il invoque la cendre. Car deux ans après, selon eux, la vie de Charlote était devenue cela même, de la cendre. Elle et son amant, l'homme divorcé, qu'ils avaient reçu chez eux par respect pour leur sœur, s'étaient finalement séparés, la cause en était évidente, il suffisait de penser au destin des objets consumés par le feu, la cendre précisément. Leur sœur était revenue à la maison, meurtrie, comme les gens qui se séparent après avoir été joints. Elle était revenue en racontant un épisode qui s'était passé sur une route secondaire, entre une Fiat et une Jaguar, une histoire pleine d'histoires propres aux gens qui y avaient été impliqués, pensaient ses frères, et leur père aussi. Tous le pensaient et le disaient, y compris Titi.

Mais la banalité ne s'était pas arrêtée là.

N'hésitant pas à employer des mots incisifs, ils disaient qu'après avoir fait pendant un an le deuil du séducteur, Charlote avait fini par se marier avec un ami d'Alexandre, Francisco Andreu, un ingénieur. Elle savait qu'ils le disaient, et comment ils le disaient. Banalité des banalités, telle était la vie de Charlote, qui promettait un envol et s'était transformé en chute. D'ailleurs, son histoire, commune à beaucoup de films qui passent à des heures indues et aux rubriques des journaux qui s'intéressent aux coucheries, avait eu une suite. Charlote avait épousé Francisco Andreu, même si Charlote, d'après ce que disait son frère Sílvio, peu de temps après l'avoir épousé avait mis les cornes à son mari. Sa sœur, avec une désinvolture simplette, avait couché avec le divorcé rencontré sur la route secondaire, et c'est de lui qu'elle avait eu un fils, non de son mari. Au début, l'affaire était restée en suspens. Mais ensuite ils avaient fait la preuve par ADN et, bien sûr, Francisco Andreu avait défendu son honneur, il avait dit ciao, Charlote, et avait pris la poudre d'escampette. D'après eux, c'est pour cette raison que Charlote vivait seule avec son fils et que, l'agence de voyages ayant fermé, elle était venue s'installer dans la maison du Largo do Corpo Santo, pour tenir compagnie à son père et s'occuper de sa tante à la place de Seleide qui avait été congédiée. L'écheveau du déclassement progressif de Charlote ne cessait de se défaire sur le misérable tapis roulant de son existence. Tant qu'à faire, ses frères ne comprenaient pas, du coup, qu'elle ne fût pas intervenue en personne pour sauver *Horizonte* et *Batalha*, qu'au contraire elle eût contribué par son mutisme à ce que les arguments de la partie adverse eussent plus de poids. Cependant, ils lui demandaient d'intervenir de façon latérale car ils ignoraient la réalité. Mais on était encore le matin, un moment où les gestes doivent être rapides pour être efficaces, et Charlote ne voulait pas penser à la réalité. Elle la créait. Frappant à la porte d'Edmundo, elle comprit que son frère dormait encore. Lui restait à descendre les escaliers, sortir dans la rue et attendre le bus du collège que prendrait son fils.

Demain est un autre jour, pensa Charlote.

4

Tandis qu'il écoutait les pas de Charlote se perdre dans les escaliers, Edmundo constatait que l'image de son futur livre restait intacte, ronde, parfaite, telle qu'il l'avait laissée au pied de son lit à l'aube, après être rentré du Super Flumina. En bas, Charlote confiait son fils au chauffeur du collège, remontait les escaliers, entrait dans la chambre de Titi, en ressortait, s'approchait de sa tanière à lui, frappait, mais il ne pouvait pas répondre. Il contemplait son précieux livre, brillant dans une pénombre qui n'avait rien à voir avec la lumière zébrée du soleil qui entrait chez lui par la fenêtre, parce que cette phosphorescence naissait dans une chambre de l'âme éclairée par une luminosité d'une autre nature.

Son livre, intact, parfait et proche, tournait devant lui comme une sphère ardente faite de feu pâle, bleuté, contenant en elle tout ce sur quoi il avait l'ambition d'écrire, des éléments antagoniques encore indistincts comme dans un œuf d'oiseau. La terre, l'atmosphère, les nuages, les forêts, les mers, les hommes, des légions d'hommes, vivant dans l'abondance ou vivant dans le manque, vivant en paix ou vivant en guerre, roulaient sur la même piste de la sphère. De longues étreintes et baisers d'amour, et des femmes violées, mettant au monde et abandonnant leurs enfants, tout cela cohabitait. D'immenses gratte-ciels saluaient le progrès et la liberté, et des champignons nucléaires se formant au-dessus des villes brillaient tous en même temps à la surface de la boule bleue. Le soleil étincelant et les vastes plages de la terre, couvertes de bateaux rapides correspondant à ce moment donné, cohabitaient de plus avec la pénombre et l'obscurité, le froid et la tristesse de l'hiver, sans la pause d'un immédiat lendemain. Indistincts. Le mouvement continu des grandes métropoles triomphantes, dressées vers des cieux peuplés d'aéronefs, continuait à rouler lui aussi dans son projet, en même temps que l'exode des survivants d'un hiver rouillé et de leur errance à travers les continents, toutes les pendules arrêtées, traversant ces villes nouvelles faites de tentes, de piquets et de guenilles. Le grand triomphe de l'erreur, à côté de la terre remise de la catastrophe, avec une nouvelle humanité assouplie et aimable. Les causes et les conséquences encore entremêlées dans le projet qui gisait à ses pieds, même si, au moment de réaliser son livre, il devrait séparer, nettement, l'avant et l'après. Tout cela séparé en décennies, qui dans son œuvre seraient marquées par de simples intervalles de quelques pages, pour que la dévastation et la délivrance constituent une leçon préventive. Avec la certitude que, à la fin, le monde tournerait lentement, amoureusement, dans une perspective salvatrice, la lente boule bleue lui offrant tour à tour ses différentes faces cicatrisées, et lui, anticipant cette rotation, se maintiendrait en extase sachant qu'au sein de la sphère se débattaient le bien et le mal. Au mal cependant ne s'opposait pas le bien, mais la beauté, en fait, qui était la quote-part de lui-même qu'il devait donner au monde, après la vie à Dadaab. La beauté. Il savait qu'il devrait conquérir la beauté pour que son livre apporte une leçon. Ce qui lui semblait facile. À présent, il était neuf heures du matin et, sans avoir pris la moindre goutte d'alcool ou fumé si peu que ce soit de l'herbe, son livre était déjà un être complet, fait de réverbération et de thématique, si imbriquées l'une dans l'autre que tout surgissait merveilleusement illisible et indistinct, et son résultat final, imprononçable. D'ailleurs l'image de son livre allait au-delà des mots grâce à son corps et à son intuition, pour se transformer de boule bleue silencieuse en boule bleue sonore, dans laquelle il reconnaissait le son de sa propre musique. La musique copiée dix fois, désormais sienne. Si tel n'avait pas été le cas, Edmundo aurait pensé qu'il n'était pas l'auteur de ce livre. Ah mais il l'était, oh oui, et sa rédaction allait être aussi brève dans le temps que seraient longs la densité et le résultat de son entreprise. Et l'ode lui revenait en pensée : *Je vous salue, je vous salue, je vous salue ! Eh-eh-eh-eh eh ! Eh-eh-eh-eh eh ! Eh-eh-eh eh-eh-eh eh ! Eh-lahô-lahô-laHO-lahá-á-á-à à ! Je veux partir avec vous, partir avec vous**, répéta-t-il à voix haute pour la treizième fois.

Et, cependant, il devrait avancer prudemment.

Dans son livre, conçu comme le passage du passé au futur, ne figureraient pas, par exemple, ceux qui étaient proches de lui, encore moins ceux qu'il aimait. Car il s'agissait d'un autre monde où rien ni personne qu'il connût n'aurait sa place. Même pas quelqu'un comme Nadja, sa belle-sœur qui pensait qu'il avait un crochet attaché au poignet et qui, en le disant, ne bougeait pas le torse, contrairement à ce qu'il avait pensé, pas plus qu'elle ne pourrait entrer à l'intérieur de la boule de feu bleue. Sur le chemin qui menait à la défaite, il pourrait y avoir quelqu'un de semblable à Nadja par la froideur, mais cette personne devrait venir d'un autre pays, bien plus lointain que celui dont elle venait. Il faudrait, surtout, que ce soit un pays au nom inconnu pour pouvoir entrer dans son livre.

Charlote y figurerait encore moins, sa sœur tant chérie. Elle, elle resterait en dehors, évidemment. On n'aurait pas pu dire que Charlote n'était pas une jeune fille intelligente, débrouillarde, délicate, mais, la pauvre, c'était quelqu'un de banal, un être quelconque, destiné à une vie ordinaire, incapable de faire partie d'un récit, même le plus simple du monde. Que pourrait-on bien écrire d'une jeune fille à la biographie nulle, alors que le projet de son livre, conçu

---

* Vers extraits de l'"Ode maritime", d'Álvaro de Campos, hétéronyme de Fernando Pessoa.

après la perte de sa main droite, il l'imaginait grandiose et envoûtant ? Avec des personnages capables de déchaîner la terreur, et d'autres capables d'en triompher ? Selon lui, tout chez sa sœur était dérisoire et banal, si banal que son histoire ne faisait partie ni du passé ni de l'avenir. Avec la légèreté de l'eau, elle coulait dans l'impalpable humus du présent, c'était tout. Une vie comme celle-là, si ordinaire, si commune, n'aurait même pas sa place au rayon des curiosités, encore moins dans la thématique de son livre. On n'en voudrait nulle part.

Edmundo avait recopié deux fois cette ode merveilleuse qui le poussait à entrer dans la boule de feu, ode qui avait entraîné la chanson exaltante qui le retenait immobile sur son lit, tandis que son projet se nourrissait d'une implacable impartialité. En feraient partie seulement, oui, seulement, les thèmes qui correspondraient au saut dans le temps sans précédent que l'histoire des hommes s'apprêtait à interpréter. La grande audace, la grande dévastation. Tandis que, de Charlote, à laquelle il n'avait pas répondu, comme s'il était en train de dormir, il savait seulement qu'elle était redescendue, avait fermé à nouveau la porte du rez-de-chaussée, avait monté une fois encore l'escalier en bois, et, au sein de la paix qui régnait dans la maison, était peut-être allée aider Titi à se coiffer, en lui tenant peigne et miroir. Peut-être venait-elle de traverser les amples appartements de Titi, eau oxygénée et Bétadine à la main. Un bout de coton dans la poche. Peut-être était-elle allée presser une orange pour le petit-déjeuner de leur père. Et lui, Edmundo Galeano, il était toujours au lit, immobile, caressant sa sphère bleue.

5

Et Sílvio Galeano replongea dans ses pensées de l'après-midi.

Qu'on ne lui dise pas le contraire, l'équipe de son frère Alexandre avait été irrépréhensible lorsqu'il avait fallu dessiner la paroi intérieure de la coque d'*Horizonte* et de *Batalha*, c'est l'État qui ne s'était pas bien comporté et, au bout de sept ans, n'avait toujours pas respecté ce qu'il avait signé. L'État se comportait mal. Et lui, qui aurait dû le savoir, avait fait confiance aux services publics avec une ingénuité puérile. Il assumait le fait qu'en partie, si *Batalha* et *Horizonte* se trouvaient ancrés au large du port d'Abidjan, comme deux naufragés dans l'attente de leur destin ultime, il en était lui aussi responsable. Dans les calculs financiers il avait valorisé les actifs, minimisé les passifs, cru que l'audace serait récompensée et en fin de compte, si rien de positif ne se produisait incessamment, l'audace serait en fait punie, et gravement. Il n'était pas besoin que quiconque lui dise, il se jugeait lui-même responsable. Par souci de cohérence, il en était venu à l'assumer et à traduire ce constat par des actes concrets qui affectaient sa vie personnelle de façon drastique. Pour cette raison Sílvio fit le tour, à pas lents, une trentième fois de la pile du pont, pensant à l'Immortel.

Plutôt contrarié, en fait.

Il avait rendez-vous dans le coin avec un certain Rafaelito, père de Rafael, qui portaient tous deux le nom de Borato, et il avait du mal à croire que lui-même, un type de quarante ans, se baladait dans les rues avoisinant cette pile, à partir d'une simple information selon laquelle il allait y trouver une fourgonnette blanche aux vitres opaques, comme s'il était un gamin sans méfiance. Au lieu d'avoir demandé concrètement la marque et le numéro d'immatriculation du véhicule, en fin de compte il ne disposait d'autre information que sa couleur. Au lieu d'un nom complet, avec adresse correspondante, il n'avait que des Rafael – Rafaelito et Rafael. Au lieu d'avoir fixé le rendez-vous dans une rue au nom précis, il s'était contenté d'indiquer vaguement que ce serait sur le pont. Mais lui, même comme ça, ne renonçait pas, et déambulait, déambulait dans cette zone qui entourait la pile dans l'espoir de voir surgir une fourgonnette blanche aux vitres opaques, et tout cela parce qu'il pensait à son cheval, l'Immortel.

La vie, c'était ça. Il s'était déjà séparé de son appartement à Estoril et avait déjà vendu en urgence son yacht, le *BlowUp*, à un millionnaire grec qui l'avait roulé en le payant en drachmes et non en dollars. Il pouvait jurer qu'il s'était débarrassé de tout ce dont il pouvait se débarrasser. Entretemps, il avait réintégré le cabinet d'avocats de l'Avenida da Liberdade, en réactivant sa quote-part. Mais ça ne suffisait pas, il fallait aussi déduire de ses comptes les dépenses pour Immortel, ration, entretien, écurie, écuyer. Voilà pourquoi il tournait depuis près d'une heure autour de cette pile sans succès. Il gara sa BMW le long d'un croisement afin de mieux appréhender l'intensité du trafic et de pouvoir téléphoner au fils, Rafael, puisque le père, Rafaelito, n'aimait pas parler au téléphone. S'il n'arrivait pas à les joindre et boucler l'affaire, que ferait-il d'Immortel si en dernière instance personne ne voulait l'acheter ? Si tous les gens qui aimaient les chevaux et qui en possédaient décidaient de les vendre ? Il était revenu Largo do Corpo Santo, il occupait une chambre au troisième étage, en face de celle de sa sœur Charlote, mais même si la pièce était grande, elle était trop petite pour ses habitudes. Rien que pour ses vêtements, il avait quatre grandes valises. Des paires de chaussures, il en avait des dizaines. Comment faire ? Comment faire face à ce moment sans éprouver de la tristesse ? Lui, Sílvio Galeano, avait horreur de la tristesse et des lamentations. Il ne voulait pas cesser d'être quelqu'un d'un heureux caractère, il aimait être content, être en paix avec ce qui l'entourait, et c'était pour cette raison qu'il était garé près de ce pont, essayant de parler au téléphone en n'obtenant pour réponse que des sonneries. Et c'est au moment où il allait renoncer qu'il sentit que quelqu'un s'approchait, et c'était Rafaelito Borato.

Il n'était pas seul.

À quelques mètres de distance, Rafael, son fils, était au volant de la fourgonnette blanche en stationnant, le moteur allumé prêt à partir. Rafaelito ne perdit pas de temps, se pencha à la fenêtre et dit qu'il avait des choses intéressantes à vendre. Au-dessus, le bruit du pont était assourdissant. Sílvio s'arma de patience. M. Rafaelito n'avait pas compris, il ne voulait pas acheter mais vendre un cheval. Rafaelito regarda du côté de son fils Rafael, l'air déçu : "Vendre un cheval ? Et il est où ?" Sílvio Galeano répondit, sans sortir de la voiture : "Ça, c'est pas un problème, je l'amène où il faut, il est dans un véhicule. Il a des papiers en règle." Rafaelito répondit : "Hum..." C'était un hum très clair, très explicite, prolongé. Cela voulait dire que la pensée de Rafael faisait son tour du monde et avait du mal à revenir. C'était un hum comme si c'était rum, comme si c'était fum, comme si c'était dum et sum. C'était un hum sonore tellement il était profond et grave. Ils parlèrent plus d'un quart d'heure. Parfois ils avaient du mal à s'entendre. Rafaelito, au lieu d'alimenter, disait allaiter. Et qui va allaiter ce cheval ? Finalement, l'affaire fut conclue. Sílvio Galeano ferait traverser de l'autre côté le cheval, le remettrait avec tous ses papiers pour qu'ils le vendent, et en échange de cet hébergement de l'animal, lui, Sílvio ne recevrait rien de la vente. C'était conclu, archi conclu.

Rafaelito et Rafael s'en furent dans leur fourgonnette blanche dont ils n'avaient jamais arrêté le moteur. Sílvio se retrouvait libre, il pourrait à présent s'installer dans l'hôtel le plus proche pour regarder les chemises qui étaient dans les vitrines de la galerie, blanches, lisses, coton d'Égypte, point de canevas authentique. Allait-il les acheter ? Ne pas les acheter ? Il sentait monter en lui l'envie d'acheter, un désir ancien, primordial, comme la soif de boire de l'eau, mais il devait mettre le holà. Il n'achèterait pas de chemises. L'Immortel allait bien se sacrifier, lui. Sílvio percevait ce qu'allait ressentir l'Immortel lorsqu'il serait remis à Rafael fils et Rafaelito père. Un changement de vie qui transformait toutes les pensées immortelles en réalité passagère et périssable. Ce n'est que de retour chez lui qu'il tomba sur son plus jeune frère, celui qui était revenu avec la main dans un sale état, qui entrait à presque minuit dans la bibliothèque. Tout le monde était-il devenu fou au 28 Largo do Corpo Santo ? Sílvio ne pouvait imaginer qu'Edmundo cherchait un titre pour un livre, cependant que lui cherchait à se débarrasser d'un cheval.

6

En cette nuit du 21 juin, c'était la deuxième fois qu'Edmundo entrait dans la bibliothèque. Il y était entré la première fois pour choisir un nouveau livre à lire et copier éventuellement, car son idée était qu'il n'allait pas écrire en vers et qu'il lui faudrait donc maintenir la même musique, mais au rythme de la prose, car c'est en prose qu'il comptait écrire son livre inspiré des camps de Dadaab, même s'il se rendait compte que c'était là une question superficielle. Le vers chantait autant que la prose, il ne devait pas y avoir de différence mais, même dans ces conditions, il préférait en faire la preuve. Il estimait qu'avant de commencer son ouvrage, il devrait s'y préparer, comme le bûcheron avait besoin d'affûter sa hache pendant sept jours pour abattre son arbre le huitième. La musique de l'abattage de ses arbres, il l'avait déjà. Et c'est ainsi que, la nuit où Sílvio avait fait affaire avec Rafaelito, Edmundo Galeano était entré dans la bibliothèque de sa tante et en avait parcouru les rayonnages pour arrêter son choix.

Parce que c'est une chose que de lire un livre simplement parce qu'on aime lire, mais c'en est une autre que de le lire et de le copier pour entraîner une main droite diminuée, tout en s'incorporant une voix intérieure, rythmée, qui n'est autre qu'une musique que les mots silencieux peuvent chanter. Et c'est ainsi qu'il avait commencé à prêter attention aux titres, ce qui l'avait rendu perplexe. Autant de titres, autant que de livres de Titi, et tous lui paraissaient des trouvailles, à l'exception de quelques-uns, trop complexes ou trop énigmatiques, mais lui, qui avait devant lui sa boule de feu bleue irrésistiblement fascinante, n'avait pas encore choisi le sien. Peut-être cela devait-il être le premier pas avant de se décider pour le livre se prêtant et à la copie et à la musique. Alors Edmundo, devant ces murs tapissés de livres, pensa à *Terre*. Mais *Terre*, c'était trop solide, il avait besoin de fluidité. De sorte qu'il pensa à *Mer*, mais *Mer*, c'était trop liquide, il avait besoin de solidité. Il pensa à *Air* et l'écarta, c'était trop invisible, et son titre, pour correspondre à la sphère bleue qui lui rendait visite, avait besoin de transparence, pas d'invisibilité. Avait besoin d'un fond pour être transparent, ce que l'*Air* éthéré ne pouvait lui donner. Il pensa à *Labeur*, mais c'était trop pacifique, il n'y avait pas de bataille. Il pensa à *Bataille*, cela lui semblait trop belliqueux, cela pouvait faire penser à la guerre, et la guerre du temps présent n'avait plus la connotation du passé, espace de lutte où tous livraient combat, les uns mouraient, les autres en réchappaient. Non, bataille, dans le livre du futur signifierait, purement et simplement, extermination. Que d'autres s'exterminent au moyen des mots, les siens pour leur part ne mèneraient pas à ce finale de catastrophe. C'était pour y échapper précisément qu'il l'écrivait. Donc, *Bataille* ne faisait pas l'affaire. *Douleur* non plus parce que c'était un titre qui faisait souffrir. *Amour* non plus, parce qu'il pourrait rappeler des histoires simplettes de créatures lyriques comme Charlote Galeano. Edmundo désirait écrire sur l'amour mais en lui donnant un sens bien différent de celui qui avait détruit sa sœur.

Il fallait trouver un autre mot.

Alors il était allé penser dans sa tanière, emportant avec lui la sphère bleue, et en était arrivé à la conclusion qu'il serait nécessaire d'associer deux termes. *Terre & Air*, *Douleur & Amour*, *Labeur & Bataille*. Mais, subitement, il pensa que ces associations antagoniques étaient très anciennes. Ça n'allait pas. Il était descendu en courant jusqu'à la bibliothèque de Titi, dans l'escalier il s'était trouvé nez à nez avec Sílvio et était entré précipitamment, comme s'il ne le voyait pas. Il ferma la porte derrière lui. Non, il ne pouvait pas avoir recours à ce genre d'association de termes opposés. C'était beaucoup trop fréquent. Rien que sur l'étagère du milieu, on trouvait *Guerre et Paix*, *Le Rouge et le Noir*, *Orgueil et Préjugés*, *Les Nus et les Morts*, *Des souris et des hommes*. Ça suffit, oui ça suffit, pensa-t-il. Il n'osait même plus passer son doigt sur les reliures, craignant de perturber l'équilibre harmonieux de sa sphère. Le souffle court, il décida de quitter la bibliothèque. Arrivé à l'escalier, il se retrouva de nouveau face à face avec Sílvio, qui descendait. Il pénétra alors dans sa tanière et pensa : Mon titre, de toute façon, sera un chiffre.

En fin de matinée le lendemain Edmundo était toujours à la recherche d'un titre, et au lieu d'en trouver un et d'en faire un vecteur lui permettant de concrétiser sur papier la boule de feu pâle, toute les hypothèses qui se présentaient fugacement lui échappaient, l'évanescence de la sphère elle-même constituant un obstacle à sa concrétisation. Il reprit l'idée d'un chiffre, un chiffre du futur, et il écrivit *2050*. Mais sa main trembla. S'il voulait un livre pour le futur, qui alertât les hommes sur les risques du désordre, il craignait que son avenir d'ici quarante ans ne se transforme en conseil intemporel, il craignait, s'il n'envisageait pas une date antérieure, qu'il n'y eût plus alors ni terre ni hommes, telle que nous la connaissons et tels que nous sommes, même si dans son livre, qui couvrait des décennies, le temps était symbolique. De sorte qu'il fit reculer son titre de vingt ans et écrivit sur une feuille de papier *2030*, pensant aux destinataires concrets. Ça lui plut. Il écrivit la date lentement, soigneusement, en écriture ronde, comme s'il calligraphiait un chiffre porte-bonheur justifiant sa propre existence. Et en dessous il dessina le mot Edmundo. Ça en jetait, c'était beau, c'était sphérique et définitif. À temps pour son salut. Alors il recommença ses grandes enjambées sur la terrasse de sa tanière, le fleuve composait un bassin lumineux au fond, et il répéta à voix haute : *Avec cette vitesse démesurée, redoutable, La machine fébrile de mes visions débordantes Tourne alors que ma conscience, qui vole, N'est qu'un cercle brumeux qui siffle dans l'air*. Midi sonnait à l'horloge du salon. Edmundo Galeano alla se coucher.

7

Midi à la petite montre-bracelet de Charlote. À quoi lui faisait penser cette montre ? Midi cinquante-quatre. Charlote se rappelait que, quatorze ans auparavant, l'homme divorcé et elle avaient parlé longuement au téléphone, mais dans la synthèse qu'elle garde en mémoire le dialogue est rapide. Il dit seulement, viens. Elle lui dit, oui, je viens. Il demande, et tu viens comment ? Et elle répond, en train. Il lui dit, tu vas arriver vers une heure de l'après-midi. Elle dit, une heure moins dix. Il dit, midi cinquante-quatre. Ils font silence. Comprennent que tous deux ont consulté l'horaire du train et en ont retenu les plus petits détails. Mais ils ne font pas de commentaires. Un accord tacite s'est tissé, ils sont tous deux du même bord, celui du désir de la rencontre. Le fait de ne rien commenter, l'un comme l'autre, est un oui extraordinaire.

Elle n'a pas dormi de la nuit.

Le matin, elle est partie vers la gare et a acheté un billet. Elle est montée dans le train, et c'est seulement après que les voitures ont abandonné les grands immeubles, les bas quartiers et les faubourgs métalliques, et que l'ensemble des wagons a commencé à filer sur la plaine, qu'elle a compris qu'elle se rendait dans un lieu d'où l'on ne reviendrait jamais. Je ne serai plus jamais la même, a-t-elle pensé. Et, soudain, l'incision que le train pratiquait dans la terre, la saccageant avec une férocité d'acier, a pénétré dans son corps. Elle a senti qu'elle était en train de saccager sa vie à l'aide d'une règle en fer, un saccage indélébile qu'elle ne pourrait jamais réparer. Mais n'était-ce pas précisément dans cette perspective qu'elle avait acheté son billet ? Pour aller de l'avant sans que rien ne pût l'empêcher ? Alors elle s'est prise à penser qu'elle était assise à la fenêtre d'un train, voyant le paysage reculer à toute vitesse, et que ce qu'elle était en train de construire avec ce parcours, c'était son propre destin. Destin qui n'était ni fait ni prêt à être donné sans avoir été demandé, nulle part. C'est elle qui construisait le destin, et cette sorte de responsabilité à l'égard de sa propre vie faisait naître en elle la sensation d'un poids si grand qu'elle a pensé qu'elle rêvait qu'elle était dans un train sans retour et sans halte, et elle s'est repentie de l'avoir pris. Elle ne cessait de s'en repentir.

Pourquoi avait-elle répondu à ce coup de téléphone ?

Ne devrait-elle pas retourner à Lisbonne et attendre qu'Amadeu Lima vienne la chercher, ce qui aurait constitué une preuve ? Leurs conversations avaient été longues, mais soudain elle les trouvait courtes, et surtout elle n'y remarquait pas un seul mot essentiel. Un seul auquel se raccrocher. Elle aurait voulu se souvenir d'un ou deux mots, mais ils avaient tous disparu. Pourquoi avait-elle pris ce simple appel, *viens*, pour une preuve ? Et elle était en route, prête à se donner corps et âme, et lui pouvait aussi bien être à l'arrivée que l'inverse. Il pouvait aussi bien être venu à sa rencontre qu'être resté à se balader sur la plage, luttant contre la pollution accumulée au fond des mers, sortant de l'écume des tas de sacs plastique. Il pouvait ne pas être là. Dans le doute, peut-être était-il alors préférable de descendre dans n'importe quelle gare et de revenir, parce que là, à cet instant, elle pouvait encore revenir, alors que si elle arrivait au bout il n'y aurait pas de retour possible. Qu'il fût là, ou pas. S'il était là, ce serait la preuve, elle se laisserait aller à ce qui se présenterait. Et si Amadeu Lima n'était pas là à l'attendre, si c'était un caprice de mauvais goût que ce *viens*, alors son amour-propre serait blessé à jamais. Soudain elle vit une gare toute blanche, sans personne sur le quai pour monter, personne pour descendre. Elle se dirigea vers la portière. C'est précisément à partir de là qu'elle reviendrait en arrière. Elle s'approcha des marches, prête à sortir, et vit le quai désert, inhospitalier, dans la lumière rosée de septembre, qui commençait à s'éloigner, à s'éloigner de plus en plus. En fin de compte, elle n'avait pas sauté sur le quai, elle était là, près de la portière qui s'était refermée toute seule, poursuivant son voyage.

C'était comme si ce n'était pas elle qui avait décidé. Elle retourna à sa place et se tint bien droite, tranquille, dans l'expectative, attendant un signal. Et le train roulait entre les arbres, les hameaux, personne dans le paysage, aucun arbre, seulement quelques voitures roulant sur la route parallèle à la voie ferrée, le soleil brillant, rose, rendant plus vives les arêtes terrestres. Alors elle se laissa aller, arriverait ce qui arriverait, et une immense tristesse l'envahit parce qu'elle avait désormais la certitude qu'elle faisait ce parcours pour rien. Il ne serait pas là. Il ne serait pas là. Ni maintenant, ni pour toujours, ni jamais, ni à l'heure de notre mort, ainsi soit-il, se dit-elle en elle-même car elle avait appris à prier. D'abord elle pensa fermer les yeux, ensuite elle décida qu'elle devait regarder la réalité les yeux ouverts, elle voulait avoir le courage de regarder le quai désert, avec le ramasseur de plastiques et poissons morts, mégots, boîtes de lait en poudre, l'attrapeur de bouteilles d'eau minérale, et elle se leva pour se donner du courage, tenant son sac de voyage au-dessus de sa tête. Elle allait descendre, s'acheter son billet de retour et elle attendrait l'heure dite. Il ne serait là ni maintenant, ni pour toujours, ni jamais. Répétait-elle. Mais le train avança et elle vit Amadeu Lima au milieu du quai, parcourant les wagons du regard. Il la vit et ouvrit les bras. Elle s'approcha de la portière, hésita, il avança, elle ne posa pas le pied sur la dernière marche, il la cueillit en l'air. Elle vola. C'était ce moment-là que, le lendemain, quand son père entamerait la réunion de famille, elle ne voudrait pas se rappeler. Elle voulait oublier. Quatorze ans s'étaient écoulés. Que ses frères ne lui demandent absolument rien. En aucun cas elle n'irait le retrouver. Celui qui jadis pêchait des bouteilles d'eau de Fastio sur les plages, et des mégots, et des boîtes de conserve, et des bouchons de bouteille et des sacs plastique, et aussi des carpes asphyxiées, celui-là continuait de s'appeler Amadeu Lima. Il avait changé, mais son nom demeurait immuable.

8

On était le 22, l'après-midi. L'heure de la rencontre était enfin arrivée.

João Vasco Galeano se promenait main dans la main avec Nadja, en silence, et tandis qu'ils descendaient la rue on n'entendait que les talons pointus de la jeune Russe claquant sur les pavés arrondis de la chaussée, mais intérieurement il demandait à l'espace de le saluer, en énumérant les éléments tout autour. Saluez-moi, portes anciennes, clochers d'église, rosace de la cathédrale, cours intérieures dérobées, pierres des rues, réverbères au pâle éclairage à la tombée du jour, je vais passer en direction du Largo do Corpo Santo, et je ne suis pas seul, se disait-il. Accueillez-moi, toits, vitres, murs blancs, jaunes, rouges, murs de toutes les couleurs, baissez-vous, levez-vous, manifestez-vous, faites un signe, quel qu'il soit, lancez une parole d'estime à mon égard, un cri en pleine rue qui vienne de tout endroit où vous soyez, pour me remercier. Parce que moi, João Vasco Galeano, avant tout un chacun, j'ai vu plus loin que les autres, j'ai parié sur mon objectif, j'ai couru et j'ai gagné, et grâce à cela j'ai embelli ce monde auquel vous appartenez. Et c'est pourquoi je mérite mon bonheur. Là je descends la rue pavée, la rue qui tourne, avec à côté de moi la plus belle femme que l'on ait jamais vue servir dans les bars de Lisbonne. Regardez-moi, et voyez-moi, pensa-t-il. J'ai à mon bras, outre mon triomphe personnel, Nadja Doroshenko, et l'air de la rue da Madalena s'emplit de parfum pour nous regarder passer. Se dit-il, en regardant la ville tout autour. Je me promène en tenant ma bellissime belle par la main.

Je vais rencontrer mes frères. Je ne sais pas ce qu'ils me veulent mais, quoi que ce soit, s'ils m'appellent j'y vais. Je vais entrer dans cette maison, les regarder par-dessus l'épaule de ma veste en lin. Je l'ai dit déjà, j'ai parié, j'ai gagné, et quand j'ai parié je n'avais que vingt ans. À vingt ans, moi j'ai dit : Hé là, mes frères surdiplômés, je ne vais pas suivre votre exemple, dans ma poitrine quelque chose d'autre m'appelle. Et j'ai bien fait. Les colonnes de l'université étaient si hautes, les cours si barbants, les maîtres si stupides, et si inutiles les lois qui dictaient les normes, mais pas les comportements ni la réalité. Pour quelle raison se lever si tôt, se coucher si tard, passer des années de sa vie à confronter le devoir et l'action ? A-t-on vu un jour le monde progresser sur de telles bases ? Le monde progresse parce qu'on se prépare à l'action. Moi je restais au lit, je séchais les cours, mais ce n'était pas par paresse, c'était pour me préparer à l'action.

"Et quelle action ?" se demanda-t-il lui-même à voix haute.

Nadja sourit, son compagnon parlait tout seul.

Un jour, je suis passé du côté de la vieille Pension Miosótis, là vers la cathédrale, ancien palais des Souto, et j'ai vu les fenêtres fermées, la porte en ruine, ses battants cassés, ses couleurs ternies. Je suis allé trouver mon père et lui ai dit, père, vous savez que je ne crois pas à la récupération des bateaux. Pour moi, du premier au dernier il faudrait tous les démanteler. À la ferraille, voilà tout. Pour moi, même *Horizonte* et *Batalha* ne sont que des bateaux perdus *ad æternum*, comme disent les profs. Donnez-moi l'argent qui me revient de la mort de ma mère, je vais me diriger vers l'hôtellerie, ou plutôt la tenue de pensions. Personnellement je ne veux pas récupérer la Pension Miosótis, je ne tiens pas à me faire avoir, je veux seulement en profiter, étant donné la construction d'un pont tout neuf de seize kilomètres. Et Manuel Galeano, notre père, a mis plus d'un mois à se décider. Il a fini par signer d'une main réticente les papiers nécessaires. J'étais libre.

La Pension Miosótis avait ses fenêtres fermées, ses loquets cassés, sa porte branlante, mais elle était habitée. Des vagabonds y étaient entrés par la cour de derrière, ils avaient aménagé des trappes, ils y dormaient, ils cochonnaient tout, ils se battaient, ils partaient, revenaient. C'était un bel espace rempli de restes, de papiers, de cartons, de seringues, des couches de saleté, au centre de la vieille ville. Dans un des recoins du rez-de-chaussée, on disait qu'autrefois Camoëns s'était assis pour manger un poulet et écrire un vers. Et que c'est pour cela qu'elle avait été fermée. À cause de ce vers. Mais moi je voyais loin. Je savais, moi, que j'allais faire de tout cela quelque chose de rentable, tant que la loi la laisserait fermée, ce qui pourrait durer un demi-siècle. Je l'ai déjà dit, mais je le répète à présent, je suis prêt, on est prêt à aller devant les portes, tant des églises que des patios, des donjons et des rosaces, qui tous se dressent sur notre passage. À l'époque, moi j'avais vingt ans. Avec l'argent de mon héritage, j'ai fait fuir les vagabonds, j'ai réfléchi, j'ai parié, j'ai nettoyé, réparé, j'ai investi au minimum, organisé au maximum, j'ai appelé la police, j'ai gagné. Mon père, en bon armateur, connaissait le goût du risque, il m'a laissé faire. Il comprenait que mon affaire ressemblait à la sienne, vivant de l'imprévu, du risque et de la distance. Rien qu'entre 95 et 98 avaient vécu entre ces murs des Angolais, des Bengalis, des Serbes, des Croates, des Roumains, des Russes, des Ukrainiens, des Espagnols, des Italiens, des Turcs, des Guinéens, des Chinois, des Afghans, des Colombiens, des Sud-Coréens. Chaque nouvelle nationalité se voyait attribuer un petit drapeau national à côté du téléviseur que j'avais installé. Mais les premiers qui ont trouvé refuge à la Pension Miosótis, c'était des femmes, huit Brésiliennes, arrière-arrière-petites-filles d'esclaves. Elles venaient de l'intérieur du Goiás*, ont écrit

---

* Un des douze États du Brésil.

sur le mur *Ne pas entrer, ici c'est le Dépotoir des Indes*, et ont dessiné le drapeau jaune et vert. Le pont n'en était qu'à ses débuts. Depuis lors et jusqu'à aujourd'hui, j'ai fait peindre ce mur une vingtaine de fois, mais la pension continue à s'appeler le Dépotoir des Indes. Ils arrivent à l'aéroport et ne viennent pas à Lisbonne, mais au Dépotoir des Indes. C'est parfait comme nom, car ça attire les hommes et ça donne confiance aux filles.

Personne n'a motif à se plaindre.

Il y a des sanitaires, il y a une machine à laver le linge industrielle, de celles qui lavent selon la pièce de monnaie qu'on introduit, il y a des cloisons de séparation, il y a des couchettes superposées, il y a des lits, il y a des matelas, il y a des serpillières sur le sol pour s'il pleut, il y a des trousseaux complets, draps, taies d'oreiller, et un ventilateur pour s'il fait chaud. Il n'y a pas de cuisine ni d'endroit où faire du feu. Je ne le permets pas. Un havre, un succès total durant ces quinze années. Je garantis le respect, les hommes d'un côté, les femmes de l'autre. Il y a environ six mois, je me suis rendu au Dépotoir pour une inspection, à une heure inhabituelle, onze heures du matin. La pension était déserte, mais derrière le linge étendu dans le couloir, trois filles parlaient russe. Elles riaient très fort, se lavaient dans une bassine. C'était en plein hiver, et elles riaient, cachées derrière le linge étendu. J'ai frappé dans mes mains, l'une d'elles a levé la tête, et j'ai vu qu'elle avait les cheveux mouillés. C'est toi qui commandes ici ? M'a demandé l'une d'elles dans un portugais convenable. C'est à toi qu'on doit payer ? On nous a dit que c'est d'autres personnes qui reçoivent notre argent, mais que c'est toi qui le détiens. Comme je ne lui répondais pas, elle s'est enveloppée dans sa serviette de bain. Alors moi je suis Nadja Doroshenko. Et elle m'a montré ses papiers. Je travaille pas loin, au Ginger Ale, jusqu'à deux heures du matin. Si tu demandes Nadja, c'est moi, Nadja. Le soir même je suis allé là-bas. Elles étaient là toutes les trois, Nadja et ses deux copines, Sónia et Natacha. Elles servaient à table. Efficaces comme le pistolet de 007. Au bout d'une semaine, je me suis dit que la Pension Miosótis était un endroit indigne pour ces trois filles en provenance de la ville de Togliatti, si lointaine, là-bas au fin fond de l'Oural. En pensant à elles, je trouvais que le temps avait pissé dans tous les coins de la maison des Souto et que l'acide urique ne s'effaçait pas des dalles, souvenir de l'urine ancienne d'une foule de morts. Camoëns en ces lieux devait assurément avoir mangé un poulet et coupé une oreille. Mais là, il n'aurait pas pu écrire un sonnet. Ces filles devaient partir de cet endroit. C'était le lieu de mes affaires, depuis environ quinze ans, ce n'était pas le lieu de ma vie. J'avais rencontré la belle Nadja. Elle m'avait appris à chanter *Petite fleur de genévrier, petite fleur de genévrier, au jardin est la framboise, ma framboise, lalala Liouli, lalala Liouli, lalala... Kalinka...* À présent c'est cette femme qui descend la rue avec moi et, en elle, mon enfant à venir. Un nouveau Galeano va naître.

lalala Liouli, lalala Liouli, lalala...

Ah toi, le beau pin vert, ne fais pas de bruit au-dessus de moi.

Mon père, mes frères, ma sœur, je veux entrer chez vous en tenant par la main ma douce reine et son ventre rond.

9

Dans la maison du Largo do Campo Santo, si l'on fermait les fenêtres on étouffait de chaud, si elles restaient ouvertes le bruit extérieur allait entrer, empêchant les uns d'écouter les autres. L'affaire était délicate, peut-être décisive, aussi l'on ferma les fenêtres, et le fleuve resta en dehors. On alluma les lumières. Manuel Galeano s'assit en bout de table. Il posa son dossier, ouvrit un deuxième dossier dont il tira un papier blanc qu'il se mit à lire en silence. Personne ne parlait, personne ne bougeait. À la fin, il repoussa la mèche qui restait sur son front dégarni et commença à compter les présents. “Nous sommes douze, dit-il. Nous serions treize si ma sœur Tatiana était là, mais malheureusement ce n'est pas le cas. Quoi qu'il en soit, tout est en ordre.” Et il passa le papier à Alexandre.

Alexandre Galeano remit le papier à Rosário, sa femme, et tous deux commencèrent à lire. C'était une lettre. Quand il eut terminé, Alexandre se prononça : “Le dénouement est imminent, père, et personne ne peut nous secourir. Nous avons investi ce que nous avions et ce que nous n'avions pas dans *Horizonte* et dans *Batalha*. Nous subissons cette dette par ma faute, par ma très grande faute.”

Son père dit : “Ce n'est pas l'heure de pleurer des pertes, encore moins d'en assumer la responsabilité. C'est l'heure de trouver des solutions. Passe la lettre à tes enfants.”

Cássima, Laura et Lourenço rapprochèrent leurs têtes et parcoururent rapidement le papier. Ils étaient très jeunes et fréquentaient de lointaines universités. La solennité du moment leur donnait envie de rire. Et ils riaient de bon cœur. Quand ils finirent par se calmer, Laura dit : "Nous, on prend juste connaissance de ça, on n'est pas là pour autre chose. Quand ça a commencé, on était encore bébés."

"Faites passer à Sílvio", dit Manuel Galeano.

Sílvio ne voulut pas lire la lettre, il la poussa sur le côté : "Tout ça c'est une putain de saloperie qui vient d'Amadeu Lima, père. Il sait très bien ce que ça va nous faire et s'en réjouit. Mais tout cela ne se fait pas sans l'accord de Charlote, à laquelle je n'ai pas su parler en temps et en heure. Quand cet homme a pris ses fonctions, je savais qu'il allait se mêler de nos affaires. Et j'ai dit tout de suite, Charlote, Charlote, quoi qu'il se soit passé entre vous, tu dois intervenir. Mais elle n'a pas levé le petit doigt. Donc pour moi, ce qui est fait est fait. Ça ne m'intéresse pas de rabâcher inutilement."

"Passe à Charlote", dit son père.

Charlote prit la feuille et commença à lire à voix haute le dernier paragraphe de la lettre : "Donc, monsieur Manuel Galeano, concernant l'affaire qui nous intéresse, je vous renvoie aux documents officiels et aux éclaircissements proposés dans l'attendu n° 230/2008 ; je n'ai, personnellement, rien à ajouter..." Charlote élargit encore un peu son décolleté, découvrit ses bras comme si elle se proposait de les vendre. "Papa, et aussi mes frères, malgré ce que vous insinuez, cette lettre ne m'est pas adressée et je n'ai rien à dire sur ce sujet. Ni moi, ni David, que j'ai fait venir avec moi comme témoin de ce qui va se passer ici."

"Passe à João Vasco", dit son père.

João Vasco rapprocha sa tête de celle de la jeune fille russe, marmonnant à voix basse, donnant la signification de certains mots, comme s'il profitait de ce moment pour donner à cette jeune fille étrangère une leçon de portugais. Ils y passèrent plus de temps que, jusque-là, tous les autres réunis. À la fin João Vasco dit : "Je n'ai pas grand-chose à voir avec cette histoire, mais je pense que tout cela arrive parce que cette tête de mule de Charlote n'a pas voulu intervenir auprès d'Amadeu Lima. Car c'est elle, et non vous, père, qui aurait dû s'adresser à lui. Vous, père, au lieu d'améliorer les choses, vous les avez empirées. Il n'y a qu'à voir comment le type commence sa lettre, sur un ton dédaigneux : *Cher monsieur Manuel Galeano, c'est avec surprise que j'ai reçu dans mon ministère une lettre personnelle signée de vous-même, alors que le sujet est traité officiellement, et par les voies légales.* Voilà comment le type commence. Vous voyez bien, père, il l'a rédigée de cette façon pour vous tenir à distance et vous réduire au statut de simple plaignant, comme s'il n'y avait pas au milieu de tout cela une personne appelée Charlote et un enfant appelé David. Comme l'a très bien dit Sílvio, une lettre de fils de pute, mon père."

"Ne vous énervez pas, je vous en conjure. Quand un problème nous attaque de près, nous devons, par-dessus tout, regarder loin. C'est toujours de l'horizon que vient la menace. C'est en tout cas ce qu'enseigne la navigation sur les océans. Passe à Edmundo, João Vasco", dit Manuel Galeano.

Edmundo était comme absent, il avait son futur livre qui miroitait devant lui et le protégeait, afin que rien de ce qui pouvait arriver là, autour de cette table, ne puisse interférer avec son projet. C'était deux univers différents et l'importance de l'un n'était pas comparable avec celle de l'autre. Il était assis à droite de Manuel Galeano, sur la chaise qui revenait à Titi, mais, comme Titi n'était pas là, c'est lui qui avait pris sa place, tandis que la jeune fille russe occupait celle qui lui revenait à lui. Edmundo en dirait le moins possible afin de ne pas quitter la sphère bleue où son esprit habitait. Il lut la lettre et la trouva d'une fantastique insignifiance, comparé à ce que le monde offrait, mais il ne voulut pas être indélicat. Il dit : "C'est très dommage que Titi ne soit pas là, elle, elle saurait quoi décider. Si elle était là, elle dirait sûrement que rien n'est encore perdu. Cette lettre ne veut pas dire que nous devions perdre espoir."

“Comment ça, rien n’est encore perdu ? s’indigna João Vasco. Elle est forte, celle-là. Non seulement cette lettre nous révèle à titre privé que l’affaire est considérée comme sans fondement, mais surtout elle démontre qu’elle suscite l’indifférence en tant que preuve. On voit bien que l’Afrique, outre qu’elle t’a esquinté une main, t’a sérieusement privé de jugeote.”

À cet instant, deux bruits se firent entendre presque simultanément.

Le premier surgit au loin, c’était un tramway qui glissait accroché à ses rails. Au fur et à mesure qu’il s’approchait, le bruit montait en volume et en stridence. Lorsqu’il prit le tournant, la voiture crissa interminablement, comme si l’engrenage allait se désintégrer, puis une clochette sonna et la guimbarde métallique repartit. On entendait très clairement dès lors que la fenêtre était à nouveau ouverte. Il fallait fermer la fenêtre. Mais ensuite un autre bruit surgit, plus net, et qui venait, lui, de l’intérieur de la maison. C’était l’impact d’un bâton tombant sur du bois. Un claquement sec. Tous regardèrent vers le plafond. Charlote dit : “Ça, c’était la canne de Titi.” “Comment cela ? Titi se sert encore de sa canne ?” demanda João Vasco. “Elle ne peut pas et la preuve est qu’elle la laisse tomber”, dit Charlote. “Mais vous ne trouvez pas que Titi serait mieux dans un autre endroit ?” demanda João Vasco. “Quel endroit ?” Et c’est alors que la canne tomba à nouveau. Alors Manuel Galeano rangea la lettre et plaça les deux volumineux *dossiers** au centre de la table.

La mèche sur son front était toujours rebelle, mais sa voix était énergique et claire comme s’il avait vingt ans. Manuel Galeano s’adressa à ses enfants et à ses petits-enfants : “Prenez connaissance de ces *dossiers** et tirez-en des conclusions. Nous devons quitter cette pièce ce soir avec une position arrêtée sur le destin réservé à *Horizonte* et à *Batalha*. On ne peut plus repousser.”

João Vasco et la jeune fille russe s'emparèrent de l'épais *dossier**, Alexandre et Rosário s'emparèrent du deuxième volume et commencèrent à le feuilleter. On se rendait compte que Rosário cogitait. Si c'était l'avant-veille que la bouteille avait été jetée dans le fleuve, il ne s'était écoulé que deux jours et deux nuits, le courant ne l'avait pas encore emportée jusqu'au Bugio**, donc elle est enterrée dans la bouillasse, on aura peut-être une bonne nouvelle. Alexandre feuilletait nerveusement le *dossier**, le soustrayant aux mains de sa femme, et pensait : la visite de Rosário à la sorcière d'Intendente n'aura servi à rien, à rien cette marche à travers toute la ville, à rien ce parcours le long du quai et ces milliers d'yeux guettant ma honte, à rien d'être allé jeter la bouteille dans le fleuve. Cássima pensa, papa n'est pas allé jeter la bouteille dans le fleuve comme maman le lui avait demandé. Je parie qu'il l'a abandonnée dans un coin de rue quelconque. Peut-être même est-il rentré en bus à la maison et ne nous a-t-il pas dit la vérité. Laura pensa, papa a dû aller jeter la bouteille dans le fleuve, comme si de rien n'était. Lourenço pensa, papa aurait dû fracasser la bouteille contre un mur. Maintenant c'est bien fait, ça leur servira de leçon, à papa et à maman, deux êtres irrationnels. Sílvio regarda Charlote et pensa, pourquoi notre sœur tient-elle à dé-éduquer son fils en le laissant assister à ce genre de scène ? Et habillée de cette façon ? Après avoir séduit le père, on dirait qu'elle veut séduire le fils. Le gamin, elle va le castrer, ça sera un pédé. David pensa, un jour la Baleine 52 Hertz va abandonner l'océan Pacifique, elle va faire le tour par le cap Horn, va remonter tout l'Atlantique Sud, avancer dans l'Atlantique Nord et, lorsqu'elle rencontrera le premier magnifique fleuve d'Europe, elle entrera dans son estuaire. Je veux être, moi, le premier qui l'apercevrai, car je m'appelle David. Comme ça je vais gagner plein d'argent, et je vengerai ainsi mon grand-père du vol dont il a été victime.

** Forteresse dans l'estuaire du Tage.

Le ventilateur était immobile, s'il avait été allumé il aurait fait du bruit, les lumières au plafond étaient allumées, la chaleur se faisait bien sentir, et Charlote dit à voix basse : "Un ange passe."

João Vasco répondit : "Il est déjà passé, sœurette, et ne nous a laissé que deux, trois plumes pour nous chatouiller."

Alexandre, l'ingénieur, referma le petit *dossier**, celui qui contenait les bilans comptables, et dit : "Dorénavant c'est ça qui nous intéresse, pas la lettre. Qu'est-ce qu'on en a à faire de cette lettre. De toute façon, et pour y revenir, permettez-moi de vous dire, père, que pour moi cette lettre est celle d'un lâche. Amadeu Lima, au lieu de vous appeler pour vous parler face à face, comme vous le lui demandiez, a envoyé une lettre. Au lieu d'envoyer une lettre franche, il a envoyé une lettre sournoise. Au lieu d'envoyer une lettre affable, il a envoyé une lettre sèche. Au lieu de partager les responsabilités pour tout ce qui a trait à son ministère, ses atermoiements et refus de s'engager pendant sept ans lui ont permis de se défausser. À votre place, je ne perdrais plus mon temps à méditer sur la lettre d'Amadeu Lima. Je dis les choses comme je le pense, père. Moi j'attraperais cette lettre, la déchirerais en mille morceaux, et l'un d'entre nous irait la jeter dans la poubelle de la cuisine, en l'enterrant bien tout au fond, avec le marc de café, les épluchures de patates et les machins en plastique. Une honte, et pourtant rien n'était plus simple. De Santo António de Urca, et plus précisément à partir de l'île de Bioko avec ses dix mille cinq cents millimètres de précipitations par an, à l'Arabie saoudite, sans la moindre averse, nos bateaux devaient mettre deux semaines. On a mis en place les dispositifs de captage d'eau, on a tapissé les parois du bateau d'une double chape de tôle, comme cela avait été exigé, on a garanti la salubrité de l'eau depuis son point de départ jusqu'à son point d'arrivée, on a fait notre boulot, l'État n'a pas fait le sien. Vraiment triste. Au large d'Abidjan ce ne sont pas deux bateaux qui sont arrêtés pour transporter de l'eau, ce sont nos vies qui sont à l'ancre. Comment cela a-t-il pu arriver ? Mes frères, nous n'avons pas encore pris connaissance officiellement de la décision, mais c'est comme si c'était le cas."

Pour bien montrer qu'il en était ainsi, qu'il fallait renoncer le plus tôt possible, Alexandre se replongea dans la vérification des comptes avec la minutie d'un spécialiste des détails mathématiques qui nourrissent les calculs des grands ouvrages en béton. Puis il dit enfin, c'est fini, et passa le dossier à Sílvio.

Sílvio dit : "On n'a pas besoin d'être fort en droit, et en plus on est trois à en avoir fait. Mais ce n'était pas nécessaire pour comprendre qu'Amadeu Lima n'a pas imaginé une disposition *ad hominem*, comme certains d'entre nous ont pu le penser. Non, Amadeu Lima a conçu une stratégie *ad mulierem*. Ou plus précisément une vengeance *ad Charlote Galeanum*. Je regrette que David soit là pour écouter ce que je vais dire, mais étant donné que c'est sa folle de mère qui l'a souhaité, qu'il en soit ainsi. En fait, ça a été la faute à pas de chance. Charlote nourrissait un contentieux avec cet homme à cause de leur fils, et voilà que, des années après, on s'est retrouvés entre ses mains. Nous sommes tous victimes de ce contentieux. Vérité ou mensonge. Personnellement je me refuse à consulter des *dossiers** qui nous plombent le moral. Chacun n'a qu'à renoncer à ce qu'il peut. Moi j'ai déjà renoncé à mon appartement, mon yacht et l'Immortel. Ces *dossiers** voudraient-ils me signifier qu'en ce qui me concerne, je dois encore renoncer à ma voiture ? Renoncer à mes costumes, mes chemises, mes chaussures ? Le précieux grenat de l'anneau de mon diplôme** voudrait-on aussi que je le vende ? Que je vende mon corps au théâtre anatomique de l'hôpital de Santa

** Au Portugal la remise d'un diplôme de fin d'études peut s'accompagner d'un anneau comportant une pierre précieuse, dont la couleur représente le cursus suivi.

Maria, pour qu'on le dissèque un jour ? S'il doit en être ainsi, soit. C'est ma vie, pas mon cadavre, qui m'importe. Pour le reste, tout est calme, tout est serein, je veux seulement qu'on me laisse en paix."

La canne de Titi tomba une fois de plus avec fracas.

Manuel Galeano dit : "Ah ! C'est encore Tatiana qui essaie de se servir de sa canne. Ma pauvre sœur."

"Père, maintenant qu'elle ne bouge plus, pourquoi voulez-vous qu'elle ait trois pièces pour elle toute seule ?" demanda João Vasco.

"Du calme, s'indigna son père. Le panorama n'est pas fameux, mais nous ne sommes pas tombés au niveau de l'animal. Ta question est offensante. S'il en était besoin, je me passerais de ma chambre."

"Mais quelle idée, père. Vous en passer, en quel sens, puisque vous êtes vivant ?"

Alors Manuel Galeano laissa à nouveau passer le tramway, attendit que le long gémissement de l'acier s'éloigne et écarta la dernière mèche sur son front pour dire à ses enfants et petits-enfants : "Mes enfants et vous, mes petits-enfants, nous résisterons. Quand on perd beaucoup, on doit valoriser le peu qu'on a réussi à sauver, si tant est qu'on y soit parvenu. Dans notre cas, je regarde autour de moi et je constate qu'il nous est resté beaucoup de choses. Table garnie, salon, maison, toit en bon état qui vient d'être réparé à cause d'Edmundo qui est revenu blessé de sa mission humanitaire. Et on a la rue, le fleuve, les deux ponts, les mouillages, les quais, la barre et la mer. Ne vous moquez pas de votre père. S'il est vrai que nous avons perdu nos bateaux et tout ce que nous possédions grâce à eux, parce que nous avions un rêve et croyions en ceux qui le partageaient avec nous, du moins nous restent les endroits où ils accostaient, et nous, qui sommes restés pour nous accompagner les uns les autres, comme une vraie famille. Unis, nous résisterons, parce que tout ce qui se passe est transitoire. Ce qui nous arrive n'est qu'un coup de vent. On baisse la tête, et le coup de vent passe. Et un nouveau cycle viendra, et ceux qui survivront interpréteront cet épisode comme une épreuve révolue, et d'ailleurs tout sera oublié. Tout reprendra sa place à nouveau. Gardez vos vies intactes, c'est cela qui est important." Manuel Galeano rangea les *dossiers** et la lettre. "Quelqu'un a encore autre chose à dire ?"

"Moi, mon père, dit Alexandre Galeano. Je veux vous dire que notre admiration pour vous est grande. Heureusement que je suis venu avec mes enfants pour qu'ils apprennent, maintenant qu'ils sont au début de leur vie d'adulte, ce que signifie surmonter et résister. Laissez-les rire. Même s'ils rient, ils n'oublieront pas. Vous avez raison, père. Nous avons table garnie, maison, ville paisible, nous avons le fleuve, nous avons l'avenir devant nous, et nos enfants sont en bonne santé. Pensons à ceux qui n'ont rien."

Charlote pensa, heureusement que j'ai amené mon fils. Pour lui cet exemple de hauteur et de résistance sera inoubliable. Désormais il admire son grand-père, comme un jour, plus tard, il comprendra sa mère, sans pour autant, je pense, l'admirer. David, lui, a pensé, on dit que les autres baleines chantent sur un rythme de musique légère, mais elle, la Baleine 52 Herz, elle sillonne les mers en chantant sur des airs d'opéra. Si elle arrivait jusqu'au Tage et que moi, David, je l'entendais, j'irais appeler mon grand-père pour qu'il l'écoute, et comme ça il se distrairait un peu. Et moi j'expliquerais aux gens ce qu'ils entendent, et avec mes explications je me ferais un peu d'argent pour lui donner. Alexandre, lui, a pensé, et nous, on a notre père. Notre père est de nous tous le plus jeune, le plus fier, le plus résistant. Et qui lui a appris à être de la sorte, mes frères et ma sœur ? João Vasco, lui, a pensé, ma Nadja chérie, tu as résisté à l'adversité au nom de notre enfant, je suis sûre que ce sera un garçon. Rosário, elle, a pensé, j'ai bon espoir que, entre l'arrivée de la lettre et la réponse de Bruxelles, il s'écoule assez de temps pour que la bouteille que mon mari a jetée dans le fleuve se soit déplacée vers le Bugio et au-delà, jusqu'à pénétrer dans la mer, et pour qu'il nous arrive une bonne nouvelle. Qu'au moins nous puissions sauver notre maison. Edmundo, lui, a pensé, mais pourquoi est-ce que je suis venu à cette réunion ?

Pourquoi est-ce que je suis venu ?

Aucune des personnes présentes n'a vu tuer ni mourir de privation, mais seulement de mort naturelle, à l'instar de notre mère, Maria Balbina, qui est décédée d'une pneumonie. Aucune des personnes présentes n'a connu la faim ou la soif. Aucune des personnes présentes n'a passé la nuit à la belle étoile, n'a connu une nuit sans lumière, n'a passé une journée sans toilettes, une journée sans vêtements, sans nourriture, sans médicaments, comme c'est le cas, tous les jours que Dieu fait, des malheureux que j'ai croisés, dans ces camps où je suis resté trois longues années, surtout les deux de Dadaab. Comment ces personnes pourraient-elles entrer dans le livre *2030* ? Elles ne peuvent pas. David, mon neveu, ne s'est pas promené au milieu de ces petits monticules de terre qui recouvraient les corps des enfants morts de faim ou de la malaria, alors que moi j'ai vu des gamins de son âge s'y promener, un tableau qui m'a permis d'entrevoir l'avenir. Lui ne s'est pas promené entre les petites sépultures comme – je l'ai vu – l'unique survivant de ces vingt et un enfants arrivés en une fois au camp de Dadaab et enterrés le lendemain. Pourquoi sommes-nous ici réunis, à pleurnicher sur la perte de deux bateaux, deux vieux rafiots, et sur la disparition conjointe de notre argent, alors que nous sommes vivants et bien nourris ? Moi je regarde vers le futur et, après tout ce que j'ai vécu, je n'ai qu'une seule prétention, écrire un livre pour avertir l'Humanité qu'elle doit protéger son destin, car elle est seule dans l'Univers, et l'Univers est aussi insensible que les étoiles qui naissent, brillent pendant des milliards d'années puis se referment sur elles-mêmes, remplacées par des dépôts de cendres et des matières si denses que nos calculs humains n'ont pas assez de chiffres pour les imaginer. Qui, au sein de ce mystère gigantesque, se souciera de nous ? C'est pour la survie de l'Humanité, pas pour la nôtre en particulier, mon père, mes frères, mes neveux, que je vais écrire ce livre. Voilà ce qu'a pensé Edmundo qui, avant de se lever, a posé sa main mutilée sur la table, même si ses frères et sa sœur, insensibles à ces malheurs lointains, ne la voyaient pas.

10

Le lendemain, Charlote mit la jupe la plus courte de son armoire, le corsage au décolleté le plus profond, chaussa des bottes en daim perforé et serra sa taille avec une ceinture dont les boucles en os étaient grandes comme des bols. Vingt ans plus tôt elle aurait été considérée comme une femme de mauvaise vie, mais par les temps qui couraient, elle n'était qu'une jeune femme qui s'habillait comme une chanteuse pop et, dans le 58 qui arrivait, il y avait cinq autres filles vêtues de la même façon qu'elle. En montant sur le marchepied du bus, Charlote pensa, je suis protégée, je suis armée. Personne ne me touchera, même pas du bout de sa cigarette. On était mercredi matin, onze heures.

Avant de prendre le bus, la fille de Manuel Galeano avait déjà lavé et habillé Titi, nourri Titi, massé les doigts de Titi, elle lui avait déjà mis du rouge à lèvres et glissé ses perles dans ses oreilles largement percées. En outre elles avaient déjà bavardé. Charlote lui avait demandé si elle se sentait bien et n'avait pas obtenu de réponse, mais ensuite elles avaient échangé quelques mots sur *La Chartreuse de Parme*, le livre préféré de Titi. Entre-temps elle avait emmené David prendre le car de ramassage du collège, lui avait dit au revoir jusqu'à ce qu'il disparaisse au milieu des voitures et avait laissé sur un plateau le jus d'orange de son père.

C'est pendant qu'elle pressait le fruit qu'elle avait décidé. Elle allait s'habiller en chanteuse pop, sortir de chez elle, prendre l'autobus 58 pour aller au ministère. Elle irait à moitié nue, elle irait protégée, elle irait armée. Quand elle arriverait là-bas, elle entrerait et s'adresserait aux fonctionnaires de la réception pour leur dire qu'elle n'avait l'intention de parler avec aucun d'entre eux, pas plus qu'avec les fonctionnaires chargés du secrétariat, ou les chefs de division, ou les chefs de cabinet, mais seulement avec Amadeu Lima. Et elle ne prononcerait que son nom, pas son titre, afin qu'ils comprennent que le sujet qui l'amenait était personnel et intransmissible. Je viens ici seulement pour dire que j'existe, que mon père existe, que mes frères et mes neveux existent, que nous sommes victimes d'une mise sous le boisseau infâme, mais que pour autant je ne suis pas là pour demander quoi que ce soit à qui que ce soit. Je viens seulement pour déposer une dénonciation et une réclamation, je viens demander que la justice qui nous est due soit faite, comme si nous étions des anonymes quelconques. Elle le dirait à Amadeu Lima, si par chance on la laissait monter au premier étage.

Et qu'elle se retrouvait face à face avec lui.

Voilà à quoi pensait Charlote, assise contre la fenêtre, tandis que l'autobus glissait lentement, exhalant un souffle chaud, pneumatique, à chaque redémarrage, à chaque arrêt, au cœur de la circulation matinale. Personne en train de marcher dans la rue, tout le monde à l'intérieur des immeubles ou dans les voitures, un océan de métal coulant en sens inverse du fleuve, bleu pâle. Charlote avait décidé de faire ce trajet à la suite de la réunion le soir du 22, quand elle avait compris que le retour de ses frères à la maison paternelle signifiait beaucoup plus qu'un moment de perte de repères temporaire, correspondait à un véritable acte de survie. Comment ne l'avait-elle pas compris avant ? Mais elle n'avait définitivement pris sa décision qu'après avoir parlé avec Titi la veille, et s'être rendu compte que Titi et l'espace où elle habitait étaient inamovibles. Parce que tant Titi que les trois pièces qu'elle occupait, ces trois compartiments que ses frères avaient pris l'habitude d'appeler la suite royale, correspondaient à une histoire scellée, et qu'il n'y avait pas moyen de déplacer sa tante ni de l'installer dans une autre partie de la maison. Il était impossible de l'y forcer. Titi n'était ni célibataire ni mariée, ni veuve ni divorcée, c'était une personne dépendante et, en même temps, la créature la plus libre que l'on ait connue. Il n'y avait pas moyen d'inverser cette situation, et il fallait la comprendre et la respecter.

Sa tante avait toujours eu droit à un statut d'exception, un statut qui lui avait permis de rester jeune jusqu'à quatre-vingts ans, le moment où elle s'était cassé la jambe, un accident qui avait permis à la Nature de s'engouffrer dans cette brèche pour dès lors ourdir une conspiration contre son corps et déclarer sans ambages sa vieillesse et sa décrépitude. Parce que Titi s'était fracturé la jambe, qui avait guéri, mais la fracture avait ébranlé tous ses organes, dont le principal était l'appareil vocal. Titi avait pratiquement perdu la parole. Elle s'exprimait de temps en temps, d'une voix rauque, essoufflée, et la manifestation de cette faiblesse semblait renvoyer à l'état de son âme. Titi avait perdu la grâce légère de la pensée et, dans la maison du Largo do Corpo Santo, on avait surtout perdu le rempart qu'était sa figure protectrice. Depuis qu'elle s'était cassé la jambe et s'était mise à marcher en s'accrochant à des éléments métalliques et à des cannes, elle avait choisi son lit comme lieu de prédilection, et c'est là qu'elle habitait. C'était triste de penser qu'auparavant sa présence, à la fois forte et douce, présidait à toutes les décisions familiales, de plein droit, parce que Tatiana Galeano avait abdiqué sa vie pour se dévouer à ses neveux et à la famille de son frère. Cet élan n'était d'ailleurs pas venu d'elle, il était imputable à son fiancé, qui lui avait envoyé un message écrit, par lequel il rompait leurs fiançailles, la veille de leur mariage.

Un épisode à ne jamais oublier.

Dans la famille, au fur et à mesure que les neveux grandissaient, tous apprenaient les uns après les autres ce qui avait bouleversé l'hiver 1943, même si on n'en parlait jamais devant elle. Mais Maria Balbina, la femme de Manuel Galeano, comme si elle avait voulu indiquer à ses enfants que la vie n'épargnait pas la défaite, racontait que leur grand-tante devait se marier un samedi du mois de février. Sa robe était en lainage semé de perles, elle essayait sa tenue devant le miroir, ici même, dans la maison du Largo do Corpo Santo, quand son grand-père, Jerónimo Galeano, était entré dans sa chambre, tenant son parapluie qui dégouttait sur le sol et un papier qu'il tendait de l'autre main. C'était le papier de la rupture, qui venait du fiancé, un certain João de Gouveia, un gentilhomme proche des proches de Salazar, qu'il ne connaissait pas de près mais qu'il admirait beaucoup. Gouveia disait, par le biais de ce papier, qu'il sentait son cœur se déchirer à l'intérieur de sa poitrine mais que, au nom de l'honneur et de la vérité, le douloureux devoir de renoncer à Tatiana Galeano, sa fiancée bien-aimée, s'imposait à lui. On sut plus tard qu'en fait João de Gouveia avait deux enfants d'une domestique et que, les jours qui précédaient son mariage, ces jours d'hiver prévoyant costumes de laine, chapeaux de feutre, perles et parapluies en dentelle, devait naître le troisième enfant de cette relation clandestine. Jamais personne n'aurait l'occasion de voir en public João de Gouveia avec la domestique, mais avec ses enfants, si. Il les emmenait à l'école dans une voiture noire et, plus tard, il allait les soutenir tous les trois dans leur vocation militaire et leur souhait d'intervenir en Afrique. Tatiana, cela dit, avait été l'otage de cette histoire qui avait tourné court. João de Gouveia n'avait cessé de lui écrire et de lui envoyer des cadeaux. Des livres, qu'il rapportait d'Angleterre et de France, des colliers, des bagues, des écharpes en soie ornées de têtes de chevaux et de grands oiseaux. Son dernier présent, avant de mourir d'une longue et pénible maladie, avait été une jolie paire de boucles d'oreilles en vraies perles, accrochées à un léger filigrane au bout duquel elles se balançaient de chaque côté de la tête. Titi se coupait les cheveux très court, à cette époque bien lointaine on appelait ça *à la garçonne**, et les perles se balançaient inlassablement entre ses cheveux et ses épaules. Titi disait, les garçons, et les perles bougeaient. Elle disait, à table, et les perles bougeaient à nouveau. Deux clochettes qui répétaient constamment j'existe, j'existe. Et même ce matin-là l'éternelle fiancée de João de Gouveia les portait encore, quand Charlote rappela une fois encore à sa tante que ses neveux, à cause de l'adversité qui les frappait, revenaient à la maison, non pas seuls comme lorsqu'ils étaient gamins, mais avec leurs compagnes et leurs enfants. Toutefois elle n'était pas allée jusqu'à souligner auprès de Titi les proportions exagérées de sa suite par rapport aux chambres qui seraient assignées à chacun d'eux. Titi, complètement déphasée, avait dit d'une voix éteinte : "Qu'ils viennent donc tous ici, rien d'important n'a changé, tout est à sa place."

Titi disposait de sa chambre, de son salon-bureau, de la pièce de rangement de ses habits, indispensable, et qui jouxtait sa salle de bains. Comment suggérer à Titi, qui désormais avait du mal à se mouvoir, qu'elle pourrait laisser sa suite royale à Alexandre et Rosário ? Qui avaient perdu leur maison à un moment où, en outre, les commandes à l'*atelier** se faisaient rares ? Comment faire ? De toute évidence, cette suite était la maison de leur tante, c'était tout ce qui lui était revenu en échange de sa vie de dévouement à la famille de son frère et de fidélité à João de Gouveia, le bigame. Titi avait dit : "Tout est à sa place. Apporte-moi *La Chartreuse de Parme* en français, le livre est dans mon salon, sur l'étagère du bas. S'il n'y est pas, descends au premier étage et regarde dans la bibliothèque, sur l'étagère des STE. Vas-y." Elle avait dit cela tout bas, très fatiguée. Et Charlote n'avait pas pu poursuivre la demande qu'elle s'était juré de faire à sa tante.

Son frère Alexandre était venu la trouver la veille. Son frère plus âgé qu'elle était devenu squelettique et avait beaucoup vieilli. Il avait hypothéqué sa maison et ses biens, faisant cet effort dans l'espoir que la situation d'*Horizonte* et de *Batalha* trouve une solution positive. Mais, au lieu d'une décision généreuse, c'était le flou et le silence qui avaient prévalu, et les deux bateaux s'étaient transformés en deux énormes gueules à l'ancre au large d'Abidjan, qui la rongeaient à distance corps et âme. Alexandre avait dit : "Vois si tu peux, Charlote, nous héberger dans la maison. On est en pleine tourmente. Les enfants vont faire leur études à l'étranger grâce à des bourses, et nous nous revenons avec pour tout bagage notre linge et nos instruments de travail, rien d'autre. On va coller la montagne de choses inutiles qu'on a acquises tout au long de ces années dans un entrepôt du côté de l'aéroport. Pense à ça, Charlote. La pièce à côté de la chambre de père nous suffit. Autrefois nous allions y jouer aux cartes rien que pour la vue sur le fleuve." Elle était triste, bien triste, la situation d'Alexandre et Rosário. Mais Titi ne bougeait pas. Titi habitait cet espace comme s'il avait été son corps et elle, son esprit.

Comment faire ?

11

Elle savait comment faire.

Charlote descendit de l'autobus, parcourut quelques mètres et se retrouva face aux portes du ministère. Personne n'entrait, personne ne sortait. Elle se dirigea vers la conciergerie et un fonctionnaire vint à sa rencontre. Un autre se contenta de rester assis. Un policier, qui balançait une de ses jambes de façon insupportable pour un représentant de l'autorité publique, s'approcha lui aussi. Ils étaient de garde à l'entrée d'un ministère et n'avaient rien à faire ? Subitement, un groupe de personnes descendit du premier étage et envahit l'espace de la conciergerie. L'attention du policier à la jambe ballante et celle du fonctionnaire vissé sur sa chaise se déplacèrent afin de rendre à ces gens les cartes d'identité qui leur avaient été évidemment retenues avant qu'ils ne montent. Ils avaient dû être bien reçus car ils parlaient haut et fort, et semblaient de bonne humeur. Cette satisfaction affichée, après l'entrevue collective qu'ils venaient sûrement d'avoir avec Amadeu Lima, mit Charlote hors d'elle. C'était comme si, tout à coup, elle avait été soumise à une influence à laquelle elle souhaitait échapper. Comme si une vague invisible de familiarités émanait de ces gens affables qui sortaient en rangeant leurs papiers d'identité et en échangeant leurs adresses. Charlote pensa, je suis venue presque nue, je suis venue armée, rien ni personne, et encore moins lui, ne m'atteindra. Le fonctionnaire s'approcha d'elle et lui demanda ce qu'elle voulait. Charlote dit : "Excusez-moi, je venais pour voir quelqu'un de précis, mais j'ai laissé tomber. Ça sera pour une autre fois." L'expression du fonctionnaire, interloqué, se figea. Juste à ce moment-là, le téléphone du fonctionnaire sonna et Charlote craignit d'entendre une voix familière au bout du fil. Cela pourrait ne pas être cette voix familière, mais une voix quelconque qui ne serait pas la sienne, demandant une voiture, une information, un itinéraire pour éviter les embouteillages. De qui qu'elle provînt, elle ne voulait pas entendre cette voix venue d'en haut. Charlote s'éclipsa par la porte, se perdit dans la rue. Elle n'avançait pas nue, mais presque. Les bouts de tissu qui l'enveloppaient dessinaient son corps. Et elle se rappela ce qui s'était passé avant la rencontre à la gare de chemin de fer, quand il l'avait accueillie comme si elle était un enfant qu'on jette en l'air pour le rattraper.

Elle pensa au temps qui avait précédé cette rencontre.

Lors de ces matins d'août finissant, quand elle courait le long du ressac, avant le lever du soleil, l'horizon encore couleur lilas, et qu'elle croisait un homme qui cheminait paresseusement dans la direction opposée à la sienne. Elle ne savait pas de qui il s'agissait. La grève était vaste, si vaste que cela permettait d'accompagner la lente progression de l'homme qui marchait en sens contraire. Elle courait, il marchait. Elle était jeune, lui plus tellement, deux inconnus, mais qui avaient une habitude commune, celle de savourer la brise matinale, quand la plage était encore déserte. Le premier jour ils s'étaient croisés et ne s'étaient pas parlé, le deuxième ils se croisèrent, elle courait, lui pas, mais elle s'était légèrement écartée, quand ils s'étaient côtoyés. Le troisième jour ils se croisèrent, elle courait sans hâte, il marchait lentement et ils se sont salués. Le quatrième, elle s'est arrêtée pour lui dire bonjour. Le cinquième il s'est arrêté lui aussi. Le sixième jour elle lui avait demandé s'il aimait l'air du matin.

C'est elle qui avait posé la question.

Ils s'étaient assis sur le sable encore frais de la nuit et il lui avait dit qu'il s'appelait Amadeu Lima et qu'il venait le matin car il voulait profiter du restant de la journée pour travailler. Il préparait une thèse dans le domaine du Droit de la mer. Ensuite il lui avait demandé : "Si vous aviez tous les pouvoirs du monde et que la mer pouvait parler, que vous demanderait la mer ?" Elle avait répondu : "La mer me demanderait de dire aux hommes de lui ficher la paix." Oui, très bien, très bien, avait-il dit. Puis il lui avait montré des choses qu'elle n'avait pas remarquées. Sous son bras, il tenait des sacs plastique tout froissés, qu'il secoua et déplia : "Vous voyez ?" Il marqua un bref silence. Elle avait raison. Les hommes devaient ficher la paix à la mer, la mer et ses fonds et ses abîmes, ses jardins secrets, ses nappes d'algues, ses créatures d'une infinie variété, son eau pure avec sa pointe de sel. Ils devaient lui ficher la paix. Mais elle avait peut-être entendu parler de la *sphère immonde*, une sorte de continent dispersé fait d'une soupe de micro-plastiques transportés par les courants et amoncelés au fond des mers sous l'effet des tourbillons. Parce que le plastique ne se dissout pas, la molécule du plastique résiste à l'action du soleil et des éléments en général, elle reste inaltérable pendant mille ans. Une soupe immonde au fond de la sphère liquide. Et Amadeu Lima avait secoué les sacs qu'il avait ramassés sur la plage avant le lever du soleil et avait pris un air pensif. Ah ! Si la marée les avait emportés, peut-être au moins l'un d'entre eux aurait-il été poussé par le courant jusqu'à la plate-forme des Bermudes et y serait-il resté pendant dix siècles. Peut-être celui-là, qui venait des supermarchés Jaffer's, nom inscrit en rouge et jaune, aurait-il fini par être avalé par une baleine dans la mer du Honduras, et cet autre, en provenance d'un laboratoire pharmaceutique, aurait-il fini par asphyxier une tortue quelque part dans l'océan. Parce que, si elle regardait attentivement les sacs plastique qu'il avait dans les mains, il ne fallait pas qu'elle imagine un temps humain mais un temps beaucoup plus long, comme le temps des étoiles, ou des rochers, ou le temps des oliviers, pour se rapprocher de l'échelle exacte. Du poison, du pur poison, c'est cela qu'il avait arraché à la mer ce matin-là. Il tenait suspendu dans les airs la poche pleine de plastiques et la regardait avec la solennité de celui qui fixe, les yeux dans les yeux, un assassin cosmique. Elle ne croyait pas à ce qu'il disait ? Bien sûr que si !, elle y croyait.

C'était là une matière très sérieuse. Parfois, lorsqu'il se penchait sur les problèmes du droit de la mer, il pensait que la création de ce droit n'aurait pas dû revenir à la société – voilà ce qu'avait déclaré le ramasseur improvisé de sacs plastique. "Nous ne sommes pas maîtres de la mer pour la diviser, la posséder, la partager, la scruter, nous faire la guerre les uns aux autres à cause d'elle, puisqu'elle est une entité indépendante, un don de la vie terrestre qui devrait revenir à tous et être pour tous sacré. Mais non. Bien au contraire, ouvertement et de manière irresponsable, nous l'empoisonnons sans pitié", disait-il, le sixième jour, en discutant avec elle assis dans le sable. Assis, exposant les choses en agitant les bras, emporté par ses propres mots, se sentant une mission de professeur vis-à-vis de Charlote. C'est un professeur que Charlote avait rencontré. Ensuite la plage s'était peu à peu remplie. Ici et là, on ouvrait les parasols, on dressait les tentes, des gens barbotaient dans l'eau. Il devenait impossible de parler tranquillement. Ils s'étaient levés et chacun était parti de son côté. Il avait disparu par la porte du petit hôtel Flórida, Charlote était rentrée chez Dona Ester, dans la suite que ses amies et elle avaient louée. Et du coup, le septième jour, Charlote n'était pas sortie courir toute seule. Elle avait emmené avec elle les trois filles pour que, toutes, elles connaissent un personnage singulier du nom d'Amadeu Lima.

Elles étaient venues, elles étaient quatre.

Lui arrivait lentement, au ras des vagues, elles, elles couraient le long de la grève. Quand ils se croisèrent et se furent assis par terre, Amadeu Lima avait ouvert un sac plastique, et dans ce sac il y avait d'autres sacs plastique qu'il avait ramassés rien que ce matin-là. Mais il y avait autre chose, des tas de choses. Il transportait une boîte de lait en poudre pour bébé avec son couvercle, un ballon en caoutchouc dégonflé avec valve, un tube de crème à bronzer, une bride de tong, une branche de lunettes de soleil, divers emballages de paquets de cigarettes, l'un d'eux encore plein, cinq ou six cornets de glace. C'était sa récolte du jour, et il était désespéré. Que faire ? Comment éviter cela ? Il passait son temps à échafauder des théories sur tel ou tel détail juridique, alors que ce à quoi il devait se consacrer en priorité c'était cela. Du concret, pur, dur. Les amies de Charlote Galeano n'étaient-elles pas du même avis ? Si, elles l'étaient, et au point que, le huitième jour, quand ils se retrouvèrent et s'assirent sur le sable, ce n'était pas d'un seul côté qu'il y avait les résultats d'une pêche aux ordures. Elles avaient elles aussi leur sac et en détaillèrent le contenu, étalant les pièces sur le sable et calculant les siècles que mettraient les agents naturels à les détruire. Si on faisait l'addition, cela donnait des milliers d'années, et Amadeu Lima dit qu'il se sentait petit et impuissant, au milieu de cette chaîne qui ne faisait que commencer et dont on n'imaginait même pas quand elle finirait. Impuissant, petit et en même temps désarmé. Au contraire, les quatre filles, au fur et à mesure qu'il parlait et se minimisait, le voyaient de plus en plus grand, de plus en plus puissant, insigne défenseur de l'ordre, la grâce et l'harmonie de la mère Nature, et une passion pour lui s'était emparée d'elles. Un collectif féminin passionné, il y avait danger. Un brouhaha de rires, un embrasement, et lui au centre de ces rires, marchant le long de la plage, le huitième jour et les jours qui suivirent. Mais Amadeu Lima, devant ce collectif passionné, n'oubliait jamais d'invoquer l'acte fondateur de cette leçon en plein air, la phrase de Charlote Galeano. Il la singularisait au sein du groupe : "Vous avez eu raison, Charlote, de dire que la mer vous demanderait, si vous aviez tous les pouvoirs du monde et qu'elle parlait, que les hommes la laissent en paix. Belle pensée, Charlote, belle pensée."

Et puis il y eut un jour spécial.

Un matin de septembre, quand les filles arrivèrent à la plage, Amadeu Lima sortait de l'hôtel. Il était bouleversé. On venait de lui téléphoner pour lui signaler un désastre qui se produisait sur les berges de la Ria. À quelques kilomètres de là, l'une des plages était couverte de poissons morts. Il avait une vieille Taunus qui pouvait encore démarrer avec cinq personnes à bord, si elles voulaient l'accompagner. Et elles voulaient. Ils étaient alors partis sans tarder dans la direction du sinistre, aussi rapidement que la vitesse de la voiture le permettait. Ils étaient descendus et avaient confirmé le massacre. Il devait y avoir eu un écoulement d'huile, on ne savait ni quand ni du fait de quelle responsabilité. L'eau était mousseuse et grasse, et des merlans flottaient sur une boue immonde. Beaucoup étaient répandus sur la plage. Amadeu Lima se pencha sur le sable, examina les poissons morts par asphyxie, se promena parmi eux, en prit un certain nombre et les retint contre sa poitrine, les serrant contre lui, juste isolés par sa chemise.

Chez quelqu'un d'autre, on aurait trouvé le geste exagéré, mais chez Amadeu Lima c'était authentique, ça faisait partie de sa personnalité émotive prompte à la compassion, comme s'il était né et était devenu homme pour être choqué par la disharmonie du monde et en souffrir. Les autorités maritimes n'avaient pas tardé à arriver sans même se soucier de la cause du phénomène. Selon les badauds présents, on savait très bien qui avait provoqué cet écoulement, mais pour autant l'auteur en question ne serait pas dénoncé. Ceux que cela intéressait n'avaient qu'à mener leur enquête. Alors Amadeu Lima s'était indigné, tonnant contre le court-circuit qui alimentait ce crime contre des êtres de la Nature, face aux agents de l'autorité maritime et aux badauds et, ce qui était curieux, c'est que tous étaient d'accord avec Amadeu Lima. Mais être d'accord c'était comme ne pas l'être, cela n'avait aucun sens, puisque ni les uns ni les autres ne bougeaient. Il cria, environné par les cadavres de poissons : "Espèces de canailles, espèces de lâches !" Il qualifia d'imbéciles et de traîtres les curieux, en agitant les merlans morts qu'il ramassait dans le sable. Et de cet homme, indigné par ce crime public, révolté par ces criminels et leurs complices, émanait une flamme héroïque dont témoignaient les poissons pressés contre son sein. Finalement, les quatre filles étaient reparties, dans la Taunus aux fenêtres fermées, très émues et survoltées. Elles ne tenaient pas en place, et moins encore dans la Taunus. La plus modérée, c'était Charlote Galeano.

À la mi-septembre à peu près, il réussit à lui demander : "Charlote, pourquoi ne venez-vous pas toute seule ?" Elle avait répondu en toute sincérité : "Je les ai invitées le premier jour, je n'ai jamais pensé qu'elles viendraient elles aussi." Et elle sentit en elle une grande envie de pleurer. "Vraiment dommage", avait-il dit. Ils avaient rapidement échangé leurs adresses et leurs numéros de téléphone. Mais ils n'étaient déjà plus seuls. Puis vint le 15 septembre. Puis vint le départ de la suite de Dona Ester, le voyage de retour et le coup de fil d'Amadeu Lima, *viens*. La réponse, mais comment ? Et lui avait dit, sans préciser qu'il avait étudié les horaires : "Si tu venais, je t'attendrais à la gare, à midi cinquante-quatre. Mais dis quelque chose avant." Les coups de fil avaient été longs, c'est la mémoire qui les rendait brefs. Elle, elle n'avait rien dit de clair. Plus tard, alors que Charlote pensait qu'elle avait fait un voyage à la rencontre de personne, si déliés avaient été leurs liens, voilà qu'il avait surgi sur le quai de la gare et qu'en la voyant il avait ouvert les bras. Elle ne savait pas si elle avait des marches à descendre ou à monter, lui l'avait soulevée dans les airs, comme si elle était un enfant en plein vol qu'il se serait promis à lui-même de protéger entre ses mains.

12

Tout ce que Sílvio a décidé de faire est parfait. Il s'est débarrassé de son yacht *BlowUp* avec tout l'arsenal des enregistrements, licences, taxes de mouillage, péages, litres d'essence, réparations, entretien, abonnements. Il s'est débarrassé de son appartement d'Estoril avec vue sur le casino et ses grands palmiers. Et, enfin, il s'est débarrassé de son cheval afin de pouvoir garder sa BMW en parfait état et faire face aux dix-sept mensualités de remboursement qui restaient. Il résistait plutôt bien. La rationalité dans l'élimination des biens n'est qu'un des aspects de l'instinct de survie. Et il était en hausse, son instinct. Il était revenu au bureau, ses collègues lui avaient attribué un certain nombre de dossiers, dont un seul relevait de son domaine de compétence, des chauffeurs de taxi qui avaient été exclus du concours de la fonction publique leur permettant d'acquérir le certificat de capacité professionnelle et qui menaçaient de coller une balle dans le ventre du conseiller municipal en charge des Transports si justice n'était pas faite. Les autres concernaient des divorces. Triste, triste, affreusement triste.

Bientôt il ne verrait plus le fleuve, ni le soleil se couchant sur la mer, ni le frémissement des arbres dans les parcs, ni la beauté des gamines assises au bar, ni son visage comme sien dans le miroir. Sous peu il serait ligoté par les procès, les délais, les querelles, l'appât du gain, la consultation fébrile des codes de procédure afin de pouvoir l'emporter, argumentations, répliques, contre-répliques, interminables allégations. Il se connaissait, il savait comment il se laissait emporter dans cette course, qui lui dévorait seize heures de veille et huit heures de sommeil, comment il se regardait dans la glace le matin sans se voir, en attendant ce dimanche matin où il dirait à voix haute, Sílvio, Sílvio, est-ce que par hasard ça serait toi, là, dans ce miroir ? Jusqu'à présent il était seulement revenu, il était là, et il avait agi comme il se doit, tout ce qu'il faisait était correct, scrupuleux, et il s'était débarrassé de tous ses biens avec une facilité relative, à une exception près, le cas d'Immortel.

Parce que, contrairement à son appartement, son yacht, ses dizaines de chemises, de costumes, chaussures, tableaux, cendriers et meubles, l'Immortel était un organisme vivant. Sílvio aimait ce cheval. Il l'imaginait livré aux caprices de Rafaelito Borato et de Rafael, et il le voyait se mouvoir ici ou là au milieu d'autres chevaux, tous très maigres, agitant à peine leur queue, et il entendait le hennissement du sien. Des tas de questions l'assaillaient. Est-ce qu'on lui donnerait à manger, avant de lui trouver un nouveau maître ? Le laisserait-on dépérir ? Le bruit de son hennissement lui parvenait la nuit. Une plainte assourdie, un rire de bois fêlé, un tissu râpé, un gémissement ténu pour clore son beuglement nocturne. Sílvio ne dormait plus. Trois nuits de suite, depuis qu'il était revenu au bureau de l'Avenida da Liberdade. C'est pour cette raison qu'il voulait écouter ce que Rafaelito avait à lui dire, Rafaelito qui ne parlait pas au téléphone, Rafaelito par la voix de Rafael. C'est mon père, rapport au cheval, c'est lui qui veut vous parler.

Alors ils s'étaient rencontrés à côté de la pile du pont, comme la première fois, et le message était simple. Cette histoire de cheval avait été une mauvaise affaire pour Rafaelito. Personne ne voulait acheter le cheval, comme il l'avait déjà dit, pourtant si l'on aimait les chevaux on voulait les vendre. Il avait déjà dépensé plus de deux cents euros pour la ration de l'animal afin de lui garder une robe brillante, et rien, personne ne se présentait pour acheter. Si vous le voulez, allez le chercher, je vous fais payer mes dépenses pour sa ration, et vous en faites ce que vous voulez. “Allons voir le cheval”, dit Sílvio.

Sílvio suivit la fourgonnette blanche aux vitres opaques que conduisait Rafael par les rues, ils traversèrent le pont, affrontèrent virages et contre-virages, de temps en temps ils apercevaient la mer, ensuite elle disparaissait et surgissaient des pins, des pins touffus, puis le paysage se dégageait et, après une clairière, se trouvait le campement, qui donnait sur un enclos, le reste du terrain, à l'herbe rase, étant occupé par différents spécimens d'équidés, qui semblaient tous en très mauvais état. “L'Immortel ?” demanda Sílvio Galeano. “Enfin, monsieur, vous ne pensiez pas que mon père allait le mêler à ces efflanqués ? dit Rafael. Mon père sait à qui il a affaire. L'Immortel est un cheval sellé, qui a sa carte d'immatriculation, il est à part.”

En effet, dans un petit enclos touchant au grand enclos, attaché à un arbre avec une corde, se trouvait l'Immortel. Enfin, se trouvait plutôt l'ombre de l'Immortel, tête baissée, effleurant du bout des lèvres les rognures d'un sol pelé. Quand il entendit la voix de son maître, il tourna la tête, regarda de biais, lentement, boudeusement, puis il émit un hennissement identique à ceux que Sílvio entendait dans ses rêves. Un son aigu de gorge enrouée, de gorge éraillée, une stridulation, puis un gémissement, puis un glapissement. Rafaelito savait ce que voulait dire aimer les animaux, il comprenait, paix à ses ancêtres, ce qui se passait dans le cœur de Sílvio. Il avait passé sa petite enfance sous le ventre de juments mulassières et il ne l'oublierait jamais. C'était elles qui l'avaient fait, comme ça, indompté, tel qu'il l'était. Il comprenait. M. Sílvio ne pouvait se passer de son cheval de compagnie. Il suffisait qu'il lui règle la ration de l'animal pour l'emmener, parce que par les temps qui couraient, comme il le lui avait dit à plusieurs reprises, personne ne voulait acheter, tout le monde voulait vendre. Sílvio dit que, sincèrement, sa situation ne lui permettait plus d'entretenir un cheval comme par le passé. Quel conseil pouvait lui donner Rafaelito ? Rafael répondit du tac au tac, il devait le vendre pour abattage tant qu'il avait le poil brillant et de la peau sur les os. Il connaissait une boucherie. On ne lui donnerait pas un sou, le prix de l'abattage équivaudrait à celui de la viande. Mais après quinze jours, un mois de jeûne, la viande ne conviendrait plus qu'à un zoo, et ce ne serait pas le zoo qui paierait l'abattage, ce serait son maître. Il en pensait quoi, Sílvio ?

Sílvio réfléchissait.

L'Immortel léchait le sol comme s'il voulait démontrer à son maître dans quelle situation précaire il se trouvait. Il allongeait les lèvres, gratouillait sur le côté, de face, levait la tête et ruminait à vide. Il n'y avait rien dans sa bouche. Même pas un brin d'herbe verte. Sílvio réfléchissait mais sans se décider, il n'en était pas capable. Il devait être fort, il devait agir comme on agit quand on bousille une existence. Sans pitié, mû par l'instinct de survie. Il ne pouvait revenir en arrière, mais il n'était pas capable non plus de se projeter. Abattre l'animal qui lui avait donné tant de joies ? Les chevauchées, les galops, il avait même participé à un concours de sauts d'obstacles avec l'Immortel, et à présent il l'imaginait à l'abattoir ? Promis à quelque boucher s'il était en forme ? Destiné au zoo s'il était maigre ? Sílvio pensa même à prendre la selle qui gisait par terre, le licol qui était accroché à un arbre, à harnacher l'animal, le flatter, l'encourager, le monter, faire le tour du pré. Mais il ne pouvait pas. Gare à qui prend une décision forte et fait des zigzags avec ce qu'il a décidé. Ce n'est plus de la force, c'est de la faiblesse. Sílvio mit la main dans la poche de sa veste, compta ses billets, recompta, et à la fin donna quatre cents euros à Rafaelito, deux cents pour la ration consommée, deux cents pour la ration à venir.

"Ça ne donne même pas pour huit jours", dit Rafael, mécontent.

"Allons, allons, ça fait trois jours de nourriture", dit Rafaelito.

"Je repasserai avant cela, garantit Sílvio Galeano. Parole d'honneur." Et au lieu de se diriger vers la maison du Largo do Corpo Santo, il engagea sa voiture sur la route d'Estoril. Il se dirigeait vers l'hôtel Pablo, qu'il connaissait de l'extérieur, mais où jamais, jusque-là, il n'était entré. Il y allait déterminé.

13

Edmundo ignorait que son frère Sílvio allait de clairière en clairière, au milieu des pins, pour financer l'alimentation de l'Immortel. Il savait seulement que son frère possédait un cheval qu'il montait le mercredi et le dimanche, qu'il participait de temps à autre à des compétitions sportives et avait une fois rapporté à la maison un trophée, une figure de jockey, en appui sur sa selle et tête baissée, monté sur un petit cheval en bronze. En dessous ça disait AUDACE. Ces derniers jours, il avait eu envie de lui demander s'il avait été difficile de se défaire du *BlowUp* et de l'appartement d'Estoril, mais surtout du cheval, depuis qu'il avait découvert, avec l'épisode de la lettre, que ses frères et sa sœur, ainsi que leur père, se trouvaient en difficulté. Mais il craignait que ce genre d'inquiétude ne le perturbât plus encore que le calme et la tranquillité qu'il s'était imaginés auparavant. Heureusement que la pelote de lumière bleue qui l'accompagnait demeurait inaltérable. Edmundo continuait à voir cette sphère phosphorescente tourner devant lui avec la fidélité d'un animal de compagnie. Aussi attendit-il que son frère monte jusqu'à la chambre du quatrième étage et s'y enferme, comme d'habitude, pour descendre libre comme l'air jusqu'à l'étage de la bibliothèque.

Son moment était venu.

Il descendit, poussa la porte, ouvrit la fenêtre, la lumière extérieure entra, se posa sur l'escabeau et sur les reliures des livres, et comme toujours Edmundo se plongea dans leur contemplation. Les quatre murs étaient tapissés d'ouvrages accumulés depuis cent ans, acquis surtout dans la seconde moitié du XXe siècle, fichés et rangés par Titi, et il choisit de se recueillir comme s'il avait été un croyant et qu'en ce lieu régnât la paix d'un sanctuaire. Il avait dans l'idée que, derrière chaque couverture, se glissait la tentative de découvrir une énigme et que, si l'on additionnait ces quatre murs tapissés de livres, on devait trouver une réponse au mystère sans cesse questionné de la vie. Cependant il n'avait lu que fort peu de ces ouvrages, et c'est pourquoi la sensation d'admiration pour la force des voix qu'il imaginait s'exprimer dans toutes ces pages prisonnières de leurs couvertures s'accompagnait d'un sentiment de remords. Et à celui du remords se joignait l'idée d'immensité inatteignable. Et à l'idée d'immensité inatteignable, la sensation d'une temporalité épuisée. Tout ce qui méritait d'être lu devait déjà être imprimé dans ces milliers de feuillets que Titi avait entassés, méthodiquement, créant un ordre humain différent de l'ordre du monde naturel. Mais si tout était déjà écrit et se trouvait concentré entre ces quatre murs tapissés de livres, pour quelle raison pensait-il qu'il en manquait un et pourquoi imaginait-il que celui qui manquait, c'était précisément à lui de l'écrire ? Arrivé à ce point, Edmundo eut peur que soudainement la sphère bleue se dissipe en néant, et il ferma à demi les yeux, partagé entre le souhait qu'elle demeurât intacte et le désir qu'elle ne fût plus là, tellement l'appel qui le saisissait était noble et difficile. Cependant il se trouvait au milieu de ce salon tapissé de livres, sur leurs rayonnages dressant des murs de mots qui constituaient un édifice de papier couvert de lettres, et sa sphère à lui était toujours là, une boule de feu pâle imputrescible, l'appelant à une prouesse inimaginable. Un livre sur la menace globale. Comment faire alors ? Comment débuter ? Il savait qu'il faudrait écrire un livre long, pour que le début soit éloigné de la fin, sinon il n'y aurait pas assez de substance pour y ériger un univers, le détruire puis le reconstruire, de sorte que sa proposition soit bien clarifiée et se pose comme une promesse de paix. Mais ses certitudes étaient si peu nombreuses que, pour l'instant, il n'avait encore trouvé que le titre, *2030*, ce qui était déjà beaucoup et, en même temps, très peu. Il estimait à présent qu'avant d'avancer il lui faudrait copier non pas un poème de neuf cent huit vers, mais un ouvrage de cinq cents pages. Il parcourut du regard les couvertures des livres, considéra Cervantès, Sterne, Musil, et ne parvint pas à se décider. Il eut alors l'idée de monter dans la chambre de Titi.

Il monta dans la chambre de Titi.

Il grimpa les escaliers, la porte était entrouverte, il frappa, personne ne répondit. Mais personne ne répondit parce que Titi ne répondait pas. Il entra sur la pointe des pieds et la trouva les yeux fermés, assise sur son divan, les mains posées l'une sur l'autre et sans aucun livre sous les yeux. Il s'approcha davantage, un pas, puis l'autre, et constata que Titi était vivante. "Ça va, ma tante ?" Comme Titi ne répondait pas, Edmundo se baissa et dit : "Titi, je veux écrire un livre." Craignant que sa tante ne comprenne pas, il gesticula comme si elle était sourde. "Moi, Edmundo", et il se désigna. "Je veux écrire", et il fit glisser sa main droite par-dessus la gauche comme pour dessiner des lettres. "Un livre", dit-il, faisant comme s'il feuilletait. "Un livre écrit par moi." Les yeux de Titi s'emplirent de larmes. Elle le pointa du doigt, interdite, comme si elle disait, toi ? Toi tu vas écrire un livre ? "Oui, Titi, un livre sur l'expérience que j'ai vécue dans les camps de Dadaab. Trois camps, Ifo, Hagadera et Dagahaley. C'est à Dagahaley que ça m'est arrivé, Titi", et il montra sa main droite à sa tante. Elle passa sa main sur la main mutilée de son neveu. "Un livre", balbutia-t-elle. Et elle pointa son doigt sur la poitrine d'Edmundo comme pour dire, toi, l'auteur. Ses yeux bleus étaient toujours humides et rouges. Titi n'avait aucune parure mais elle était maquillée comme autrefois.

"Titi, j'ai le titre, l'idée générale et l'action complète dans ma tête, mais je ne sais quels livres lire pour m'entraîner.

Que me conseillez-vous ? Vous pourriez me l'écrire sur un papier ?" Mais Titi lui fit signe de s'approcher, fit oui de la tête et dit dans un souffle : "Homère." Edmundo répéta : "Homère, oui, j'ai compris." Il était tout ému : "L'*Iliade* ou L'*Odyssée* ?" Elle susurra : "L'*Iliade*." Edmundo exulta. Il en était sûr. Il y a longtemps de cela, il en avait lu un résumé fait à partir d'une édition illustrée, quand il était étudiant, ça devait bien faire dix ans. Il se rappelait la couverture qui représentait les trois guerriers, Achille, Hector et Patrocle en gros plan. Au deuxième et à l'arrière-plan, un tourbillon de personnages plus ou moins importants qui brandissaient des épées et s'affrontaient. Un récit d'aventures évoquant l'éternelle guerre des hommes, disait la quatrième de couverture, et aussi, à l'intérieur, un résumé abondamment illustré. Ce qui voulait dire que, lorsqu'il était étudiant, il avait fait le résumé brévissime d'un bref résumé, et que pourtant il s'en souvenait. Il se sentait ému par ces coïncidences. Quand il avait pensé pour la première fois à son livre, il avait souhaité, précisément, revenir là, au début du début du cycle du bronze et du cycle du fer, pour donner naissance à un nouveau cycle, le cycle de la bombe, et voilà que sa tante lui parlait précisément de l'*Iliade*. Peut-être, dans le monde des livres, les mots étaient-ils nombreux mais les idées fondamentales en nombre réduit. Sinon, comment serait-il concevable que Titi et lui aient eu la même idée ? Edmundo se pencha sur le corps frêle de sa tante comme si elle était un oracle. Silence, silence absolu. "Je dois chercher l'inspiration dans l'ouverture ?" demanda-t-il en frôlant les cheveux argentés de Titi. Mais il eut l'impression que sa tante lui disait, non, non, cherche l'inspiration dans le finale, mon cher enfant. "C'est du finale que je dois tirer mon inspiration pour écrire la première phrase ? Dites-moi, Titi, parlez." Et Titi dit, oui. "Parce que je dois commencer là où Homère a terminé, c'est ça ?" Titi dit encore quelques mots qui tous ne pouvaient vouloir dire que oui.

Alors Edmundo s'apprêta à retourner à la bibliothèque et à rechercher les dernières strophes de l'*Iliade*, et il descendait donc l'escalier en murmurant pour lui-même, mille fois merci, Titi. Il descendait tout joyeux. La musique de l'ode le poussait jusqu'au premier palier : *Mon imagination m'emporte tel un torrent !* Montant vers le deuxième palier : *Je me heurte, je rugis, je me précipite...* Il ouvrit la porte, chercha HOM sur l'étagère, prit le livre que Titi lui avait indiqué et, avant de l'ouvrir, dit à voix haute : *Mes tourments déferlent sur l'écume, et ma chair est une vague qui se fracasse contre le rocher !* Il avait l'*Iliade* entre les mains. Il compta le nombre de pages de l'édition de Titi, quatre cent trente-deux. Edmundo se sentit puissant, capable d'écrire autant de pages que celles de ce livre qu'il tenait entre ses mains tel un modèle, un signal de départ. Il lut le début à voix haute, précipitamment. C'était beau, mais il y avait beaucoup, trop de pages à copier, des lettres trop petites, et il était pressé. Il était désolé, mais c'était impossible de copier autant de pages. Soudain surgit en lui une idée conciliatrice. Il pourrait tricher un peu avec lui-même, il ne recopierait que les dernières pages pour ne pas retarder la rédaction de son livre. Quand il y parvint, il y trouva les funérailles d'Hector. Ça faisait son affaire. Comme si le destin des hommes était un éternel combat ; quand il y avait une nouvelle valeur à défendre, l'enterrement du corps d'un héros aimé des dieux, un compromis surgissait entre les adversaires qui acceptaient de différer la lutte pendant quelques jours. Une bataille éternelle différée seulement pendant quelques jours. Il fallait un nouveau cycle, qui éviterait la bombe et transformerait les hommes. Éviter en urgence. Avant *2030*, pensait-il. Des deux doigts de sa main handicapée, aussi agiles que possible, il commença à copier au moment où Priam pleurait la mort de son fils. Il écrivit : *Mais, moi, comble de l'infortune !, j'ai engendré des fils irréprochables dans la grande Troie, dont je ne sais s'il m'en reste un seul. J'en avais cinquante quand les fils des Achéens sont arrivés. Dix-neuf étaient sortis du même sein, et plusieurs femmes avaient enfanté les autres dans mes demeures. L'impétueux Arès a rompu les genoux du plus grand* *nombre. Un seul défendait ma ville et mes peuples, Hector, que tu viens de tuer, Achille, tandis qu'il combattait pour sa patrie*... Edmundo copia lentement, d'une écriture ronde, les paroles du vieux Priam sur une page de cahier, avec la délicatesse de celui qui écrit des mots pour l'éternité sur une fragile feuille de papier de soie. Il passa son après-midi à copier le triste finale de l'*Iliade*. Ensuite il reproduisit des passages pris dans le passage. Le plus jeune fils de Manuel Galeano ne savait pas encore comment se détacher d'une aussi grande beauté afin de pouvoir créer son propre objet esthétique, à partir de ce miroir du futur qu'il avait contemplé à Dadaab, la triste ville poussière* à côté de la Corne d'Afrique.

* Nom que lui donnent les Kenyans.

14

Même après la lecture de la lettre, comme dit ma sœur Tatiana, tout est à sa place, pensa Manuel Galeano. Et puisqu'il en est ainsi, je vais récapituler ma vie et faire le compte de mes biens, à commencer par la maison. Prière de m'écouter : Cette maison a cinq étages et le temps ne lui en a enlevé ou ajouté aucun, depuis le début du XIXe siècle, quand la façade a dévoilé son austère physionomie le long de la berge du fleuve. Au cours du siècle suivant, le rez-de-chaussée a emmagasiné, décennie après décennie, des milliers de barils de morue. C'est pour cette raison que la saumure monte encore aujourd'hui jusqu'au premier étage, formant de grandes taches de salpêtre qui rappellent la carte des mers de Terre-Neuve. La maison, c'est mon grand-père Joaquim Galeano qui l'a achetée au temps de la monarchie. Elle a un parquet en pin des Flandres, elle a des tuiles mauresques, elle a de grosses poutres en chêne robuste qui supportent les toits, et sont les nerfs de la résistance qui l'ont maintenue intacte au fil du temps. L'automne dernier, ma sœur Tatiana a dit : “Frérot, étant donné l'indétermination de l'État, on devrait préparer notre immeuble aux divers imprévus. On ne sait jamais à quoi peut mener pareille aventure. On a tout mis en gage sauf cette maison.” Et soudain, parce que les choses étaient mises à leur place, ses mots ont pris du sens.

Nous avons ouvert les fenêtres, fait appel au plombier polonais, au couvreur ukrainien, au manœuvre soudanais, à la firme allemande spécialiste des portes, au plâtrier d'Almada, nous avons dépensé nos derniers euros dans cette glorieuse entreprise et, une fois les réparations effectuées, tout est à sa place. Cinq étages, neuf pièces, quatre couloirs, un escalier en colimaçon de soixante et onze marches, et tout en haut un espace étroit et retiré où Edmundo s'est installé quand il est revenu à Pâques, la main droite anéantie. Tout impeccable, tout au point. Parfois on pense que non mais, sans que l'on s'en aperçoive vraiment, tout cadre, tout rime, tout a un sens et une finalité. Même la table qui nous a attendus toutes ces années, au milieu du salon, au deuxième étage, est à sa place.

La grande table faite de trois planches, pouvant accueillir vingt-quatre personnes, en compte douze en ce moment, mais les espaces vides sont dans l'attente de jours meilleurs qui ne manqueront pas d'arriver, comme à l'époque où notre père était armateur de bateaux de pêche et avait des amis irréprochables. Tout parfait, tout au point, tout en conformité. Je ne me rappelle pas leurs visages, mais je me rappelle qu'ils étaient vingt-quatre et que certains d'entre eux étaient avec leurs femmes. Un jour, père nous a appelés, il voulait qu'ils nous voient tous les deux, Tatiana et Manuel, comme nous avions grandi, presque des adultes. Étudiants. Un des vingt-quatre avait dit : “Des études de droit ? Mon cher Custódio, c'est parfait. Les filles doivent se marier, mais les garçons doivent entrer dans une banque en faisant du droit. J'ai un seul conseil à donner pour entrer dans une banque, le droit. Car c'est dans les banques que tout va se jouer. Dans un avenir extrêmement proche, il ne sera pas du tout intéressant de se trouver aux côtés de quelqu'un qui est obligé de faire de l'argent, on souffre beaucoup et c'est rarement rentable. L'important, ce sera de s'occuper soi-même d'argent et de s'en servir directement. Mon intuition me dit que, dans peu de temps, il n'y aura que deux types d'individus, les idiots, qui se crèvent au travail et gagnent peu ou rien, et les intelligents, qui vivent au milieu de l'argent que les autres gagnent et qui détiennent tout. Envoyez-le dans les banques, Custódio Galeano. Vous et moi n'aurons plus le temps de voir ça, mais dans quelques décennies les villes, les nations, les pays compteront pour du beurre. La mappemonde sera divisée à partir des sigles des banques, toutes les guerres viendront des banques, et la paix, si elle existe, aussi. Vous avez bien raison de lui imposer des études de droit. Et votre fille, qu'elle trouve un bon mari."

Les vingt-trois autres avaient bien ri. Certains avaient tellement ri qu'il fallut demander plus de serviettes de table pour qu'ils calment leurs toux et s'essuient les yeux. Mais tout au point, tout impeccable, tout à l'heure dite. Il en a toujours été ainsi. Je le jure. Même très récemment, quand la deuxième fatalité a commencé à se dessiner, Tatiana a rendu grâce à Dieu car nous avions au moins gardé intacte notre propriété. Quoi qu'il arrive, avait dit Tatiana, il nous restera notre maison et notre honneur. Et ensuite tout est resté à sa place, et même à présent, quand l'ordre prend des allures de désordre, c'est toujours d'ordre qu'il s'agit. Par pure coïncidence, le jour où Tatiana a glissé sur le tapis, l'agence de Charlote a fermé, et de la sorte la nièce a pu prendre soin de la tante. Sílvio a laissé son appartement de la Linha* dès que les pièces du troisième étage ont été peintes. Il les a examinées, l'une d'elles lui a plu et il est venu habiter la maison. Le bateau, le cheval, il les laissait là-bas. Et Edmundo, comme je le prévoyais, avec sa main mutilée, avait besoin d'air. Il avait besoin d'un balcon pour faire de grands pas et s'imaginer en Afrique. C'est lui-même qui a choisi pour lui cet espace retiré. D'ailleurs Edmundo a été le deuxième à rejoindre la maison, juste après Charlote. J'énumère, Tatiana convalescente, moi-même, Charlote, le petit David et, tout de suite après, Edmundo. Encore après, Sílvio. Tout au point, tout propre, tout bien confortable. Comme si le temps et l'espace, unis, avaient disposé

---

* La Linha est le parcours qui s'effectue pour longer la côte de Lisbonne à Cascais.

d'une offre toute prête permettant de nous ranger dans les endroits que nous apprécions et que le passé, de sa main sage, avait prévu et pris des mesures pour le futur. A-t-il pensé. C'est alors que Manuel Galeano regarda le couloir et vit les poutres.

J'ai vu les poutres.

Je me suis aperçu pour la première fois de la beauté du bois de chêne. Bois soyeux, belle couleur, beaux nœuds, belles lattes. Chaque poutre, le tronc d'un arbre, et chaque arbre au minimum deux cents ans. Planchers, meubles, plafonds, charpente, une forêt entière sacrifiée, devenue maison de l'homme. Si les arbres disposaient d'une pensée, que diraient-ils de leur propre destin ? Qu'ils auraient préféré rester dans la terre, profitant de la perpétuelle croissance de leur feuillage, jusqu'au moment où la foudre ou un incendie les auraient touchés, ou simplement, une année où l'hiver aurait été particulièrement dur, devenus trop vieux pour leur espèce, ils se seraient agenouillés sur cette terre qui les avait nourris pendant des siècles ? J'ai attendu. Mais les poutres ne m'ont pas parlé d'elles, elles se sont adressées à ma personne, Manuel Galeano. Une poutre m'a dit : "Sers-toi de mon dos." C'était la nuit, le fleuve était tout embelli par le *Nieuw Amsterdam* et le *Celebrity Eclipse*, toutes leurs lumières allumées, cependant que passait dans la rue un groupe de jeunes gens qui se bagarraient et chantaient.

Cette nuit-là, nous étions cinq à la maison.

Tatiana somnolait au milieu de dizaines de photographies, de coffres, plateaux, dessus-de-lit, tableaux qu'elle avait accumulés au cours du temps, d'innombrables objets dont elle avait rempli ses trois pièces, la suite de Titi, sa suite royale, comme disent mes enfants. Et Charlote lisait dans son lit. Son fils David, dans l'alcôve à côté, lisait aussi. Edmundo était sur le balcon, penché au-dessus de la rambarde, seul Sílvio n'était pas à la maison, mais il avait laissé ouverte la porte de sa chambre. Je suis entré seulement pour savoir ce qu'avait rapporté à son retour mon écervelé de fils. Et, contrairement à ce que je pensais, là aussi tout était à la place qui convenait. Cinq grandes valises empilées, deux rangées de paires de chaussures, une tenue d'équitation et les choses du bateau. Deux lanternes, une boussole, un bout de gouvernail, des câbles, cinq rouleaux de corde. De la corde solide, de diverses tailles et textures. Quatre en polyester, une en raphia. J'ai pris celle en raphia. Rien n'est au hasard, tout a un sens, le sens qui fixe la place que chaque chose finalement occupe. Mais cette place est-elle prédestinée, ou n'est-elle que rencontre occasionnelle dans les lieux que le destin conçoit ? Les mots, comme les objets, cherchent aussi leur place. Le mot qui me vint à l'esprit était très ancien, il datait de l'époque des Découvertes, quand les monarques regardaient la mer et voulaient se l'approprier, se battaient pour la conquérir, comme si chaque océan était un lac qui leur appartînt de droit. "Nous plaisent", avait dit Dom Manuel I, le Fortuné. "Nous plaisent l'Afrique, le Brésil, l'Inde, l'océan Indien, le golfe Persique, le Groenland et Terre-Neuve, nous plaisent." J'ai regardé la poutre et le contenu de la chambre de cet écervelé de Sílvio, et j'ai pensé : "Eh bien, allons-y, nous plaisent..."

C'est alors que j'ai senti Edmundo, ce garçon frêle qui s'était dévoué à CARE, l'organisation des premiers à arriver et des derniers à partir, je l'ai senti qui rentrait dans son espace étroit et retiré, et j'ai compris que Charlote et son fils David étaient aussi allés se coucher. Tatiana, si elle ne dormait pas, était en léthargie, comme depuis qu'elle avait glissé sur le tapis et s'était cassé la jambe, et j'ai pensé, c'est l'heure. Mais, d'abord, un café. Et encore un café. Au cours de mon existence j'ai englouti des fleuves de café, des nils, des amazones de ce breuvage sombre, qui secoue la volonté et la mémoire. Café d'Angola, de Timor, de Colombie, d'Abyssinie. Ne serait-il pas ridicule, en pareille situation, de choisir l'arôme de son café ? À Hong-Kong, comme toujours, on prenait le café qui venait du plus loin possible, café du Brésil, aux antipodes. Il était ridicule d'essayer de comprendre maintenant, en pareille situation, d'où provenait le café qui était là, fait, au fond de la cafetière électrique. C'était ridicule ou ça ne l'était pas ? J'ai aspiré bien à fond : café du Sénégal. Voilà, des pays connus. Sénégal, Dakar. J'ai bu le café de Dakar, la dernière goutte d'un long fleuve qui m'avait traversé. J'ai placé ma tasse sur la table du couloir, en haut duquel court la poutre maîtresse. En provenance d'une des épaisses forêts du nord de l'Europe, peut-être. J'ai vu les arbres abattus au milieu de la forêt nordique et destinés à la construction des maisons de l'homme. Tout a un sens, tout est à sa place. Si ce n'est pas encore le cas, ça va l'être. J'ai retiré ma veste, j'ai retiré ma cravate, ma chemise, j'ai retiré mes souliers.

Ensuite j'ai pensé au profil de Maria Balbina au creux des oreillers, et j'ai remis mes chaussures, ma chemise et ma veste, comme lors de la nuit de noces. C'était il y a bien longtemps, elle était là, vierge comme il se doit, et elle m'attendait. Elle m'attendait de profil, sans me regarder, la lumière était faible. J'ai commencé par enlever ma veste, ma chemise, puis mes chaussures et ma ceinture. Ensuite j'ai laissé tomber ma ceinture sur le sol de la chambre, et elle a frémi et s'est cachée au creux des oreillers. Puis j'ai replacé ma ceinture, j'ai mis mes chaussures, ma chemise, l'ai boutonnée, j'ai enfilé ma veste et attendu jusqu'à ce que le paquebot nous emporte au large le lendemain. En quinze ans, nous avons eu cinq enfants. À présent, quelqu'un m'attendait aussi, et bien que son visage fût très différent de celui de Maria Babina, c'est à ce moment sacré de nos vies que je pensais. Je n'allais pas me dévêtir comme lors de cette nuit de 1962, je voulais franchir la passerelle de cet autre voyage décemment habillé. Mais je devais d'abord faire quelque chose d'autre.

J'ai retiré mes lunettes, les ai posées sur la table du couloir. J'ai retiré mon appareil auditif, l'ai posé sur ma table, j'ai retiré mes prothèses dentaires, les ai posées sur ma table. Mes papiers, mes clés, je les ai mis sur ma table. Et j'allais entrer dans la chambre de Sílvio quand j'ai entendu un bruissement à la porte d'entrée. C'étaient les pas de Sílvio. Est-ce que j'allais éteindre la lumière ? Aurais-je le temps de dissimuler ce qui était sur la table ? Le plus vite que j'ai pu, je suis descendu et j'ai remis mes prothèses. Rapidement j'ai ramassé clés et papiers. Rapidement j'ai reboutonné ma chemise et commencé à descendre, ma cravate à la main. Au milieu de l'escalier, j'ai rencontré Sílvio. Bonsoir, Sílvio. Bonsoir, père. Calmement, courtoisement, sans allumer la lumière, car tout doit être à sa place. Et c'est si vrai que même la sagesse occupe, à présent, sa place dans la poitrine de cet homme qui a vécu soixante-cinq ans, a pensé Manuel Galeano. Cette nuit-là, il savait ce que tout homme devrait savoir. Que la vie n'est complète que si, lorsque nous mourons, nous sentons que nous avons acquis la connaissance suffisante pour naître à nouveau. Et cette contradiction entre savoir et parcours semble dire que ceci ou cela n'est pas à sa place, mais il y est. Tout est à sa place. La nuit en question c'était cette nuit, interrompue par l'arrivée de Sílvio. Demain il y aura encore une nuit.

15

C'était la troisième fois que Sílvio, rentrant à la maison, trouvait son père au milieu de l'escalier, comme s'il n'avait cessé de surveiller sa chambre, et il lui vint alors une idée. L'ancien appartement d'Estoril ne donnait pas seulement sur le casino et ses grands palmiers, il donnait aussi sur l'hôtel Pablo, avec ses jardinières au ras du sol. Les Pablo s'étaient installés à Estoril il y avait de cela de nombreuses années, quand la guerre civile espagnole avait conduit beaucoup de gens à fuir au Portugal. Le Pablo de cette époque-là était jeune, marié à une Portugaise, et tous deux étaient venus à pied, en traversant toute l'Estrémadure, avant de trouver refuge chez le beau-père, un pauvre cordonnier de rue qui les avait logés, par gentillesse, dans une pension au bord du fleuve qui appartenait à un ami. Pour cette raison ou une autre, Pablo père, Pablo fils et Pablo petit-fils avaient toujours été des gens de bonne compagnie. Sílvio était au courant de cette propension à l'accueil des Pablo, il avait rôdé par là les jours précédents mais n'était pas entré une seule fois dans leur hôtel.

Il y entra le matin qui suivit la nuit où il n'avait pas fermé l'œil une seconde. Il avait beau essayer de dormir, Sílvio entendait le hennissement de son cheval. Il l'imaginait sans prairie, sans pâturage, accablé par la chaleur écrasante de ce mois de juillet, sous un arbre aux légers ramages, plus fins qu'une toile d'araignée. Le licol pendu à l'arbre, la selle par terre. Quand ses tempes battaient sous l'effet de la fatigue et qu'il pensait qu'il allait finir par s'endormir, le hennissement venait le hanter, si aigu, haché, grinçant, strident, qu'il était contraint de se boucher les oreilles et de se lever. Il passait sa robe de chambre, allait jusque dans le couloir et trouvait son père à la fenêtre, qui lui aussi n'arrivait pas à dormir. Son père lui disait : "Ne te fais pas de souci, va dormir, tout est à sa place." En fait, son père l'offensait en lui parlant de la sorte.

Pour lui, Sílvio, oui, tout était à sa place, mais la vie de cette famille, elle était à sa place ? Quelle place ? Quelle espèce de résistance était la leur ? Pourquoi ne sortaient-ils pas dans la rue et ne se mettaient-ils pas à crier que tout, mais tout, n'était en aucun cas à sa place ? Ils étaient quelle sorte de gens, eux, les Galeano, qui se laissaient abattre comme les dodos sur la plage, sans émettre le moindre cri, sans élever du tout la voix ? Lui, en tout cas, il allait partir de là quelques jours, il n'en pouvait plus. Il passerait au bureau, annoncerait qu'il comptait faire une pause, quoi qu'il arrive, et irait retrouver Pablo petit-fils, un jeune garçon de son âge qui avait l'habitude de garer sa voiture près de la sienne. Il irait, voilà. Il était à peu près certain d'être bien reçu.

Il y alla, parla avec Pablo petit-fils, expliqua qu'il traversait une mauvaise passe, qu'il s'était déjà dessaisi de son yacht *BlowUp*, et aussi de son appartement juste en face, et qu'il habitait, jusqu'à ce que ses autres problèmes soient résolus, chez son père, mais que, à cause d'un cheval dont il ne savait comment se débarrasser, il n'arrivait pas à dormir et avait pensé que cela lui ferait sans doute du bien de passer quelques jours chez eux, s'ils voulaient bien l'accueillir. Il demandait son indulgence. Pablo petit-fils fut si étonné qu'il rougit mais il s'empressa de dire que oui, qu'ils disposaient toujours d'une chambre libre, au cas où, et que, en ce moment et bien qu'on fût en juillet, ils en avaient même deux, précisant que pour l'une d'elles le téléphone ne marchait pas. "Celle-là m'irait, indiqua Sílvio. J'ai besoin d'un peu de temps pour me décider, prendre une décision ne se fait pas d'une minute à l'autre si on la pense définitive. Vous ne trouvez pas ?" "Si, je trouve. Alors, mettez-vous à la 404 et vous verrez que vous parviendrez à vous reposer. Placez à l'extérieur de votre porte la pancarte 'Ne pas déranger' pour que les femmes de ménage ne frappent pas chez vous." Sílvio accepta, dormit la première nuit, la deuxième, et au cours de la troisième il décida d'aller jusqu'au campement de Rafaelito, dans cet enclos perdu au bout d'une clairière.

Il roula jusque-là, c'était l'après-midi.

Sur le sol, les ombres des arbres se succédaient, très nettes, très grises, et l'intensité de la lumière était telle que l'on pensait que le monde en cet endroit se dessinait en noir et blanc. Elles étaient noires et blanches aussi, les tentes du campement. Il y avait des poules retenues par des cordes, des chiens qui allongeaient leur museau par terre, si profondément endormis qu'ils n'ouvraient pas l'œil et ne lâchaient pas un aboiement, et personne en cet endroit ne paraissait vivant. Allait-il parler, ou pas ? Allait-il pénétrer dans l'enclos et se diriger directement vers l'Immortel, en passant au milieu des juments et des chevaux faméliques, certains couchés, chassant les mouches de leur queue pelée ? Ou attendrait-il ? En revenant sur ses pas pour attendre dans sa BMW ? De loin, le cheval, l'ayant senti, se mit à hennir. Non point un grand cri affectueux, mais une sorte de vagissement reconnaissant. Il se décida alors à appeler Rafaelito.

Rafaelito sortit de son antre de toile suivi de sa femme, de plusieurs enfants petits et grands, de diverses autres femmes, puis Rafael surgit. Les deux hommes se dirigèrent vers Sílvio. Ils se montrèrent plutôt explicites. Oui, oui, quatre jours s'étaient écoulés et ils n'avaient plus de quoi fournir sa ration au cheval. Deux cents euros étaient partis en fumée. Si vous voulez un conseil, monsieur Sílvio, vendez-le au plus vite à la boucherie. Réfléchissez, vous n'aurez plus rien à payer, ni pour sa ration ni pour son abattage. Vous vous mettez gentiment dans votre BMW, vous filez tout droit, vous rentrez chez vous et vous oubliez. Nous, sur cette base, on y va. Mais Sílvio avait une autre idée. Sílvio demanda s'ils n'avaient pas, par hasard, une arme à feu, ici, dans leur campement.

Heu… souffla Rafaelito, un heu très long, très grave, un heu qui était un beuh, un meuh, un peuh. L'instant d'après il demanda pourquoi et ajouta que, si c'était pour s'en servir, ça avait un prix. Sílvio avait réfléchi aux alternatives : "Dans ce cas, monsieur Rafaelito, combien prendriez-vous pour abattre l'Immortel ?" Rafael se rapprocha plus encore et dit aux femmes et aux curieux de s'éloigner. Allez, allez, on disparaît. Rafaelito faisait tourner son chapeau en le tenant par les bords. Abattre un animal n'est pas une chose que l'on fait à bas prix. Mais supposons que, moi, je vous prête mon fusil de chasse. Qui va enterrer l'animal ? Vous savez combien ça coûte, d'enterrer une masse comme ça, dans un sol qui est dur comme en ce moment ? Mille euros n'y suffiraient pas. Réfléchissez, le fusil, les munitions, le tir, le corps qui s'effondre, qu'il faut traîner jusqu'à un endroit qui puisse servir de fosse, la creuser, le mettre dedans, même deux mille euros ça le fait pas, mon gars. Alors que si vous me laissiez ici, monsieur, votre cheval, je ferais affaire avec la boucherie et vous ne paieriez rien. S'il fallait payer quoi que ce soit, vous me donneriez en échange sa selle et son harnais, même si aujourd'hui plus personne ne veut acheter de harnachements, tout le monde veut les vendre. Parce que plus personne n'a d'argent pour nourrir des chevaux, voilà la vérité.

"Et si c'est moi qui l'abats ?" demanda Sílvio.

"Ne faites pas ça, vous n'en êtes pas capable. Mais si c'était le cas, ça tourne au plus autour de cent euros, mais comme ce matin je lui ai déjà donné à manger en prenant sur la ration qui m'appartient, on repart sur deux mille euros, et vous vous en sortez bien", dit Rafaelito.

"J'accepte", dit Sílvio. Et il se dirigea vers le petit enclos où se trouvait son cheval. "Mais je paie à la fin. Passez-moi le fusil."

Rafael pénétra sous la tente en toile, dont la blancheur s'estompait au fur et à mesure que le soleil déclinait, disparut un petit moment, ressortit un Zabala à double canon à la main, et demanda : "Vous savez vous servir d'un machin comme ça ? Vous savez tirer ?" Comme Sílvio se dirigeait vers l'enclos sans répondre, Rafael hurla : "Hé mais ! Vous ne tuez pas votre cheval là, c'est un terrain qui n'est pas fait pour ça. Le sol est dur comme de la pierre. Vous le tirez par les rênes, vous l'emmenez, et vous l'abattez dans la pinède. Entendu ? Nous, on vous suit." Sílvio détacha son cheval de l'arbre, le caressa, le flatta, l'animal dansa devant lui et, quand il le tira pour le faire avancer, le cheval suivit son maître, la tête bien dressée, regardant dans tous les sens. Ensuite il se calma et se laissa paisiblement conduire. Tous les quatre, Sílvio et l'Immortel, Rafael et Rafaelito, cheminaient désormais en tête le père et le fils munis de pelles, de houes et d'une pioche. "Ça peut être ici", dit Rafael. Attachez l'animal à cette branche. Ici la terre est meuble, c'est presque partout du sable. Vous prenez le Zabala, vous tirez, la bête tombe, et à peine sera-t-elle tombée qu'on commencera à creuser, dès que vous nous aurez donné les deux mille euros.

Sílvio suivit les instructions sans dire un mot. Il tenait l'Immortel au bout de sa corde, corde qui était attachée avec un nœud bien serré. Il attacha l'Immortel au pied d'un arbre, la terre trembla sous ses pieds, il leva son arme, positionna son épaule et sa joue, ses yeux s'emplirent d'un éclair pourpre, il visa, tira et, quand il dévia son regard de son point de mire, ses mains tremblaient tellement qu'il laissa tomber son arme. Il avança d'un pas et ne vit pas le cadavre de l'animal. Au lieu de l'animal, il vit Rafael qui se relevait, et plus loin, entre les pins, la croupe du cheval qui ondulait entre les troncs d'arbres. Rafaelito lui aussi se releva d'entre les pelles, la pioche, les houes. Tenant son chapeau par le rebord, il le fit tourner, le secoua, cria : "Espèce de petit merdeux, vous auriez pu tous nous tuer. Allez vous faire foutre. Vous avez une idée de ce qu'est une arme ?" Mais ensuite Rafaelito prit le temps de se calmer, là, de se calmer, après avoir remis son chapeau sur sa tête. Ça devait être un chapeau tyrolien parce qu'il avait une plume, et lui aussi, avec ses soixante ans d'expérience, ne savait pas quoi faire dans l'immédiat. La grande question qui se posait au père et au fils était de savoir si l'Immortel s'était détaché et enfui, et que c'était pour cette raison que le tir ne l'avait pas atteint, ou si, au contraire, l'impact du tir raté, qui avait touché l'arbre d'où la corde pendait encore, avait conduit l'animal à se détacher et à partir au grand galop. De toute façon, la pire des solutions avait prévalu. Pas de boucherie, pas de zoo, pas de fosse. Où pouvait bien être l'Immortel ? Comment le rattraper ?

La nuit allait tomber. Rafael et Rafaelito s'installèrent dans la BMW et se lancèrent sur les routes, sur les chemins, ils allaient même là où les roues de la voiture patinaient et où la voiture risquait de s'enliser. Les phares allumés ensuite, ils passèrent en revue les alentours, mais la nuit était la plus forte, la nouvelle lune était pleine, les arbres formaient une barrière dense, les pins fermaient les chemins tels des rideaux. L'Immortel cheminait à présent, libre, au hasard de la campagne, seul au milieu de l'obscurité, sans rênes et sans selle, dans son seul pelage, comme lorsque sa mère l'avait mis au monde.

Il était minuit quand Sílvio pénétra dans la chambre 404 de l'hôtel Pablo. Pablo petit-fils l'avait bien invité à prendre quelque chose au bar, mais il se sentait si épuisé et l'esprit embrouillé, pris entre deux sentiments contradictoires, qu'il n'aurait pu ni manger ni boire quoi que ce fût. D'un côté, le fait de ne pas avoir abattu le cheval l'emplissait d'un réconfort sans bornes, comme si à ce moment de grande perturbation une main surnaturelle, et non pas sa propre main maladroite, avait favorisé ce ratage. De l'autre, il imaginait son cheval lâché en liberté au milieu des rochers, pénétrant dans des jardins, piétinant les cultures qu'il pourrait y avoir, il imagina que des gens le poursuivaient, que la GNR* le capturait, le mettait dans une prison, un cul-de-basse-fosse, il imaginait qu'on l'attrapait diminué, bon pour le zoo. Il préférait le zoo à une boucherie. Il préférait qu'il soit terrassé, il préférait qu'il devienne fou et soit abattu par la police, il préférait que des ailes lui poussent et qu'il disparaisse dans la mer. Il préférait dormir et ne se réveiller que dans des mois et des mois, mais c'était là un rêve du petit matin, et de se retourner une fois encore dans le lit de la 404, alors que le soleil émergeait au-dessus de l'océan et entrait par sa fenêtre. Il se leva, prit sa douche, nota que le téléphone de sa chambre avait été réparé, on entendait la tonalité quand on décrochait.

C'est alors qu'il se rappela qu'il avait éteint son portable depuis quatre jours. Il brancha le chargeur, attendit, et surgirent quantité de messages étranges, sept, huit, douze. Quinze avaient été émis par Charlote. Alexandre, João Vasco. Huit d'Alexandre, sept de João Vasco. Cinq d'Edmundo Galeano. Plusieurs autres de divers numéros, certains non identifiés. Il commença à lire les messages dans le désordre.

Sílvio, reviens à la maison.

Sílvio, s'il te plaît, il est arrivé un sale truc.

Sílvio, c'est moi, ton frère, Alexandre. Reviens avant qu'il ne soit trop tard.

Sílvio, misérable crétin, tu ne sais pas que père s'est pendu hier soir et qu'il s'est servi de ta corde ? Et, là-dessus, tu ne donnes plus signe de vie ? Pourquoi ? Tu l'as fait exprès ? Ta chambre était tout encombrée de cordes. Pour quelle raison ? João Vasco.

Viens, frérot, on va enterrer notre père sans toi, on est effondrés. Titi a fait une crise de nerfs, elle a été hospitalisée, et toi tu

* Garde nationale républicaine.

as disparu. Si ce n'était pas une habitude chez toi de disparaître pour un temps indéterminé, qu'aurions-nous pu imaginer ? Viens, Sílvio, viens, c'est ta sœur Charlote qui te parle.

C'est moi, Edmundo, viens, frérot, père s'est pendu hier au bout d'une corde en raphia. C'est moi qui l'ai trouvé. On l'a emmené dans sa dernière demeure, et toi tu étais absent. On t'attend.

Cher Sílvio, mon frère chéri. Nous n'avons pas de mots. La disparition de père les a tous fait disparaître. Pourquoi ne reviens-tu pas ? La maison est vide, de lui et de toi. C'est moi, pour la dixième fois, ta sœur Charlote.

On est tous assis au salon. On t'attend, Sílvio. Ton frère Alexandre.

Reviens, s'il te plaît. Je parle au nom de tous. Edmundo.

16

JOÃO VASCO

Ce qui a eu raison de la vie de notre père, c'est la corde de Sílvio. Comment peut-on rapporter des bouts de corde de bateau dans une maison dont le chef de famille vient d'éprouver le deuxième plus grand chagrin de sa vie ? C'est la corde, a pensé João Vasco, tout en promenant la grossesse de Nadja dans le jardin. C'est la corde de Sílvio et la poutre de la maison.

ALEXANDRE

Ce qui a mis fin aux jours de notre père c'est moi, en l'incitant à doubler la tôle des réservoirs pour les transformer en navires porteurs d'eau. J'ai moi-même dessiné les cuves de captation des eaux de pluie et leurs ancres, j'ai imaginé l'itinéraire de l'île de Bioko au golfe Persique, je suis allé jusqu'à lui présenter les destinataires venus expressément de Riyad, et j'ai demandé à Sílvio qu'il s'occupe de la marche à suivre et des calculs financiers. C'est moi qui l'ai engagé à nourrir des espoirs infondés et qui ai entraîné la famille dans cette entreprise vouée à l'échec. Pensait Alexandre, tandis qu'il mettait sa veste sur une des caisses qui seraient placées dans le baraquement du côté de l'aéroport, sans le moindre espoir que la bouteille jetée dans le fleuve lui apporte jamais une bonne nouvelle.

SÍLVIO

C'est l'État qui a détruit notre père avec la complicité de la Commission européenne qui a avantagé les consortiums des autres pays au détriment du nôtre. Les pays s'organisent, comme les loups, en meute, et attaquent les plus faibles à la faveur de la nuit. J'ai simplement rêvé, comme lui, et c'est pourquoi je ne me sens pas coupable. Qu'on ne m'offense pas en me disant que c'est lui qui a eu l'idée mais que moi je lui ai fourni la corde. Pourquoi m'agressez-vous ? Dans un cas comme celui-là, l'instrument n'est qu'un instrument, et non une cause. C'est la cause qui cherche l'instrument. La corde était là, accessible, mais beaucoup plus accessible était la ceinture que père portait. Il aurait pu s'en servir. Je refuse d'avoir des remords et de demander aux événements de revenir en arrière. Je m'abstiens de cet exercice inutile. Ce qui est fait est fait, et même Dieu, en admettant qu'il existe, s'il a tout créé et qu'il est tout-puissant, n'aura pas le pouvoir de faire que ne soit pas arrivé ce qui est arrivé. S'il ne connaît pas d'autres limitations, celle-là Dieu doit la connaître. C'est arrivé, lamentablement, voilà, et ce n'est pas la peine de refaire le chemin en sens inverse. Il n'y a plus qu'un seul chemin, et il est devant nous. Pensa Sílvio, tout en conduisant la BMW pour passer sur l'autre rive afin de savoir où se trouvait son cheval.

CHARLOTE

En réalité ce n'est pas moi qui ai poussé père à la mort, mais j'y ai contribué parce que je n'ai pas compris ce qu'il voulait me dire en laissant son jus d'orange intact sur la table trois jours de suite. Il est clair qu'il voulait m'avertir et que je n'y ai pas prêté attention. Pensa Charlote, en se dirigeant vers la chambre de son fils. Mais si on me dit que le point de départ de cette catastrophe est lié au fait que je ne suis pas intervenue auprès d'Amadeu Lima, je ne peux être qu'en total désaccord. Il y a très longtemps que nos relations sont coupées, vous le savez tous, même si vous en ignorez les véritables causes. Et Charlote ouvrit la porte de David et s'assit à côté de lui.

DAVID

Maman, quelqu'un qui se pend à une poutre pour mourir, c'est une personne très faible ou très forte ? A demandé David.

EDMUNDO

Et voilà que mon père, qui aurait pu être un personnage de mon livre, ne peut plus l'être, pensa Edmundo. Je l'ai compris dès que j'ai étendu son corps sur le canapé et me suis rendu compte qu'il était irrémédiablement sans vie. Mais, même après ce choc, ma sphère tournait dans l'espace autour de nous, incorporée à l'air que l'on respirait. Parce que cette nuit-là je me dirigeais vers la bibliothèque, mais au deuxième étage, en passant dans le couloir qui sépare la chambre de père de celle de ma tante, je me suis aperçu qu'il y avait à la fenêtre une masse à contre-jour. J'ai d'abord pensé qu'il s'agissait du punching-ball de Sílvio, qui serait venu l'accrocher là pour son entraînement de boxe, puis j'ai pensé que c'était l'ombre d'un meuble, et c'est seulement après, quand je me suis approché, que j'ai compris qu'il s'agissait d'un corps. C'était le corps de mon père. Suspendu, entre le sol et le plafond du salon, habillé et chaussé, accroché à une corde, la tête affaissée. J'ai attrapé le tabouret dont lui-même s'était servi et, malgré ma main droite inutilisable, je l'ai détaché. J'ai appelé Charlote, qui s'est précipitée de son quatrième étage au deuxième, mais il était déjà trop tard. Alors on l'a étendu sur le canapé et, tous deux, on a rasséréné les traits et fermé les yeux de notre père, et moi j'ai pensé que, malgré tout ce que j'avais souffert à Dadaab, rien n'était comparable à la douleur qui m'empoignait. La pitié que j'avais ressentie, au cours de ces deux années, pour ces interminables files de gens qui paraissaient surgir de nulle part pour se diriger nulle part, malgré la faim, la maladie, les sépultures improvisées, malgré l'ombre de la mort qui ne cessait de rôder, rien n'était comparable à la pitié que je ressentais en tenant mon père entre mes bras. Et même dans cette circonstance, paradoxalement, la sphère bleue occupait tout l'espace autour et n'avait rien à voir avec mon père. Avec une partie de mon corps je pleurais Manuel Galeano, et j'entendais les pleurs de Charlote et ses coups de téléphone désespérés. Avec l'autre, je récitais à voix basse des passages de mon ode, j'entendais sa mélodie, j'imaginais le titre *2030* écrit sur une couverture et je portais aux nues mon projet de raconter une histoire pour aider le monde à se délivrer de la menace qui pesait sur lui. Je serrais mon père entre mes bras, mais la sphère s'interposait entre mon corps et le corps de mon père comme un mur défensif. Mon âme était absorbée par la pleine conscience que j'avais de vivre en cet instant le plus grand chagrin de tous les temps et que ce chagrin ne suffisait pas à écarter, ne fût-ce qu'un instant, la force d'attraction émise par la pelote bleue et son feu pâle. Mon père faisait partie de ma vie, mais il n'entrait pas dans ma sphère, où en ce moment circulaient Patrocle, Hector et Achille, et les belles et tristes paroles de Priam. Un paradoxe incurable, pensa Edmundo Galeano.

JOÃO VASCO

Soyons clairs, père s'est suicidé mais ce n'est pas parce que j'ai fait allusion au manque d'espace dans la maison du Largo do Corpo Santo, mais parce qu'il s'était embarqué dans un projet erroné avec lequel, heureusement, je n'ai jamais rien eu à voir, d'ailleurs personne ne m'a consulté sur cette affaire, pensa João Vasco en serrant la main de Nadja pour qu'elle ne perde pas l'équilibre en entrant dans la voiture. On s'en est sortis, Nadja, ma bellissime belle, le bébé et moi. *Petite fleur de genévrier, petite fleur de genévrier, au jardin est la framboise, ma framboise. Ah toi, le beau pin vert…*

SÍLVIO

Et ce n'est pas tout. Père nous a trompés. On aurait dû se méfier de sa bonhomie, de son assentiment. Père, toujours si actif, si entreprenant, si réactif, le soir du 22 a parlé d'oubli, de détachement, d'observation à distance alors que la vie urgeait. Il n'a jamais eu un mot contre l'État ou la Commission européenne. Il nous trompait et nous ne nous en rendions pas compte, pensa Sílvio en revenant de la clairière entre les pins, sans nouvelles de l'Immortel. Il était malin, notre père.

ALEXANDRE

Oui, quand père nous a dit que nous devrions être contents d'avoir pu conserver la table, la maison, les murs et les tuiles, la ville, le fleuve, les mouillages, les quais où les navires autrefois accostaient, même si désormais nous n'avions plus de bateaux, il voulait dire qu'il avait renoncé. Il voulait nous dire qu'il avait atteint les limites de l'attente, et nous, nous ne l'avons pas compris. Et, pourtant, c'était si clair. Jusque dans son dernier geste, père s'est montré plus intelligent que n'importe lequel d'entre nous. Et moi, qui ai supervisé les travaux du barrage d'Assouan et d'autres dans le delta du Nil, le fleuve le plus long de la planète, je n'ai pas été assez intelligent pour comprendre père, assis à côté de moi à table. Pensa Alexandre, scellant les caisses qui ne tarderaient pas à partir du côté de l'aéroport.

CHARLOTE

Les jours passent et l'on ne se rend pas compte de la fuite du temps. On est à la mi-août, la ville est vide. Comment continuer notre vie ? Demanda Charlote.

17

On était à la mi-août. Le petit David dormait, couvert de sueur, et Charlote s'approcha pour contempler son visage. Sur sa table de chevet étaient empilées des publications évoquant des curiosités – les dix montagnes les plus hautes de la planète, les dix mers les plus profondes du monde, les îles les plus pluvieuses de la terre, les dix mammifères les plus gros de tous les temps, les dix baleines les plus célèbres de l'histoire, et la baleine la plus solitaire des mers. Ce dernier fascicule arborait la photo d'un acteur de cinéma montrant du doigt l'archipel Kodiak, comme si la baleine mystérieuse y trouvait son habitat, alors qu'en vérité personne ne savait où la trouver. On est faits pour se nourrir de l'inexplicable, pensa Charlote, voilà pourquoi on adore le mystère. David aime la Baleine 52 Hertz parce qu'il aime le mystère, sans se rendre compte que lui-même est œuvre de l'inexplicable. Son visage triangulaire, ses yeux en amande, l'implantation de ses cheveux, ses mèches frisées, le *rictus** prononcé de ses lèvres, ses pommettes sont la copie parfaite d'autres pommettes, de l'implantation d'autres cheveux. Et d'autres yeux en amande, un autre visage triangulaire, le *rictus** d'autres lèvres, tout cela copie d'un autre, identifiable, un mystère de la Nature, un miracle de la pensée. Pensa Charlote, fascinée par son fils éblouissement, écartant ses cheveux de son front, séchant la sueur qui perlait à son visage. Je m'en étais rendu compte quelques heures après sa naissance, quand on était venu me le montrer pour la deuxième fois, enveloppé dans une petite couverture blanche et portant un capuchon à rayures.

Je l'ai contemplé pendant des heures, mais je ne me suis rendu compte de la coïncidence qu'au bout d'un certain temps. Alors je me suis promis à moi-même de ne plus jamais parler à Amadeu Lima, le silence qui devait nous séparer le ferait pour toujours. Et pourtant, aujourd'hui même, je vais renoncer aux vêtements de deuil que je porte depuis que père est parti et je mettrai ma robe la plus courte que je trouverai dans mon armoire pour aller le voir.

Je veux y aller presque nue, je veux y aller armée.

Entre moi et l'air qui m'entoure, rien, entre mon corps et les coups reçus de la vie, rien, entre moi et le regard des autres, nulle chose. Invulnérable en affichant ce qui semble vulnérable. Je ferai front pour que l'on me sache forte. Et ainsi, grâce à cette audace, je serai défendue, je serai protégée, je serai préservée. Dans une enveloppe, je mettrai une explication très argumentée, maintenant que père n'est plus et que le procès qui le guettait est devenu un objet d'héritage. Je sais que j'arrive bien tard, que j'arrive post-mortem, mais même dans ces conditions j'irai. J'irai prendre le bus au coin, le 58, traverserai la ville, arriverai au ministère et entrerai dans le hall pour remettre mon argumentation, garder le récépissé de la réception, ensuite je n'aurai plus qu'à attendre que l'été s'achève et que la réponse arrive. Au moins je n'aurai plus sur la conscience le poids de ne pas avoir effectué cette démarche réclamée par mes frères. Je fais ce que je n'avais pas une seule fois eu l'intention de faire, pensa-t-elle. Alors Charlote sortit de la maison, marcha dans la rue jusqu'à l'arrêt du bus, monta dedans, la circulation était bloquée.

Il y avait des travaux dans toutes les artères, de profondes tranchées balisées par des rubans jaunes, des sens uniques signalés par des flèches rouges, l'asphalte somnolent, onze heures du matin, personne dans les rues, tout le monde à l'abri dans sa voiture. Charlote regarda les arbres poussiéreux et pensa à la gare de chemin de fer, quatorze ans auparavant, au train qui arrivait le long du quai bondé à midi en ce mois de septembre et à tout ce qui s'était passé après que le train se fut arrêté. Elle pensa au trajet de la Taunus entre la gare et le petit hôtel Flórida, eux deux surpris, tantôt riant trop fort, tantôt gardant un silence complice. Elle pensa au moment où elle l'avait vu revenir portant deux valises et une caisse où il rangeait son matériel. Amadeu Lima déménageait. Elle se rappela qu'il avait dit, je préfère l'hôtel Ampalius parce qu'il est plus haut. Ils étaient entrés dans le second hôtel, qui avait la forme d'une quille de bateau pointée vers la mer, ils avaient pris une chambre au dixième étage, avec des rideaux blancs qui voletaient par la fenêtre, poussés par le vent d'est qui se leva le troisième jour. La mer était devenue agitée, les vagues étaient hautes, ils avaient nagé contre les flots en frôlant le danger. Un éclair se produit, disait-il, il vient de l'espace et se dirige vers l'intérieur de la Terre, mais avant il passe par nous deux, Charlote. Depuis que je t'ai vue, un éclair. Et c'était d'autres mots du même genre, ceux que disait Amadeu Lima. Les papiers sur lesquels il travaillait s'entassaient sur un coin de la table de la chambre. Tous deux se levaient tôt le matin pour aller ramasser des plastiques. Et Charlote, à présent, assise dans l'autobus, pensait à cette silhouette, démesurée à ses yeux, en plein milieu de la plage, un paladin de l'harmonie et de la justice voulant mettre de l'ordre dans les activités de la mer. Elle pensait aux jours passés à l'hôtel Ampalius et aux jours qui avaient suivi. Elle pensait surtout aux jours du retour, tous deux avançant sur les routes dans la vieille Taunus, emportés par l'élan de la fin de l'été qui toujours promet quelque révolution. La révolution dans la vie d'Amadeu Lima et de Charlote Galeano allait être totale, comme cela arrive toujours quand se produit entre deux personnes cette rencontre incomparable où la fascination est réciproque. Le bruit courait chez les étudiants que leur professeur avait séduit une élève d'une autre université. Le bruit courait que c'était l'élève qui l'avait séduit, le bruit courait que leur professeur s'était épris d'une prostituée et avait décidé de faire sa vie avec elle, oubliant femme et enfants. Scénarios dramatiques. Commérages qui couraient.

Mais il n'y avait qu'une seule vérité.

Si le mythe de l'amour n'avait pas été complètement enterré entre les deux guerres du XXe siècle, à la fin de la seconde il était déjà bien évaporé et affaibli. Rien ne restait du mythe de l'amour à l'époque actuelle. Lui comme elle savaient que, de ce mythe, ne restaient qu'une convention archaïque et la parole correspondante, si vaste, si inclusive, si boursouflée de significations hallucinées qu'elle ne signifiait plus rien. Parce qu'il n'y avait pas de correspondance entre les mots et le monde, même si beaucoup de gens disaient que si. Mais elle, elle se rappelait qu'elle calait son visage à lui entre ses mains et en étudiait les traits un par un. Ici le triangle du visage, là l'implantation haute des cheveux, ici les pommettes saillantes, là le *rictus** des lèvres. Qu'est-ce que cela signifiait ? L'amour de Tristan et Yseut n'existait plus à la surface de la Terre, ou plutôt on savait à présent que, finalement, il avait toujours été ce qu'il avait été, un mythe construit par l'imagination et les mots. Ce qui était demeuré, ça oui, c'était un éclair qui reliait des personnes. Entre eux cet éclair se produisait. Mais tous deux cherchaient dans l'ample éventail verbal de leur langue le mot qui correspondait à ce sentiment et ne le trouvaient pas. Comme ils ne le trouvaient pas, ils se servaient du mot usé, le seul qu'ils connaissaient qui lui ressemblât, et c'était à nouveau le mot amour. La thèse de doctorat d'Amadeu Lima, après avoir énuméré une dizaine de personnes qu'il remerciait pour lui avoir fourni aide, compréhension, lumière et dévouement, mettait Charlote au premier plan : *Et Charlote Galeano, à laquelle je suis reconnaissant de m'avoir révélé l'Amour.* Tel quel, écrit sans crainte, au début d'un texte qui se voulait dénué de sentiment et d'intériorité. C'était risqué, et il le savait. Il avait utilisé le mot amour comme si celui-ci pouvait encore signifier une forme de révélation. Amour avec une majuscule. Seulement parce qu'il n'y avait pas de mots suffisants pour dire les réalités, pensait Charlote.

Le bus avait fini par dépasser les chantiers navals, franchir les signaux temporaires de circulation enjoignant de faire demi-tour et de tourner à gauche, puis à droite, puis de continuer tout droit, jusqu'au palais ministériel vers lequel elle se dirigeait. Lorsqu'elle arriva, il y avait là deux fonctionnaires et un officier de police. Il était midi et tous trois faisaient la sieste debout. Charlote chercha son argumentation dans son sac, trouva l'enveloppe blanche, imagina que peut-être elle allait passer par les mains d'Amadeu Lima. Elle se rappela les mains d'Amadeu Lima. Elle le revit sur la plage, courbé, attrapant des morceaux de plastique, elle le revit au bord de la Ria, berçant dans ses bras les poissons morts, comme s'il avait été un saint de la Nature, et elle eut à nouveau une hésitation. Silence et amertume. Le silence de mort était son but, pas sa vengeance. Seulement son but. Si elle remettait son argumentation en exigeant une décision relative au sort de *Batalha* et de *Horizonte*, elle manquerait son but. Le but pour lequel elle vivait. Sans compter que son père était mort. Si encore elle l'avait fait avant, elle aurait été comprise, mais plus maintenant. Même ses frères, ces jours derniers, après la mort de leur père, ne le lui avaient pas demandé. À part David, elle possédait si peu de choses que le silence de mort comme but ultime la sustentait et lui donnait la force de vivre. Si bien que, au moment où elle devait s'adresser aux fonctionnaires, que sa présence avait réveillés, elle dit : "Je reviendrai plus tard, monsieur, là ça ne sert à rien, on est en août." L'employé hocha la tête : "Ah ! Oui, je vous le confirme, madame, on est en août. Il reste quinze jours avant le mois de septembre."

Charlote reprit le 58 et revint à la maison du Largo do Corpo Santo.

18

Avant, Sílvio pensait à l'Immortel pour ne pas penser aux divorces, ensuite il s'était mis à penser aux divorces pour ne pas penser à l'Immortel. À présent il devait penser aux divorces et à l'Immortel pour ne pas penser à la corde en raphia et au sort fatal de son père. Alors il téléphona à Rafael et apprit que Rafaelito n'avait plus jamais revu le cheval, et que vingt jours s'étaient déjà écoulés depuis que l'animal s'était enfui à la suite des deux coups de fusil ou en même temps qu'eux, on ne savait pas exactement. Certains l'auraient vu, avec son poil luisant, brun-rouge, passer le long des haies, mais à peine avait-il perçu un bruissement qu'il était parti au galop vers la route. On ne savait pas s'il l'avait traversée ou pas. Et certains disaient qu'un cheval très maigre s'était mis à rôder autour d'une habitation, qu'il avait été chassé au plus loin, qu'il était parti lentement et n'avait plus reparu. Mais, aussi maigre, ne pouvait-il pas s'agir de Futrica, qui s'était enfui du campement et n'avait lui aussi plus jamais été revu. Le problème, c'est que cette recherche de l'Immortel avait déjà coûté deux cents euros d'essence. Et c'était qui, qui payait ?

Lui, Rafaelito, et son fils Rafael refusaient d'endosser la responsabilité de sa recherche. Oui, ils avaient déjà signalé aux autorités que l'Immortel vagabondait librement. Pour ce qui était de Futrica, c'était une bête efflanquée, sans feu ni lieu. L'Immortel, au moment du tir raté, avait encore une bonne couche de chair, et ils conservaient avec soin au campement son carnet d'identification. Pour autant, ils n'en prenaient pas la responsabilité. C'était une aventure qui impliquait de grosses dépenses que celle de se lancer comme ça à la poursuite d'une ombre incertaine. Rafaelito ne voulait pas être plus exploité que ne l'avaient déjà été sa famille et son clan, de même que le clan qui avait été à l'origine de son clan. Il évoquait la question parce que, chaque fois qu'il réclamait son dû à M. Sílvio, celui-ci se contentait de se dérober. C'est pourquoi il jugeait utile de lui raconter sa vie. Parce que vous ne savez peut-être pas, monsieur, qu'au début du monde c'est nous qui possédions tout. Parce que avant, monsieur, le monde était à nous, tout ce qui existe nous appartenait.

Il parlait depuis la fourgonnette de Rafael à la BMW. La fourgonnette de Rafael était le salon de Rafaelito.

Oui, tout nous appartenait. Parce que avant la Terre était à nous, et nous campions où bon nous semblait. L'herbe était à nous, les animaux étaient à nous, étaient à nous les marchés, les foires, les auberges. À nous les boutiques, et les voitures, les chariots, et même les camions à vingt-quatre roues remplis de paille et de fruits étaient à nous. À nous les routes, au début du monde, quand on pouvait conduire sa charrette tant sur la gauche que sur la droite et qu'on n'avait jamais de contravention. Et les chevaux, et les chiens, toutes les charrettes nous appartenaient, les autres n'avaient rien. Les cours, les arcades et les ponts où nous passions la nuit étaient à nous, les tables déjà dressées – avec tout ce qu'il fallait pour manger bien installé – étaient à nous, et il y avait même des nappes. Enfin, comme je l'ai déjà dit, le monde nous appartenait, au commencement du monde. Et pourquoi n'avons-nous rien ? Parce que vous nous avez volés, et maintenant tout ce qu'on peut faire c'est essayer de récupérer un peu de ce que nous avions, jusqu'au jour où, à nouveau, nous recommencerons à tout posséder. Moi, je ne vais pas travailler, mes fils ne vont pas travailler, mes filles ne vont pas être servantes, la seule chose que nous avons à l'esprit c'est de récupérer ce qui était à nous, et entre-temps, tant que cela n'arrive pas, de nous coucher sur notre matelas en attendant ce jour. Ne venez pas me dire, par conséquent, que vous ne me devez pas deux cents euros d'essence. Ne vous y hasardez pas. Montez dans le chariot et voyez l'essence qu'il bouffe. Avant, le monde était à nous, et l'essence aussi. Il suffisait d'aller à la pompe et de se servir, personne à nous courir après pour nous faire payer. On remplissait le réservoir et on partait, mais ça c'était avant, au commencement du monde. Maintenant, pour une petite balade, pour aller chercher une bête, deux cents euros. Le chariot ne peut quitter le poste à essence qu'après qu'on a payé. Sur place, billet par billet, jusqu'à ce que les mecs aient rempli leur caisse et que notre portefeuille soit vide.

Tout en devisant, Rafaelito et son fils Rafael montèrent dans la BMW et Sílvio roula dans la plaine, au-delà des coteaux. Ensuite il descendit jusqu'à un monticule sablonneux d'où l'on voyait la mer. Un groupe d'estivants rentrait en portant des sacs, ils avaient passé la journée dans le coin mais n'avaient aperçu aucun cheval. Un jeune garçon dit que si, qu'il avait vu un cheval, la veille. Il était allé pisser dans les champs et avait vu de loin un cheval. De quelle couleur ? Il était blanc et il était monté par un homme qui ressemblait à Napoléon Bonaparte. S'il était blanc, même sans personne en selle, ce n'était de toute évidence pas l'Immortel. Alors ils étaient partis en direction du campement, d'où s'échappaient les fumerolles de barils posés sur des braises. Sílvio glissa trois cents euros dans la poche de Rafaelito. Deux cents pour l'essence consommée, cent pour celle qui allait l'être. Mais c'était très, très peu. Imaginez que l'on retrouve le cheval. Comment pourrons-nous le nourrir ? Ah ! Faut voir notre vie, monsieur. Avant, la Terre entière était à nous, on nous a tout pris et maintenant, même pour nous payer notre dû, c'est un casse-tête. On trouve toujours qu'on ne nous doit rien. Mais si, on nous doit. Rafael Borato ne se laissera plus berner, ça non.

Ils entrèrent dans le campement et retournèrent dans le salon de Rafael. Mais Rafaelito était pris d'une loquacité imparable.

Et puisque j'ai parlé de ce que nous avions et de ce que l'on nous doit, j'en profite pour dire que, contrairement à ce que vous imaginez, monsieur, Rafaelito a une histoire. Quand la Terre était encore tout entière à nous avec tout ce qu'elle porte, que les arbres, leurs branches et leurs fruits nous appartenaient tous, comme d'ailleurs les fleuves, les rivières et la mer, comme je vous l'ai déjà raconté, je n'étais pas encore né. À peine venais-je de naître que ma mère se faisait écraser sous la charrette et que moi je me suis retrouvé entre les quatre pattes de la bête qui la tirait. Mon premier ciel a été le ventre de cet animal, une mule. La chaleur qui m'enveloppait provenait du ventre de la mule, je m'en souviens, elle ne bougeait pas ses pattes, quand les nuits étaient froides, sentant que j'étais sous elle. Le lait que j'ai bu était celui d'une jument brune. Tout cela pour vous dire, monsieur, que j'apprécie plus les animaux que les gens, parce que les animaux ne volent rien à personne. Les types, eux, ils nous ont tout volé. Je ferais l'impossible pour votre cheval, mais trois cents euros ne suffisent pas à rémunérer le travail qu'on devra faire pour le retrouver, et encore moins pour éventuellement le nourrir si nous le ramenons et le mettons dans notre pâturage.

Sílvio glissa cent euros de plus dans la main de Rafaelito et Rafaelito compta les quatre cents euros et les mit dans la poche du pantalon de Rafael. Bon, comme ça, d'accord. En échange de cette sorte de salaire, ils découvriraient où se baladait un fantôme nommé Immortel, même s'il était déjà dans l'autre monde. Ils lui feraient savoir ce qu'il en était. Parole d'honneur de Rafaelito Borato.

19

Pour Edmundo Galeano aussi, la maison du Largo do Corpo Santo n'était plus la même. Elle était maintenant augmentée d'une absence si présente que les murs semblaient s'être dilatés sous la pression d'une autre géométrie. Dans cet espace déformé, ses occupants avaient eux-mêmes acquis une autre dimension, et quand ils se croisaient dans les couloirs et les escaliers, ils trouvaient, réciproquement, que les autres avaient l'air de somnambules. Somnambules par surprise. Manuel Galeano, contre toute attente, avait prévu de mettre fin à sa vie en silence, tout en envoyant des messages de stoïcisme et de résistance à ses enfants. Pourquoi ?

Edmundo voulait imaginer ce qu'avaient pu être les combats que son père avait menés pour en arriver à pareille extrémité et n'arrivait pas à reconstituer cette lutte intérieure. Il savait seulement que la forteresse d'acier qu'il avait exhibée pour caractériser sa résistance était en fait proportionnelle à la fragilité de son courage au plan intime. D'autres fois il pensait que ce geste qui combinait aller de l'avant et résister était le même que celui qui l'avait conduit à prendre la corde en raphia de Sílvio et à se pendre à la poutre. Qu'il n'y avait pas deux faces de ce geste mais une seule, qui pratiquait avec une force identique des actes seulement contradictoires en apparence. Il doit y avoir, c'est certain, un désir de mort jumeau du désir de vie, pensait-il, exactement comme il l'avait pensé à Dadaab. Et c'est plongé dans ces conjectures qu'Edmundo passait le plus clair des journées suivant les événements funestes qui s'étaient produits dans la maison du Largo Santo, au lieu d'occuper son temps à copier les derniers passages de L'*Iliade*. De sorte que l'image de son père, endormi sous l'effet de cette corde, subitement, avait commencé à s'interposer entre lui et sa sphère bleue, éloignant cette dernière de son espace.

Ou, plutôt, la boule de feu pâle ne disparaissait pas, ne perdait pas sa force d'attraction, mais cessait de surgir comme un projet qui s'imposât en urgence. Elle cessait surtout de constituer la forme obsédante et totale qui l'amènerait au livre portant le titre *2030*. Contrairement à ce qui s'était passé les premiers jours, l'image de son père, soigné et en costume, comme s'il se rendait à une cérémonie d'une grande solennité, col fermé par la cravate et pochette à la boutonnière, ses deux chaussures aux pieds, était toujours suspendue à cinquante centimètres au-dessus du sol, passant ensuite par ses bras et ses genoux, et cette image par trop absorbante laissait la sphère de côté. Outre que son père n'était pas le seul à intervenir. L'image de Titi, extrêmement affaiblie, sans boucle d'oreille malgré le grand trou percé à cet effet, était étendue à côté de son frère, et Edmundo les maintenait contre lui, incapable de les abandonner. Puis il sursautait. Il caressait l'image de son père étendu sur le canapé, celle de Titi couchée sur le lit, et tentait de s'écarter, craignant que l'image de ces deux membres de sa famille ne pénètre dans la sphère bleue, ce corps fascinant qui allait lui donner un livre sur le futur proche de l'Humanité.

Ce qui était en train de se passer était-il juste ?

Ce n'était ni juste ni opportun. Edmundo s'était juré qu'il ne perdrait pas de temps avec des proches, des petits faits circonvoisins, des épisodes domestiques relevant du monde des insignifiances sécrétées par le quotidien besogneux, le familier, le monde de la mère patrie et la géographie immédiate. Seuls l'intéressaient le lointain et le total. La Terre entière et non ses territoires en particulier. Il connaissait sur le bout des doigts le vaste port, depuis la

Ponta da Laje et la Ponta da Calha, quand on avançait dans l'estuaire. Il connaissait son goulot kilomètre par kilomètre, tous ses mouillages et tous ses étiers, il s'y entendait en dragages, javeaux, ensablements, mouvements des grues, arcades des deux ponts, oiseaux. Il les reconnaissait à leurs pépiements et leur vol, long bec de la fauvette couturière, profil crochu du busard des marais, lenteur des grandes aigrettes en quête de petits poissons. Le canard sauvage rasant le marécage. Et il connaissait l'aigrette et la glaréole à collier faisant leur nid sur les îlets des lagunes. Il savait qu'il y avait, dans cet avant-la-mer où se croisaient deux éléments humides de nature différente, plus de deux cents espèces d'oiseaux. Cent espèces de poissons. Plus l'anguille et le cheval marin. Edmundo les connaissait parce que son père le lui avait appris. Il le lui avait enseigné comme il l'avait enseigné à ses frères et à sa sœur, en les emmenant dans la barque qui avait pour nom *Maria Balbina*. Il les connaissait et, pourtant, aucun de ces spécimens ne ferait partie de son livre.

Pour une raison restant à expliquer, après son accident à Dagahaley il s'était mis à privilégier l'invisible et la circularité, la transversalité et la globalité. La géographie à laquelle il aspirait était totale, elle couvrait la sphéricité de la Terre, elle était faite d'îles et de continents non nommés. Dans son projet, les groupes humains les parcourraient en livrant des combats dont les noms restaient à inventer, mais il savait que ce ne seraient jamais des batailles comme celles de Poitiers ou de Lépante ou de Pearl Harbour, pas plus qu'elles ne ressembleraient au siège de Léningrad. Ce seraient des batailles du futur avec des noms du futur, et elles commenceraient comme des champignons radioactifs au-dessus de villes entières, sans noms encore elles aussi, mais qui à coup sûr ne s'appelleraient ni Londres, ni Hong Kong, ni Sydney, ni Mexico, ni New York, et deviendraient des groupes excédentaires, s'entretuant à coups de pierre et à coups de bâton au pied des montagnes et au bord des lacs. Et l'on ne pourrait pas non plus appeler les fleuves Tage ou Danube, ou Mékong, ou Amazone, ou Nil. Même les mers, dans son livre, n'auraient pas le nom des cinq océans. Les fleuves et les océans seraient seulement appelés eaux, comme dans les cosmogonies primitives, et les êtres présents dans le monde connaîtraient le même sort. D'abord la lumière après les ténèbres, ensuite le jour et la nuit, ensuite la séparation entre les eaux et la terre ferme, ensuite la verdure et les arbres, ensuite les oiseaux dans l'air et les poissons dans la mer, ensuite les animaux domestiques et les bêtes féroces, ensuite les hommes et les femmes. Et ça, dans *La Genèse*.

Dans son livre, mû par la sphère bleue, tout commençait avec les hommes et les femmes et leurs batailles actuelles, remontant à l'espace de la création. Mais il ne permettrait pas que disparaissent complètement les animaux de la terre, ni ceux de la mer, ni la forêt ni les prairies, et n'admettrait pas non plus qu'on en revînt au moment du chaos initial de la boue ni que les ténèbres pussent exclure la lumière. Au contraire, de ce qui resterait, comme pour l'arche de Noé, il ferait émerger des êtres nouveaux, lavés, propres, qui seraient des hommes, les hommes véritables que l'on attend depuis toujours. Des êtres humains candides, parfaits. De quel nom se servir, alors, pour donner une identité à ce parcours de la re-création ? Et quels noms à ceux qui livreraient les batailles ? Il ne le savait pas encore, il ne les avait pas encore inventés, mais à coup sûr jamais personne dans son monde imaginé ne s'appellerait Manuel ou Maria, encore moins Manuel Galeano. Personne ne serait Maria Balbina, personne ne serait Alexandre, Sílvio, Charlote ou João Vasco. Des noms totalement exclus. Personne ne serait Cássima, Laura, Lourenço ou David. Personne ne pourrait s'appeler Tatiana Galeano. Et Titi, alors, ce serait d'un ridicule absolu. Titi vivait dans son cœur mais pas dans son livre. Lui, il imaginait le futur. En somme, il fallait repousser la tentation de se laisser encercler par le connu, par le proche, par le local, par le national, par la pauvreté de la chose qu'on énonce tous les jours à l'heure habituelle des repas, s'écarter du confort du foyer, des sentiments fraternels, maternels, paternels, de tous les sentiments idylliques en général. Et, comme les images de son père et de Titi, et la silhouette de ses frères et de sa sœur se déplaçant somnambules dans la maison, faisaient naître en lui commisération et chagrin, et qu'il y employait tout son temps, sa sphère continuait à tourner à une distance considérable de sa main. Edmundo s'asseyait dans son réduit une grande partie de la nuit, observait le bord irrégulier de sa main mutilée et, pour appeler la sphère de feu pâle, il avait à nouveau besoin de recommencer à dire à voix haute l'ode qu'il avait copiée dix fois, écoutant le son de sa musique comme s'il marchait à grands pas, au bord de l'estuaire : *Marre ! de ne pouvoir agir en accord avec mon délire ! Marre ! de me balader constamment attaché aux jupes de la civilisation ! De me balader avec la* douceur des mœurs* *sur le dos, comme un assortiment de dentelles !* Disait-il et répétait-il. Car ce n'est qu'en reprenant les grandes systoles et diastoles de l'ode qu'Edmundo parvenait à résister. Il retrouvait alors du courage, attrapait le cahier et y dessinait des lettres rondes, parfaites, avec le plus grand soin, comme s'il composait des inscriptions pour l'éternité sur une délicate feuille en papier de soie. Il copiait le finale de l'*Iliade*. En fait, il cherchait obstinément un début, ce qui ne s'était pas encore produit.

20

Celui qui un jour a dit que les limites de notre langage sont les limites de notre monde s'est moqué de l'intelligence d'autrui. Pensa Charlote Galeano en déchirant en mille morceaux l'argumentation qu'elle avait préparée quelques jours auparavant pour la remettre à la réception du ministère, ce qui n'avait pas été possible parce qu'au moment de la donner elle avait eu la certitude que, à partir de là, le but de son existence, faite d'absolu silence à l'égard de son destinataire, serait coupé en deux. En remettant son argumentation, signée de son nom, et en demandant par ce biais à des services parfaitement soumis à Amadeu Lima que son procès soit revu, elle aurait rompu le pacte qu'elle avait scellé avec elle-même de ne plus jamais lui adresser la parole, par oral ou par écrit. Et elle avait donc bien fait de renoncer à cette tentation. Quand elle était revenue à la maison du Largo do Corpo Santo, elle s'était sentie en paix, elle s'était sentie cohérente, elle avait remis ses vêtements de deuil et s'était occupée d'installer sa tante. Elle le confirmait : en vérité les limites de son monde ne coïncidaient pas avec les limites que lui imposait son langage.

Elle le savait depuis longtemps.

Elle savait qu'au cours des dernières décennies le mythe de l'amour avait été méprisé, ridiculisé, moqué et, plus radicalement encore, avait été nié, enterré à dix mètres de profondeur. À présent, quand on parlait du mythe de l'amour, les gens riaient, comme si des fantômes en robes à traîne et des hauts-de-forme noirs revenaient pour tirer dans la poitrine d'un rival et se retrouvaient déportés en Afrique. Comme si de pâles jeunes filles mouraient, phtisiques, à la fenêtre de leurs couvents. Comme si des hémoptysies tachaient d'un rouge sombre les longues robes blanches des vierges pures. Comme si des embarcations et des lettres parfumées voguaient sur les mers anciennes. Une comédie féroce, tissée à partir de cette tragédie ingénue, c'est ce que l'amour semblait être désormais. Et pourtant, au lieu de ça, Charlote ne trouvait toujours pas d'autre mot pour traduire cette impression d'éclair dans l'obscurité, comme le définissait Amadeu Lima lui-même. C'étaient ses propres mots. Il y avait donc beaucoup plus de monde que de mots, et il y avait des mots qui découvraient une poche de kangourou abyssale leur permettant d'abriter des mondes, et des mondes qui ne trouvaient par leurs mots. Et les limites des uns n'étaient pas pour autant les limites des autres, et leurs horizons coïncidaient encore moins. C'est ainsi que Charlote comprit qu'elle avait agi comme il le fallait, que l'expérience de deux années de vie en commun avec Amadeu Lima sous les auspices de l'éclair méritait que l'on fît de sa disparition un acte aussi intense que – on devait l'excuser d'employer le mot qui exprimait cette religion primitive – l'amour. C'est alors que, pour la dixième fois, en cet autre matin de la fin d'août, Charlote se pencha sur le lit de Titi.

Pourquoi ne pas le dire ? Plutôt heureuse.

Titi, en fait, était sortie de l'hôpital extrêmement faible, c'était comme si la mort de son frère l'avait foudroyée. Titi ne demandait même plus qu'on lui mît du rouge à lèvres, ou ses boucles d'oreilles. Les deux petites perles nacrées étaient immobiles au creux de deux jolies mains en bronze, parfaitement unies, sur la table de nuit où Titi autrefois mettait ses parures du lendemain, elle les regardait les yeux mi-clos, mais n'y faisait même pas allusion. Titi était devenue absente. Charlote pensa qu'en laissant passer le temps et les jours fatals s'étant éloignés, cela deviendrait facile. On expliquerait à Titi en lui parlant à l'oreille qu'Alexandre allait revenir à la maison comme à l'époque où il était étudiant et qu'il amènerait avec lui sa femme, Rosário. N'ayant plus rien à eux, ils s'installeraient dans la pièce jouxtant la chambre de Manuel Galeano, son frère disparu, étant donné que le couple se refusait à occuper la chambre de leur père, et donc, si Titi ne voyait pas d'inconvénient à échanger sa suite contre la chambre destinée à Alexandre et à sa femme, la vie de tout un chacun serait plus facile et cela ne la gênerait en rien, vu qu'elle marchait très peu et qu'en outre c'était une pièce aérée, avec la plus grande fenêtre de la maison, offrant une belle vue sur le fleuve. C'était là les arguments qu'elle se répétait avant d'entrer dans la suite royale de Titi, pour la vingtième fois, ce jour-là. Charlote imaginait que Titi ne répondrait pas, voir n'entendrait même pas, et que tout pourrait se passer aussi simplement que pour changer de chambre dans un hôtel. Mais il en fut tout autrement.

Titi n'eut pas le moindre regard d'intelligence, ne sembla même pas comprendre la question, mais elle avait compris, oh oui. Titi bougea avec difficulté sa main droite, sur laquelle elle appuyait la tête quand elle était couchée, parvint à séparer son index de ses autres doigts, tout recroquevillés, et se servant de cette espèce d'os recouvert de peau ridée, elle dessina non plusieurs fois dans l'air. Négatif, disait Titi par ce geste décidé, pas question, elle n'acceptait pas cet échange. Et pendant quelques instants son visage se durcit, comme s'il s'était agi d'un organisme invertébré qui se repliât mollusquement, repoussant le danger. Non, non, fit le petit os de la main droite de Titi. Je refuse d'abandonner ma place.

Une grosse surprise.

Comment était-il possible que Titi, qui durant toute sa vie avait été l'image du don de soi, à présent et alors qu'elle n'était plus qu'un être résiduel, gisant au fond d'un lit, pouvait montrer cette fermeté dans l'affirmation de son égoïsme ? Est-ce que cette femme qui s'était appelée jadis Tatiana Galeano n'était plus celle qu'elle avait été ? Est-ce qu'en fait on devrait obéir à ce signe péremptoire de la Titi résiduelle, ou agir conformément à la Titi qu'elle avait été, la Titi aimée, adorée de tous ? La Titi qui avait remplacé dans cette maison sa belle-sœur, Maria Balbina, morte trois mois après la naissance d'Edmundo ? La Titi aux foulards de soie, aux fourrures de renard avec museau et pattes, quand elles allaient au cinéma l'après-midi. La Titi des cadeaux que lui offrait son fiancé João de Gouveia ? La Titi de la bibliothèque du premier étage ? Qui était désormais Titi ? Quelle personne était-elle ? Il y avait là un autre mot qui ne cadrait pas avec la réalité, égoïsme. Dans ces circonstances, égoïsme ne coïncidait-il pas avec l'attitude de Titi ? Y avait-il par hasard un mot dans le lexique portugais qui pût convenir à ce doigt pointé ? Il n'y en avait pas. Alors Charlote quitta la suite de sa tante, prit son fils par la main et se dirigea vers les jardins de la Praça Dom Luís.

21

Arrivés au jardin, tandis que David pédalait sur sa bicyclette entre les massifs et les acacias, Charlote continuait à penser aux limites de son monde, servies par les non-limites du langage, et parfois l'inverse. Elle pensait à l'épisode qui avait eu lieu douze ans auparavant, une certaine nuit, le long d'une route secondaire, quand Amadeu Lima ne se déplaçait plus dans une vieille Taunus mais dans une Jaguar flambant neuf.

Elle voulait repenser à cette année 98, quand son compagnon n'était plus seulement un chercheur qui se retranchait dans un hôtel trois étoiles pour terminer une thèse, il était devenu un universitaire recruté pour d'importantes fonctions en rapport avec le droit de la mer. Et assez vite sans rapport avec un droit en particulier mais avec le droit total, donc occupé vingt-quatre heures sur vingt-quatre, puisque pour Amadeu Lima, soudain, il n'y avait plus de soirée ni de nuit. C'était le même personnage, la même implantation des cheveux autour du visage triangulaire, les mêmes yeux en amande, les mêmes pommettes hautes, le même cou trapu, mais une autre personne avait éclos en lui et ce n'était pas désagréable, car l'homme qui avait serré contre son corps les poissons empoisonnés, sa chemise sentant l'eau huileuse, l'écume polluée et diverses matières en décomposition, pourrait désormais agir directement sur les instincts des autres, les empêchant, grâce à son influence, d'assassiner des êtres de la nature inoffensifs et sans défense. C'était ce qu'Amadeu Lima donnait à entendre, avec des mots subtils, parfois des phrases syncopées, des suggestions accompagnées d'un mouvement du bras en l'air, propre à l'homme qui commande d'autres hommes tout en respectant les normes et les lois. La promotion publique d'Amadeu Lima était fulgurante, et elle comprenait qu'il en fût ainsi. Se disputaient en lui simultanément le talent, la courtoisie, la connaissance et la sagesse, ce qui n'arrive que chez des êtres humains d'exception. Et il y avait cet éclair qui illuminait d'une lumière pareille à celle de la foudre la plaine dans laquelle se mouvait son corps, faisant remonter la profondeur des abîmes à la surface de la terre. Avec ces mêmes yeux incisifs, ce même visage triangulaire, cette même implantation drue des cheveux, les mêmes pommettes hautes, le même cou trapu. Je l'ai déjà dit. Quel dommage qu'il n'existe pas un autre mot, un mot pur, non contaminé par telle ou telle histoire, pour remplacer le mot amour. Quel dommage. Seule l'impressionnait la Jaguar jaune. Mais, au fait, elle était à lui ?

Quelqu'un la lui avait prêtée.

Ce qui voulait dire que certaines personnes qu'il fréquentait avaient des Jaguar à prêter en échange de services rendus. Un mélange d'orgueil, un sentiment de triomphe aussi s'était emparé d'elle, simple assistante dans une université privée, qui souhaitait démissionner et devenir propriétaire d'une agence de voyages, rêvant de lointain et d'entreprises, comme son père. Un jour, il lui avait dit : "Comme je n'ai plus le temps de te conduire à l'université, pour que tu ne perdes pas tes journées de bus en bus, je vais t'acheter une petite Fiat, tu vas voir." Je l'ai déjà dit. Entre eux l'amour, qui n'était pas de l'amour, n'avait plus sa place, c'était un éclair. Un éclair qui illuminait la nuit sombre, mais qui ne brûlait pas, ne détruisait pas, ne grillait pas les moissons, ne fendait pas les arbres en deux. C'était une lumière incandescente en zigzag, qui brillait en illuminant de temps à autre les paysages d'une autre Terre.

Je l'ai déjà dit.

À cette époque, Amadeu Lima pouvait rentrer chez lui seulement pour changer de costume, se reposer de cinq à huit, partir à des réunions d'où il téléphonait à des heures indues, l'entourant sans relâche d'attentions parcimonieuses, propres à un homme qui un certain matin s'était ému de l'assassinat des poissons et en avait pris quatre ou cinq contre sa poitrine, en désespoir de cause et d'utilité. Un vendredi, il lui avait dit : "Charlote, vers trois heures de l'après-midi, je t'amène la Fiat pour qu'on commence à la roder. On va l'étrenner en faisant le parcours inverse de celui de notre rencontre. Moi devant dans la Jaguar, toi derrière, pour t'habituer à la voiture. On ira là-bas, jusqu'à cet hôtel où on avait logé après que j'étais allé t'attendre à la gare. Au moins, au cœur de cette vie trépidante, un voyage symbolique. Que serait la réalité sans les symboles ? C'est eux qui transforment l'animal que nous sommes en humanité. Les symboles, les symboles. Tu es d'accord, Charlote ?" Charlote était d'accord. Elle attendit trois heures, puis quatre, mais la Fiat, conduite par un mécano, ne finit par arriver qu'à sept heures. Restait au plus une heure de soleil. On était au printemps.

Le mécano l'avait fait asseoir sur le siège, avait réglé le rétroviseur intérieur, lui avait montré les pédales et les *manettes**, la fermeture des portes, le verrouillage centralisé, lui avait demandé de faire un tour dans le secteur et en avait finalement conclu : "C'est parfait, c'est comme si vous l'aviez toujours conduite. Vous pouvez partir."

Quoi qu'il en soit, pour cette voiture elle inaugurait. Il s'agissait d'une sorte de rodage pour la conductrice et de rodage de la voiture elle-même. Amadeu roulait devant au volant de sa Jaguar. En franchissant le pont, Charlote avait l'impression d'un jeu, d'une manifestation de liberté en état de totale euphorie. Un voyage qui reproduisait, symboliquement, l'inverse du premier voyage, du voyage inoubliable, celui qui avait conduit Amadeu Lima à corriger cette obsession qui le faisait imaginer, depuis quelques mois, qu'il ne rencontrerait jamais la femme idéale. Parce qu'il avait rencontré Charlote. Et Charlote avait envie de chanter de l'autre côté du pont, et si elle ne chantait pas, c'est que la nuit tombait et qu'elle n'était pas encore familiarisée avec l'éclairage. Elle actionna les phares, ça marchait, là c'étaient les feux de position, au milieu les codes et vers le bas, les pleins phares. Parfait. Ils allaient y aller, oui, ils allaient y aller, en pleine nuit, et quand ils arriveraient tout au bout, tout au bout, tout au bout de la route, loin, loin au sud, avant la Ria où s'était produit le massacre des poissons, l'hôtel Ampalius les attendait. Au retour, ils prendraient le tronçon d'autoroute, selon l'usage. En fait, là, ils n'avaient pas pris le tronçon d'autoroute, ils roulaient sur l'ancienne route, sûrement pour éviter les gymkhanas barbares des gens qui se ruaient sur les week-ends comme s'ils vivaient sur une planète hors gravité. Amadeu Lima était raisonnable, il préférait une route avec des tournants, même lente, d'autant que Charlote, en somme, étrennait une voiture. Codes, codes, pleins phares, pleins phares, avec protestation des voitures qui surgissaient de l'autre côté. Amadeu Lima avait évidemment remarqué le problème et se laissa dépasser par Charlote. Ensuite, la Jaguar jaune roula cérémonieusement aux côtés de la Fiat, et dans une ligne droite mit la gomme et disparut entre les camions qui se croisaient.

Charlote se concentra.

Elle n'allait plus jamais mettre pleins phares, les codes suffiraient, mais par réflexe conditionné dû aux voitures qu'elle avait conduites auparavant, elle actionnait les feux de position et se retrouvait presque sans lumière, et en voulant remettre les codes, elle actionnait les pleins phares. Soudain la Fiat se mit à danser au milieu de la route et un sifflement prolongé, suivi de nombreux autres, tinta à ses oreilles. Charlote essaya d'apercevoir l'arrière de la Jaguar jaune, mais la Jaguar n'était plus là, elle avait disparu. Là-dessus elle réussit à reprendre la route normalement, essaya de se concentrer et se retrouva prisonnière d'une file de poids lourds. Des poids lourds nonchalants doublés sur leur gauche par des voitures rapides qui passaient en vrombissant, tandis que les véhicules surgissant au hasard des virages se tenaient bien à l'écart. Dans une ligne droite, à son grand effroi, la Jaguar la dépassa en klaxonnant longuement pour l'inciter à la suivre. Amadeu Lima, évidemment, pour protéger la Fiat, était resté derrière. Mais, lassé de sa marche poussive, il voulait qu'elle se libère de cette file languissante. Elle le suivit. Entre le camion de devant et celui qui arrivait en face, il n'y avait que quelques mètres, entre lesquels se faufila la Fiat.

Charlote, qui avait allumé ses feux de position, ou peut-être ses codes, elle n'aurait su dire ce qu'elle avait activé, pensa qu'il ne faudrait plus qu'elle perde de vue la Jaguar, c'était là désormais son but essentiel. Elle avança rapidement, s'approcha, et au moment où elle était tout près, la Jaguar fit un bond en avant et se glissa dans la file interminable. Elle aussi, sauf que, en plein milieu, surgit une voiture en sens contraire. Il y avait un large bas-côté où la voiture en question parvint à se réfugier, et elle, elle réussit à arrêter la sienne. Coups de frein de part et d'autre. Quelqu'un cria, espèce d'abrutie, espèce d'andouille. Une femme s'écria : “Manel, Manel, on en réchappe par miracle !” Le Manel en question cria : “Tire-toi dans ta caisse de merde et va repriser les chaussettes chez toi, espèce de bécasse de mes deux ! Meurtrière, criminelle !” Assise au volant de la Fiat, Charlote parcourut plusieurs kilomètres sans apercevoir la Jaguar. Était-elle devant ? Était-elle restée derrière ? Pourquoi la Jaguar ne roulait-elle plus près de la Fiat et avait-elle disparu ? En proie à cette incertitude, elle perdit son sens de l'orientation. Tantôt elle conduisait coincée entre des camions, tantôt elle s'insérait dans la file de gauche et se retrouvait presque à l'arrêt, harcelée par le bruit des klaxons et le scintillement des phares qui l'aveuglait. La Jaguar jaune, définitivement, avait disparu. Alors, quand elle vit une sortie à droite, elle la prit et s'enfonça dans la forêt.

Le chemin était en terre battue, il n'était pas éclairé. La lune croissante, là-haut, répandait une faible lumière. Les arbres touffus, devant, formaient une haie compacte. Elle dut attendre plusieurs heures avant de pouvoir prononcer les paroles adéquates. Mais finalement, elle conclut : Donc une Jaguar jaune a tout fait pour qu'une Fiat rouge se désagrège sur l'asphalte. C'est ce qu'elle pensa, qui rejoignait ce qu'elle aurait voulu dire, parce qu'elle ne trouvait pas de mots pour exprimer cette réalité. C'étaient les mots que la queue tordue de la lune lui dictait. Longtemps après, quand elle arriva à l'hôtel Ampalius, il était déjà midi passé. Amadeu Lima était assis sur un canapé les jambes croisées, au milieu du hall, passablement indigné, mais il ne parvint pas à conserver longtemps ce masque.

Charlote lui dit : "On voit bien que ce n'était pas la nouvelle que tu attendais, Amadeu. Tu avais tout planifié si bien, et tout s'est déroulé pour toi si mal. Ce que tu souhaitais ne s'est pas produit..."

Amadeu Lima dit alors les paroles qu'elle attendait, que ce qu'elle pensait n'était pas vrai, pour qui le prenait-elle ? Quelle offense, et d'une telle gravité, quel manque de culture démocratique signifiant qu'elle n'était pas capable de se mettre dans la peau de quelqu'un d'autre. N'être pas capable de comprendre qu'il voulait seulement la laisser se débrouiller. Peut-être avait-il été imprudent, peut-être, qu'elle veuille bien l'en excuser, lui pardonner. Et c'est toute une scène qui s'était jouée, dans le hall de l'hôtel, sous le regard curieux du personnel de la réception et la feinte indifférence à cette querelle portugaise des étrangers présents. Elle se mit à crier en plein milieu de l'hôtel aux employés : "Lui, là, cette nuit, il a voulu m'assassiner, et moi je l'aimais, vous savez. Moi je l'aimais !" Les étrangers se mirent aussi à regarder. "Il veut sauver des poissons et il les embrasse, et il les tient contre sa poitrine, mais cette nuit il a voulu tuer la personne qu'il disait aimer, vous qui m'écoutez, il a voulu me tuer..." Amadeu Lima était pétrifié en plein milieu du hall. Pendant un mois, un mois durant lequel ils avaient tenté de se dépêtrer l'un de l'autre, il lui avait demandé pardon. Il n'avait plus redit qu'il était faux qu'il ait désiré qu'elle disparaisse, cette nuit-là, n'importe où sur cette route.

Mais ce n'était pas faux.

D'ailleurs c'était faux et c'était vrai. Ce qui prouve que les limites de mon monde ne coïncident pas avec les limites de mon pauvre discours. Pensa Charlote tandis que son fils pédalait à toute vitesse entre les massifs et les troncs des acacias.

22

Le lendemain, deux nouveaux occupants arrivèrent à la maison du Largo do Corpo Santo. C'était Alexandre et Rosário, qui venaient occuper la pièce contiguë à la chambre de leur père. Ils n'avaient pas du tout l'air de gens abattus. On aurait seulement dit deux touristes qui auraient eu du retard, ballottés d'aéroport en aéroport avant de trouver enfin une chambre d'hôtel où passer la nuit. Pareil. De ceux qui arrivent morts de fatigue et se jettent sur un lit sans chercher à savoir s'ils se réveilleront ou pas. Et c'est exactement ce qu'ils firent, ils suspendirent leurs manteaux – on était déjà mi-septembre – et rangèrent leurs valises dans un coin de la chambre, empilées les unes sur les autres. Ils se couchèrent sur le lit et ne prirent même pas la peine de fermer la porte. On pouvait voir qu'ils avaient les yeux fermés, définitivement cette nuit-là. Même si l'on avait examiné de près leurs visages on n'aurait pas compris que leur fatigue n'était pas de bourlinguer ici ou là, mais était due à l'effort qu'ils faisaient pour imaginer que leur situation serait transitoire, tandis qu'une autre part d'eux-mêmes leur disait qu'elle pourrait être définitive.

Convaincus qu'elle serait transitoire, ils avaient accompagné leurs cartons jusqu'au hangar du côté de l'aéroport, une sorte de stade de foot couvert d'une toiture en lusalite soutenue par des piliers de fer et ciment, délimité par des bandes blanches sur le sol et l'indication de coordonnées comme sur les cartes d'une ville. Leur était échu le lot N365 et Rosário y avait même vu une bonne nouvelle, dans la mesure où N pourrait signifier un Nord et où 365 correspondait à un nombre repérable, et dans son esprit avait surgi l'idée que sa vie s'arrangerait d'ici un an. Alexandre ne voyait dans les perspectives de sa femme que les effets pervers de la magicienne du quartier de l'Intendente, qui réussissait à fixer ce qui était occasionnel et aléatoire comme si c'était significatif et important. Lui n'y avait jamais cru. Mais à présent il en repoussait totalement l'idée, avec l'avantage qu'il ne se sentait plus épié. Tout à fait libre de ne pas y croire. Et ça c'était bien, c'était salutaire. À vrai dire, leurs deux corps épuisés, étendus dans une chambre porte ouverte aux quatre vents, ressemblaient à ceux de touristes qui auraient interrompu une excursion quelconque pour demander l'asile politique. Encore vêtus et chaussés, ils dormirent toute la nuit dans la chambre à côté de la chambre qui avait été celle du chef de famille. Le lendemain, comme s'ils s'attendaient à ce que leurs bagages égarés arrivent à on ne sait quelle heure, arrivent n'importe quand, ils allumèrent leurs ordinateurs sur la table du salon et se mirent au travail. Ils n'étaient pas des touristes égarés, ils étaient un couple expulsé de chez lui pour endettement, en raison des pertes subies avec *Horizonte* et *Batalha*.

Mais Alexandre ne se sentait plus épié.

L'après-midi il partit pour l'*atelier**. Rosário se dirigea vers le cabinet de consultation de la magicienne du quartier de l'Intendente. Tous deux se retrouvèrent vers dix heures du soir. Rosário dit : "Alexandre, j'ai une autre bouteille. Cette fois, tu vas la jeter directement dans la mer, pour qu'il n'y ait pas l'excuse que le fleuve ne l'y ait pas amenée. Et il faut à nouveau que tu y ailles et en reviennes à pied. Excuse-moi, Alexandre, c'est une corvée." Alexandre tapa sur la table et cria : "Non et non ! La magie, c'est terminé en ce qui me concerne. Pourquoi pas me faire aller encore plus loin qu'Oeiras, au moins jusqu'à Cascais, à pied, pour jeter une bouteille ensorcelée à la mer. Que l'absurde vienne à nous, ce n'est pas notre faute. Mais que nous-mêmes créions l'absurde, alors là c'est une absurdité totale. Arrête, Rosário, arrête. J'ai suffisamment joué les idiots de service."

Rosário lui dit : "Tu as mal fait tes calculs, Alexandre. C'est tout. Quand d'autres gens faisaient le pari du dessalement de l'eau de mer, toi tu as parié sur le transport des eaux de pluie et tu as perdu. L'autre lobby était fort, le tien faible. Tu as parié sur le faible et tu as trompé ton père. Comme si dans la confrontation entre avion et zeppelin tu pariais sur les ballons de gaz et non sur la machine ailée. Tu as perdu, pas de chance. Le transport d'eau dans des navires-citernes à doubles parois, un sacré paquet de fric, a été ton dirigeable. Et quand tu as soutenu cette idée de poser des doubles parois à *Batalha* et à *Horizonte* pour en faire des transporteurs d'eau, là, tu t'es montré le dernier des crétins. Et maintenant, après avoir fait triste figure, comme tu n'aimes ni ta femme ni tes enfants, tu ne fais rien pour qu'on reçoive une bonne nouvelle." Mais Alexandre n'entendit même pas sa femme. Il partit se coucher en laissant à nouveau la porte grand ouverte.

C'était comme s'il ne dormait nulle part, comme s'il n'était personne. Il n'avait pas besoin de se déshabiller ni de se protéger. Personne ne les surveillait. Il s'offrait au monde. Que l'on fasse ce qu'on voulait de son sommeil. À six heures du matin, il se réveilla, empêtré dans ses vêtements et encore somnolent. Il ne trouva pas Rosário, pas plus dans le lit que dans la chambre. Et à présent il se rappelait vaguement qu'il avait entendu une porte claquer. Ça devait être la porte sur la rue. Oui, c'était la porte sur la rue, il n'avait aucun doute là-dessus. Rosário s'était précipitée vers le port pour jeter la bouteille à la mer. La folie qui s'était emparée de sa femme était impressionnante, et Alexandre ressentit de la haine à l'égard de cette magicienne du quartier de l'Intendente, qu'il n'avait jamais vue mais connaissait par les descriptions minutieuses que Rosário en avait faites. Sur le moment, il eut envie d'aller trouver cette magicienne et de l'étrangler. Dans un deuxième temps, il pensa à la dénoncer à la police, en dernier lieu il comprit que la faute n'incombait pas à cette mystificatrice, mais aux malheureux et malheureuses qu'elle séduisait. La faute en était à la vulnérabilité de ses dupes. Il détesta Rosário, il détesta surtout sa faiblesse. Il se réjouit qu'elle en soit châtiée, qu'elle longeât stupidement Belém, Pedrouços, Oeiras, Cascais, il l'imagina épuisée, marchant résolument sur la route de la côte, se reposant de temps en temps, s'appuyant parfois à quelque grille, quelque arbre, et pensa que ça serait bien fait pour elle qu'elle s'exténue, qu'elle finisse par tomber par terre à force de stupidité et d'épuisement. Ça le laissait indifférent. Indifférent qu'elle réalisât la prouesse d'atteindre ou pas Ponta da Laje pour jeter la bouteille dans le fleuve, à l'heure du zénith. Un aller-retour à pied. Bien fait. Et sur ces pensées, il s'assit devant son ordinateur. Mais il ne parvenait pas à travailler. Aux environs de midi, il prit la voiture et s'engagea dans la direction du couchant, sachant que découvrir Rosário, à la fin d'un si long parcours, semé de tant d'interruptions et de barrières, les unes naturelles, les autres construites, des tours, des forts, des perrés, des immeubles, des rochers, des plages, des routes à croiser, ce serait comme d'essayer de trouver une aiguille dans une botte de foin.

Malgré cela, il conduisait lentement, s'arrêtait de temps à autre, se garant et marchant vers la rive, reprenant ensuite la voiture. Les lieux qu'il avait toujours vus en passant lui paraissaient aujourd'hui d'immenses grèves séparées par des constructions infranchissables. Il était déjà presque deux heures. D'après ses calculs, elle avait déjà dû atteindre l'endroit le plus à l'ouest qu'elle avait en tête, peut-être avait-elle déjà jeté la bouteille à la mer. Il fit le tour par Cascais, s'approcha de la forteresse, s'imagina qu'elle était dans le coin en train de boire quelque chose, après ses six heures de marche. Ou alors, décidée comme elle l'était, elle était peut-être carrément allée jusqu'au Guincho pour jeter la bouteille. Il y alla, regarda les vagues et imagina

Rosário sur les rochers, devant leur déferlement. Et puis l'assaillaient les scènes de désespoir que Rosário avait pu jouer. Il vit le corps de Rosário planer dans l'air et disparaître dans les eaux. Impossible, pensa-t-il. Il rebroussa chemin. Il allait plutôt l'attendre chez eux, la submerger de toute la colère qui s'était emparée de lui dès le matin, comme s'il en était encore sous le coup. Mais ce ne fut pas nécessaire. Alexandre trouva l'aiguille au milieu de la botte de foin. Sur la route du retour, il s'arrêta à Carcavelos, s'approcha du parapet et vit en bas, sur le sable, le dos de Rosário assise. Le vent de septembre gonflait ses longs cheveux. Elle portait le Kispo* bleu qu'il aimait tant.

Quand il s'approcha, elle avait ses tennis posées à côté d'elle et ses pieds nus étaient rouges. Ella avait posé ses chaussettes sur ses genoux. Il essaya tout de même de dire : "Rosário, c'est stupide…" Mais, d'une de ses mains, elle lui ferma les lèvres.

---

* Marque de blouson.

23

Pour quelle raison la vie rêvée était-elle si légère, et la vie vécue, si lourde ? L'imagination si diaphane, la concrétisation si grossière ? Se demanda Edmundo Galeano, les yeux remplis de tristesse. Ce même contraste apparaissait entre les images qui défilaient à la surface de la sphère de feu pâle, fascinantes et cohérentes, élaborées et parfaites, articulées entre elles comme un tout avant que les mots ne s'articulent, et qui, une fois concrètement prononcées, perdaient aussitôt une partie de leur éclat. Elles en perdaient encore davantage au moment où sa main droite commençait à traduire ses mots par écrit, comme si l'acte de les dessiner impliquait une déconvenue jouée à l'avance. Une déception que l'on devait apprendre à contrôler avec le temps, pensa-t-il.

Mais est-ce que la voix de celui qui, pour la première fois, prononça les mots *Chante, déesse, la colère d'Achille, le fils de Pélée**, causa la même déception à son auteur ? Le vers prononcé inférieur aux mots pensés ? Inférieur à la phosphorescence du feu pâle qui aurait visité il y a plus de deux mille cinq cents ans celui qui les créa ? Et ensuite l'écriture, plus pâle que les mots prononcés, et ceux-ci plus ténus que les rêves rêvés ? Edmundo était isolé dans sa chambre, assis à sa table de travail et se demandait si le sentiment qu'il éprouvait personnellement lui était réservé, ou si c'était plutôt une expérience partagée par tous ceux qui se risquaient à pareille tâche. Il soupçonnait toutefois que dans son cas

---

* Vers de l'*Iliade*.

la distance entre l'imaginé et l'écrit s'imposait à lui avec une telle rigueur parce que entre lui et la sphère bleue se glissaient la proximité, la maison, la famille et les grandes épreuves qu'il avait traversées, le cadavre encore chaud de son père entre ses bras, l'image décrépite de Titi sur son lit. Alors, en un effort que lui-même tenait pour surhumain, Edmundo essaya d'écrire de sa main diminuée une première phrase, et sa main lui fit mal. Elle lui fit mal comme si les doigts qu'il avait perdus à Dadaab étaient encore là, et qu'il les sentît attachés à lui, au moment de la séparation. S'il avait encore ces doigts perdus, et que sa main fût complète, peut-être la distance qu'il sentait entre l'imagination et l'écriture n'aurait-elle pas été si grande, pensa-t-il. Peut-être était-ce cette perte qui l'obligeait à se tenir loin du monde rêvé, le condamnant pour toujours à l'imperfection. Mais la réalité était la réalité, et lui, il avait un projet et ne céderait pas.

Avec humilité, sachant que tout ce qu'il pourrait écrire resterait en deçà de ce qu'il se disait en son for intérieur, et encore plus en deçà de la luminosité muette qu'émettaient les images fulgurantes de la sphère bleue, il commença son ouvrage en dessinant des lettres rondes sur la première page d'un cahier, imaginant qu'il écrivait pour l'éternité sur une feuille de papier de soie. Imaginant, avec humilité. Avec humilité, réunissant en un temps unique le titre, *2030*, le projet, l'action, les personnages et les lieux auxquels il n'avait pas encore attribué de noms, le passé dont il se souvenait, le présent insaisissable et le futur prolongé qu'il imaginait. Et, s'étant concentré, il écrivit sur cette première feuille des phrases adressées aux temps futurs. Il commença à les rédiger, en prenant son temps.

Il écrivit.

Rappelez-vous, enfants de mes enfants, cette époque où votre grand-père était vivant, où moi j'étais jeune et où le monde avait la cohérence d'une orange posée sur une coupe. La Terre, vue de l'Espace, était toujours ronde et bleue, et je pensais que cela serait éternel.

Des étoiles, on savait qu'elles naissaient et mouraient, laissant à leur place des espèces célestes de nature impondérable mais, regardant le ciel depuis un balcon, elles paraissaient toutes éternelles, cependant que les dernières, nébuleuses, et dont la taille dépassait l'entendement humain, ne me concernaient pas. Au nord, le givre des glaciers fondait doucement, emplissait les mers et altérait les marées, mais les barrages pour contenir les eaux étaient assez efficaces, outre que les calendriers des vents et des pluies étaient trop oscillants pour que l'on puisse prendre au sérieux le dégel. On parlait d'espèces vivantes qui disparaissaient sans laisser de traces. Malgré cela, la diversité continuait à être si grande sur la face de la Terre que les tableaux taxonomiques des bêtes et des plantes occupaient une aile entière de la Bibliothèque d'Oxford, une information dont je me servais après l'avoir concentrée dans un appareil de la taille de la phalange de mon annulaire, appareil minusculement grandiose que je trimballais dans ma poche avec un mouchoir. L'idée c'était…

Edmundo interrompit sa phrase, soudain curieux. Étonné que sa main ait commencé à glisser plus rapidement qu'il ne l'imaginait, son stylo-bille en suspens au-dessus du papier, il comprenait que les intervalles entre l'imaginé, le prononcé et l'écrit avaient diminué. Sa main était devenue chaude, et ce n'était pas dû à la température qui régnait tout autour. La chaleur émanait de sa propre chair, comme si celle-ci avait été irriguée par quelque substance plus épaisse que le sang, qui lui donnait cette énergie nouvelle. Pour qu'elle ne se refroidisse pas à nouveau, il reprit son stylo-bille entre son pouce et son index, relut la phrase qu'il venait d'interrompre et se remit à écrire.

L'idée était que, au fur et à mesure que les espèces visibles diminuaient, les invisibles augmentaient, et que grâce à cela, pensait le plus grand nombre, l'harmonie se maintenait. Il était certain dans ce cas que les transports n'auraient plus de rails, ni de roues, ni de conducteurs, ni d'itinéraires préétablis, car ils circuleraient seulement sous des impulsions de lumière, et le monde de cette façon serait de plus en plus parfait, et moi je dormais paisiblement, parce que j'étais jeune et que je pensais que les villes du futur bientôt seraient définitivement belles, propres, silencieuses et pacifiques comme un jardin bien ordonné. C'est persuadé qu'il en serait ainsi que j'étais revenu à la maison du Largo Santo, avec une valise de voyage dans une main et un téléphone portable dans l'autre, grâce auquel je répondais au monde cependant que le monde entier me répondait...

Edmundo retint une fois de plus sa phrase pour penser. Il n'avait pas hésité, pas raturé, les mots sur son papier couraient, et il commença à comprendre que, contrairement à ce qui s'était passé au début, désormais les intervalles entre l'imaginé, le discours intérieur et l'écriture qui le traduisait s'étaient tellement réduits que la situation s'inversait. C'étaient les mots eux-mêmes, écrits à main levée, qui appelaient la pensée, qui à son tour recréait le monde imaginaire. Contrairement à ce qu'il avait pensé, ce qui commandait sa pensée, c'était le geste de sa main. Le processus s'inversait. Il ne s'agissait encore que d'essais balbutiants, mais, même dans ces conditions, sa joie était immense. Dommage que Titi ne soit plus Titi. Si elle avait continué d'être cette personne étendue sur son lit, qui écoutait, qui prononçait quelques mots, comme c'était le cas avant que son frère ne se suicide, il descendrait jusqu'au deuxième étage, entrerait lentement dans la chambre de Titi et lui lirait ce début pour qu'elle lui donne son avis. Parce qu'il avait déjà un début, pensa-t-il. Mais dans ces conditions, avec sa tante apathique, il ne se le lirait qu'à lui-même. Edmundo alors lut d'abord mentalement, puis il lut à voix haute, et se réjouit.

Il se réjouit durant quelques heures.

Quand Edmundo se réveilla le lendemain, le soleil était déjà haut. Un paquebot descendait le fleuve en direction de l'embouchure et son pont tout blanc brillait comme s'il était doublement éclairé. La lumière était si intense que la peau des objets en ligne de lire révélait leur intérieur. Ou l'intérieur émergeait à la surface des choses comme s'il était leur enveloppe. Il s'approcha de la table, jeta un œil sur ce qu'il avait écrit le soir précédent, et là encore la puissance de la clarté se fit sentir. Quant à la réalité béante dans la lumière du matin, Edmundo comprit qu'elle était loin de ce qu'il souhaitait. Il avait besoin d'autres mots pour décrire l'allégresse de la Nature, la beauté du Monde, l'altitude des montagnes, l'immensité des mers bleues, le niveau de la technique et de la science vingt ans avant *2030*. Il avait besoin que cette exaltation fût parfaite pour que la tentative de sa destruction se transforme en crime odieux dans son livre. Ce qu'il avait écrit, d'abord lentement puis vite, d'abord humblement puis sur un rythme triomphateur, était si pauvre, si loin de ce qu'il imaginait, qu'il déchira les quatre pages de son cahier qu'il avait remplies, émietta les petits bouts de papier qui étaient restés accrochés à la reliure pour que rien ne demeurât de l'aventure de cette nuit-là, pensant : Edmundo, il ne s'est agi là que d'une répétition. Tu sais très bien ce que tu veux, il s'agit juste du brouillon d'un début de commencement.

24

João Vasco sentit le vent d'octobre qui faisait vibrer ses fenêtres, et s'imagina père d'un robuste garçon. Il ajustait son rasoir, devant la glace de la salle de bains et ne put s'empêcher de chanter : *lalala Liouli, lalala Liouli, lalala… Ah toi, joli pin vert, ne fais pas de bruit au-dessus de moi.* C'était un refrain merveilleux, on avait envie de valser au milieu de la pièce le rasoir à la main et de sauter par-dessus les W.-C. en chantant.

Par la porte entrouverte, il voyait Nadja couchée dans le lit, le meuble en face avait un miroir, et donc il voyait Nadja deux fois. Deux fois Nadja, deux fois le gros ventre de Nadja où grandissait son fils. Deux fois la main blanche de Nadja couverte de bagues passant sa main sur le nid de chair blanche où se pelotonnait le bébé. À présent il avait des jambes bien visibles, sa tête s'appuyait sur un cou, son crâne commençait à ressembler à celui d'un enfant d'homme et non de poisson, et son sexe était grand, dressé entre ses deux jambes. *Ah toi, joli pin vert, ne fais pas de bruit, ne fais aucun bruit.* Alors João Vasco se rasa bruyamment, se donna de petites claques sur la figure en passant son after-shave, coiffa ses cheveux vers l'arrière puis vers l'avant, même s'ils continuèrent d'être raides et hirsutes comme s'il n'y avait jamais passé de peigne.

Nadja l'appela pour qu'il vienne dans la chambre.

"Chéri, dit-elle. J'ai eu une idée. Sónia et Natacha pourraient prêter main-forte à ta sœur. Petit à petit elles convaincraient Titi de nous céder la suite royale…" À ce moment-là, et alors qu'il enfilait sa veste, João Vasco y renonça pour s'approcher du lit. "Super idée, Nadja, super idée. Mais ce n'est pas Titi qui ne veut pas nous donner sa suite, c'est précisément Charlote. C'est elle qui ne veut pas. Mais Natacha et Sónia vont t'aider. *Ah toi, joli pin vert,* elles vont t'aider, elles vont t'aider. Nadja chérie, tu as eu une excellente idée, *joli pin vert, ne fais pas de bruit au-dessus de moi, joli pin vert, ne fais pas…*"

João Vasco enfila son veston, passa sa main sur le gros ventre de Nadja et lui demanda de s'occuper de cette affaire. Dans la maison du Largo do Corpo Santo, Charlote et David, Edmundo, Sílvio étaient déjà de retour et maintenant c'est Alexandre et Rosário qui venaient de s'installer dans la chambre à côté. Il n'y avait plus qu'eux, alors qu'ils allaient avoir un bébé et avaient besoin d'une bonne d'enfants, il leur fallait trois pièces, or trois, c'était la suite royale. C'était une double question de justice car, à la proche venue d'un petit enfant, d'un nouveau-né, s'ajoutait le fait que c'était le père du futur bébé qui payait un salaire à Charlote pour qu'elle s'occupe de Titi. João Vasco voulait pour lui la suite royale. Titi déménagerait tout simplement dans la chambre qui avait été celle de leur père. Il fallait être pratique, être rationnel. Pourquoi la chambre de leur père restait-elle vide ? Titi ne savait pas vouloir. C'était Charlote qui avait montré à Titi comment dire non avec son petit doigt à la gomme. Ah ! Mais Natacha et Sónia allaient s'en occuper, petit à petit elles commenceraient à poser des affaires du bébé à la porte de la suite, pour qu'on comprenne ce qu'ils voulaient. Elles apporteraient le couffin, la poussette, le berceau, la commode, tout cela encore emballé, car il ne permettrait pas qu'on les défasse dans l'appartement qu'ils occupaient. Ce serait là, dans la maison de famille, marquant ainsi sa place parmi ses frères et sa sœur, qu'il voulait qu'on ouvre les emballages et qu'on installe tout le fourbi nécessaire à ce bébé dont la naissance s'annonçait. Grande, grande idée que celle de Nadja. Il la fit lever, et tous deux se regardèrent dans le miroir et se sentirent intelligents et beaux. Et il se mit à chanter *Petite fleur de genévrier, petite fleur de genévrier, au jardin est la framboise, ma framboise, lalala Liouli, lalala Liouli*. Et elle, elle dit, mon chéri.

25

Beaucoup de choses avaient changé dans la vie de Sílvio.

Le deuxième fils de Manuel Galeano faisait tout pour se concentrer sur les actions en divorce qu'on posait sur son bureau, et qui impliquaient toujours des rencontres avec des gens que leurs rapports conjugaux avaient profondément frustrés. Les cas heureux n'étaient pas pour lui, on le savait, mais les exceptions étaient si retentissantes que cela amenait à penser que l'institution du mariage s'était transformée en une sorte de guerre civile. Une guerre civile délicate qui s'en prenait au cœur de la communauté humaine. Sílvio pensa que les collègues lui refilaient leurs affaires de divorce, les évitant, pour ne pas être eux-mêmes déprimés par le spectacle des dissensions conjugales. Il s'était tenu trop longtemps à l'écart de son bureau, c'était comme ça qu'il se remettrait dans le bain, disaient-ils. Mais il était vite arrivé à la conclusion qu'il n'était pas armé pour les contredire, et il faisait profil bas. Et, assez vite, il en était arrivé à la conclusion que tout serait beaucoup plus simple, pour lui-même, de considérer les affaires de divorce d'un œil plus clinique que juridique. De ce fait, il avait compris que les divorces qui se présentaient à lui avaient essentiellement deux motifs, qui se répartissaient de façon contrastée entre les deux sexes. À la base, les hommes accusaient les femmes d'adultère, et c'était la raison pour laquelle ils voulaient s'en séparer. Les femmes, de violence de la part des hommes, ce pour quoi elles voulaient s'en délivrer. C'était simple et sans surprise, et reposait sur une tradition qui remontait à des temps immémoriaux. Mais l'affaire se compliquait quand les femmes expliquaient qu'elles se rendaient coupables d'adultère parce qu'elles étaient malheureuses à cause des violences domestiques, et que les hommes disaient qu'ils étaient violents parce que les femmes voulaient régenter leurs vies, au lieu que ce fût l'inverse, comme si, dans cette cellule primordiale, pour survivre, quelqu'un devait commander et quelqu'un obéir. Sílvio ressentait alors un solide mal au crâne, renonçant aux causes primordiales qui faisaient de cette mésentente collective une sorte d'affreuse guerre civile, et décidait de s'en tenir uniquement aux actes dans leur simple transparence.

De ce fait, il était rigoureux et froid avec ses clients, à l'inverse de ce qu'il aurait souhaité être si les causes avaient été plus claires. Le week-end il faisait le point de la situation, en arrivant à la conclusion que la transparence des faits impliquait d'affreux mensonges, ce qui, dans l'imbroglio émotif des divorces, avantageait les maquereaux, les fourbes, les agresseurs et les voleuses, qui s'affirmaient tous généreux, loyaux, probes, gens honnêtes. Mensonges, duplicités, dont les preuves finissaient par devenir des vérités. C'était dans ces moments-là qu'il pensait à l'Immortel. Il se voyait en selle, galopant, bondissant, sautant les obstacles. Lui caressant le nez, le brossant, préparant sa selle. Partir, revenir, la joie du manège. Mais la réalité était tout autre. Coincé dans sa chambre, entre des dizaines de chaussures et de chemises pendues à un coin de lit, une porte ou une penderie, il devinait les pas d'Edmundo se faufilant dans son réduit et entendait Charlote parler à son fils jusqu'à pas d'heure. Il s'ennuyait à mourir. Alors, bien que la chambre 404 de l'hôtel de Pablo petit-fils lui rappelât le terrible jour où il avait appris la mort de son père, il retournait à ce refuge providentiel et s'allongeait sur le lit. Il décrochait le téléphone et pensait à l'Immortel. Il oubliait les divorces, il oubliait la mort de son père. Où pouvait bien errer son cheval ?

Comment était-il possible qu'un animal de cette taille puisse disparaître sans que personne ne le retrouve ? Et pourquoi Rafael ne lui téléphonait-il pas, puisque Rafaelito ne se servait plus du téléphone ? Probablement parce qu'il n'avait pas la moindre idée de l'endroit où il pouvait se trouver. S'ils en avaient une, ou le soupçon d'une, c'est sûr qu'ils lui téléphoneraient pour lui demander leur dû. S'ils ne le lui demandaient pas, c'était parce qu'ils ne l'avaient pas retrouvé. Il téléphona sans succès à Rafael. Il téléphona pendant toute une journée, il téléphona la nuit. Alors, un samedi après-midi, il décida de traverser le pont et de prendre tous les virages et contre-virages à travers la pinède jusqu'au campement. À peine était-il arrivé que les enfants l'encerclaient yeux écarquillés. Vous ne saviez pas, monsieur ? Le cheval était devenu un fantôme.

"Un fantôme ?"

Rafaelito jeta son chapeau par terre. "Ah, monsieur, ah monsieur, maudit le jour où j'ai accepté de m'occuper de votre cheval. Je l'ai fait paître, je l'ai gardé à l'ombre, je l'ai nourri comme un fils, comme vous savez, mais cette chose-là n'était pas un animal. Il a échappé aux coups de fusil de façon très étrange, de façon très étrange il s'est enfui, a disparu des alentours au point que jamais plus personne ne l'a ne serait-ce qu'aperçu, mais c'est maintenant qu'il a prouvé à son corps défendant qu'il n'était pas un vrai cheval." Dit Rafaelito, apeuré, et il remit son chapeau sur sa tête sans plus arriver à parler. Son fils, entouré de ses enfants, poursuivit ce que son père trouvait trop difficile à dire : "Monsieur, on est ici au campement, la nuit, tout dort, on entend le trot d'un cheval, la bête arrive au pas, elle arrive, elle arrive, c'est tout juste si elle ne frotte pas son nez contre nous, mais quand on veut le toucher, paf…" expliqua Rafael. "Comment ça paf ?" demanda Sílvio. "Paf il disparaît. Si c'était moi, ou mon père, ou les femmes, ou la canaille, qui le voyions, on pourrait douter. On peut douter de l'appréciation d'une personne, mais de deux, c'est autre chose, et dans le cas précis c'est de beaucoup de monde. On est tous témoins. On a tous vu l'Immortel apparaître, ici, là, là-bas, derrière tel arbre ou tel autre, mais chaque fois qu'il vient nous rendre visite, c'est pour disparaître ensuite."

Rafaelito fit quelques pas pour donner une tape à une des bêtes un peu trop agitée et s'en revint tout en tripotant le bord de son chapeau : "C'est comme ça, monsieur, vous, vous vous êtes débarrassé de votre bestiole, mais nous on y a gagné un fantôme. Si on n'était pas comme on est, on vous réclamerait une pension alimentaire et vous seriez obligé de nous la donner. Seulement, on le fait pas, on sait même pas au juste pourquoi. Parce que vous êtes quelqu'un de bien, qui nous a toujours respectés, vous avez d'emblée compris qu'avant le monde était tout entier à nous, et qu'après on nous a tout volé, et qu'on n'a pas d'autre solution que de vivre dans un campement. Vous n'avez jamais dit qu'on ne nous devait pas ce qui nous avait été volé, vous êtes seulement un peu méfiant et on vous pardonne. Mais sachez que, tandis que vous dormez bien tranquille dans votre lit, nous ici on ne ferme pas l'œil, par peur du fantôme. Vous vous êtes sorti d'un sacré bazar, d'un sacré bazar…" Les enfants profitèrent de l'occasion pour demander des sucreries et des crayons. Les yeux grand ouverts, bien sombres, terrifiés par le spectre de l'Immortel qui allait arriver quand la nuit serait tombée. C'était l'heure de se quitter. Bonne nuit, monsieur. Bonne nuit, monsieur Rafaelito Borato.

Sílvio retourna à sa voiture. Il avait besoin de réfléchir.

Il ne croyait pas un seul mot de ce que disaient Rafaelito, son fils et le reste de la famille, mais il ne croyait pas non plus à l'inverse. La transparence des faits le ramenait au moment où il avait tiré avec son Zabala à deux canons sans réussir à atteindre le cheval et qu'il avait vu ce dernier filer comme une flèche. La dernière image qu'il avait de l'animal, c'étaient ses deux hanches rondes, brun-rouge, ondulant entre les pins. La transparence des faits lui disait qu'il n'y avait ni indices ni preuves que l'animal fût encore vivant. Mais rien non plus ne lui donnait la garantie qu'il était mort. Le problème est que dans le campement on pensait ou on donnait à penser que l'animal avait la nature inquiétante des êtres ni vivants ni morts, cet état non biologique qui donnerait la preuve de l'existence d'un autre monde, auquel lui ne croyait pas. Les évidences étaient les évidences. Il devait rentrer à la maison du Largo do Corpo Santo, où il y avait toujours à faire, mais il se sentait tellement anéanti par les non-évidences de cette affaire qu'il avait décidé de retourner à la chambre 404 afin de réfléchir. La situation s'était inversée. Il avait besoin de penser à des divorces pour ne pas penser au cas de son père et au cas de l'Immortel. Pour ce qui était de ce dernier, de toute évidence le clan de Rafaelito Borato était en proie à une hallucination collective et, bien que l'idée d'une indemnisation fût hors sujet, Sílvio se sentait responsable de la perturbation qu'il avait créée dans cette famille, qui vivait tranquille entre des bêtes encore bien en chair et d'autres faméliques qui étaient promises à l'abattoir. L'Immortel, et ses vies, était une exception, à cause de lui. Même à l'abri dans la chambre 404 de l'hôtel Pablo, sans téléphone et avec vue sur la barre, en cette nuit de novembre Sílvio dut à nouveau prendre deux petits cachets blancs pour trouver le sommeil et le calme.

26

C'est à la mi-novembre que survint la tentation.

Ça commença un samedi soir, à l'intérieur du Super Flumina, quand Edmundo Galeano raconta à ses amis qu'une certaine personne, une de ses relations, écrivait très probablement un livre, et qu'il se consacrait si fort à cette tâche qu'il ne faisait plus que penser à son contenu et à sa forme. Qu'il en oubliait de boire et de manger, qu'il passait des nuits blanches, et des jours entiers à somnoler ici ou là, totalement absorbé par son projet. Que le livre que cette personne écrivait avait pour objet d'éviter la fin du monde, un sujet brûlant par les temps qui couraient, et qui à lui seul justifiait qu'il soit si engagé dans ce récit. Une sorte de mission qu'il s'était imposée à lui-même parce qu'il considérait cette cause primordiale. Dernièrement il s'occupait à recopier de longs passages de l'*Iliade*, à la recherche du levier qui enclencherait les premières pages de son livre. Le livre de cette personne qu'Edmundo connaissait. Après avoir parlé, il attendit des réactions.

Ce soir-là, un des jeunes gens du Super Flumina avait deux boucles d'oreilles, une de chaque côté. Il s'appelait Francis. L'autre n'en avait qu'une, à l'oreille gauche, il s'appelait Dóris. Un autre en avait une seulement à la droite, il s'appelait Romeu. Le quatrième s'appelait Tudor, il exhibait un tatouage qui naissait aux épaules, montait le long du cou et rejoignait la nuque. Le tatouage était fait de volutes ressemblant à des vipères entrelacées, mais, au lieu de se terminer seulement par des têtes triangulaires et des langues fourchues, ces schémas se concluaient par des phrases. Énigmatiques et qui se contredisaient. Sur le bras droit l'une disait *Amour maternel*, et sur l'autre était écrit au pigment vert et rouge *Aleister Crowley**, au milieu d'un cœur transpercé par une flèche de Cupidon comme si l'ancien occultiste anglais était sa maîtresse. Le cinquième comparse du Super Flumina n'avait ni boucle d'oreille ni tatouage, sa queue-de-cheval était blonde, lustrée, comme s'il l'avait lavée avec du shampoing Johnson pour bébé. Il s'appelait Vinícius. C'est ce jeune homme à la queue-de-cheval blonde qui répondit à Edmundo : "Un de tes amis est en train d'écrire un livre ? De recopier un livre ? J'y crois pas !" Il prit un air dégoûté : "Dis-lui de ne pas faire ça. Il perd son temps." Et, se retournant sur sa chaise, il fit mine de vomir par terre ce qu'il venait de manger. Francis, le jeune aux deux boucles d'oreilles, suivit son exemple. Il se mit de profil, faisant comme s'il protégeait de sa main un vomissement. Edmundo trouva cette attitude répugnante, et alla jusqu'à penser à abandonner ce lieu et partir. Peut-être pour ne jamais revenir. Mais, en même temps, il avait jeté une question sur la table et il avait envie d'en voir les développements jusqu'au bout.

"Un livre, oui, beaucoup de gens en lisent", dit Edmundo.

"Beaucoup de gens en lisent ? Et qui ça ? En tout cas, personne d'importance n'en lit, poursuivit Francis, au bord de l'indignation. Quand tu vois un mec de notre âge lire un livre, c'est qu'il n'est pas de notre âge. Contrairement à l'impression que tu en as, c'est un vieux catarrheux qui a des bâtons de vieillesse dans la tête. Dis à ton ami qu'il renonce à cette activité ridicule. Il y a des gens drôlement

---

* Edward Alexander Crowley (1875-1947 à Hastings), dit Aleister Crowley, également connu comme Maître Therion, *The Great Beast 666* (La Bête 666), est un occultiste et astrologue britannique, avec lequel Fernando Pessoa entretint une correspondance.

malheureux dans ce monde, et qui ne s'en rendent pas compte." Alors, Dóris, le gars à la boucle d'oreille du côté gauche, radouci, voulut calmer le jeu. Il commanda une bière et dit : "À propos de livres, voyons voir. Aujourd'hui le monde s'en passe. Ils sont encombrants, lourds, prennent la place que doivent occuper les choses utiles. En plus ils sont difficiles à comprendre et longs à digérer. Mais si les livres, tous autant qu'ils sont, ont ces inconvénients, un livre qui annonce la fin du monde est forcément aussi inutile qu'imbuvable. Les choses sont ce qu'elles sont", et il demanda qu'au lieu d'une bière on lui apporte un cocktail White Negroni.

"Imbuvable et dépassé", dit Dóris, le jeune à la boucle d'oreille du côté gauche. "Imbuvable par le format, dépassé par le contenu. Ce type, là, ton ami, il ne sait pas que des tas de gens ont déjà écrit sur la fin du monde ? Sauf que, contrairement à ton ami, ceux qui ont commenté ce thème ne cherchent à sauver personne, lancent un défi à la fin du monde et nous préparent à le relever. Tu n'écoutes pas régulièrement les Vierges de Fer* ? Il y a plus de vingt ans qu'ils convoquent aux douze coups de minuit de l'Horloge de l'Apocalypse. *Deux minutes avant minuit***. T'en as jamais entendu parler ? Ces gars-là n'ont pas peur, ils appellent l'enfer par son nom, ils ne veulent pas ordonner le monde car il ne peut pas l'être. Sauve qui peut comme il peut, et s'il le peut." Là-dessus Dóris essaya de se rappeler les paroles mais les paroles ne venaient pas. Elles étaient passées où ? "*Deux minutes avant minuit, Les aiguilles qui convoquent au Jugement dernier, Deux minutes avant minuit...*" Et il restait ancré à ces paroles. Il les avait apprises très jeune. Tudor, le type aux tatouages, se rappelait un passage entier. Il le reconstitua. "Maintenant je me le rappelle parfaitement", dit-il. "*Tue pour l'argent ou tire pour mutiler, Tu n'as pas besoin d'une raison, L'oie aux œufs d'or se balade où elle veut,*

---

* Iron Maiden.

** *Two minutes to midnight.*

Et jamais hors saison, Le noir orgueil brûle encore à l'intérieur de cette coquille de trahison sanglante, Voilà mon fusil pour s'amuser, Pour l'amour de la mort vivante."

Tudor chanta les deux derniers vers et dit : "C'est ça que chantent les Vierges de Fer, et ils chantent aussi fort qu'ils peuvent pour épouvanter l'univers. Deux cents kilowatts dans les airs." À présent, tous se rappelaient la chanson et la reconstituaient, la fredonnant et battant la mesure sur la table.

Arrivèrent six cocktails White Negroni.

Tudor, le type aux tatouages, voulut relever le défi de son côté : "Tu peux donc dire à ton ami que le thème est déjà traité. Quant à la forme utilisée, le livre, elle, elle est plus que dépassée. Le livre des Vierges de Fer n'a qu'une trentaine de lignes et ça suffit largement à leur propos. Tout ce qu'on a à dire est déjà là. Pas besoin d'une deuxième page pour répéter le propos que la première t'a tenu. Une seule page suffit. Tandis que chaque livre de ton ami en compte plus de cent, et encore, s'il est court." Comme s'ils avaient tous passé un accord, Francis, le type aux deux boucles d'oreilles, calmé, conclut : "Les livres sont tous écrits, mon gars, et les plus récents n'occupent que trois, qu'une dizaine de lignes. Que ton pote ne se gâche pas la vie."

Mais le mec à la queue-de-cheval qui avait l'air d'avoir été lavée avec du shampooing pour bébé se mit à regarder longuement la main droite d'Edmundo Galeano. Il le regarda droit dans les yeux comme s'il avait eu une vision mystique ou avait découvert un fugitif. Et déclama : "Ami, ou je me trompe fort, ou c'est toi qui es en train d'écrire ce livre. Tu as vécu dans un pays près de la Corne de l'Afrique, tu t'es retrouvé au milieu de réfugiés, tu n'as apparemment aucun travail et tu as perdu une partie de ta main droite. Tu as l'habitude de recopier des livres. Avoue que c'est toi qui écris cette histoire. C'est toi ou pas ? Avoue."

"Oui, c'est moi. Et alors ?"

“Ah ! Je le savais.” Vinícius afficha un profond mépris. “Eh bien sache que chacun d’entre nous a déjà écrit un livre. À ranger dans les authentiques. Romeu, chante ton livre.”

Le gars à la boucle d’oreille du côté droit refusa de chanter son livre, d’ailleurs il en avait déjà écrit plusieurs, d’une demi-page chacun, tous dûment mis en musique. Mais, d’après ce qu’il disait, seul le dernier avait connu le succès. Lui-même avait une bonne voix et battait la mesure comme il faut sur la table. Il préférait cependant chanter les livres des autres. Savait-il chanter un livre des Écraseurs de Citrouilles*, ou un des Rois de Leon** ? Pas de problème, les derniers étaient des snobinards, les premiers étaient réglos. Mais il pouvait chanter aussi bien les premiers que les seconds. Ça lui était égal. Pour être franc, le texte des livres ne l’intéressait guère. Romeu était philosophe. Il dit : “Tout individu qui chante, quoi qu’il chante, est un optimiste, il croit que quelqu’un l’écoute. Donc chanter un livre sur l’Apocalypse ou sur la résurrection des morts, c’est pareil, l’important c’est de chanter…” Il chanta alors un livre de trente-trois lignes, c’est-à-dire les paroles au complet de la chanson *L’Horloge du Jugement dernier****, des Écraseurs de Citrouilles, et tous les cinq s’enthousiasmèrent et entraînèrent une bonne partie du public du Super Flumina, tous chantaient en chœur car cette musique était en vogue et tous connaissaient le livre et en savaient le refrain par cœur. Ils chantèrent : *Ces jours solitaires, Quand finiront-ils ? Cette horloge du Jugement dernier tic-taque dans mon cœur*. Ils chantaient en chœur en se raclant la gorge et en communiquant aux paroles les mouvements de leur corps. Dóris, le type à la boucle d’oreille du côté gauche, ajouta encore : “Celui-là est sur la fin du monde, mais il y a des livres de même dimension sur l’adieu, sur la paix, l’amour, la haine, la nostalgie sans espoir et aussi

* Smashing Pupkins.
** Kings of Leon.
*** *Doomsday clock.*

le retour et la réconciliation. Il y a des livres de quinze lignes sur tout et le reste. On a le choix."

"Ça, on l'a", confirma Francis, le type aux deux boucles d'oreilles.

Enthousiasmé, Vinícius attendit que le garçon du bar regarde ailleurs, monta sur la table, fit un zapatéado pendant quelques instants, puis désigna Edmundo : "Attention à ce mec, les gars, il veut écrire un livre d'environ douze mille lignes, alors qu'il n'en a besoin que de douze. Ha ! Ha ! Un sacré gâchis, en plus il a dit que celui qui l'avait écrit était un ami à lui parce qu'il n'a pas eu le courage de s'identifier comme auteur de ce livre. Les gars, il est en train de recopier l'*Iliade*, un des plus gros bouquins du monde, les gars. Hé ! Douze mille lignes, quel gâchis…"

"Plus de douze mille lignes, beaucoup plus", répondit Edmundo, sa capuche en arrière, se préparant à quitter les lieux. À grands pas, il les abandonna. Laissant derrière lui un chœur d'éclats de rire. Il lui fallait se reprendre.

Comment se rattraper ?

À cette heure de la nuit la ville lui paraissait déserte et lui-même sans point d'appui. Il ne trouvait dans l'ode aucun vers qui pût le consoler. Il sentait monter en lui la colère. Tout en marchant il commença à dire à voix haute les vers qui naguère le bouleversaient et lui permettaient d'aller de l'avant : *Feu, feu, feu, à l'intérieur de moi !* Et la suite, qui reproduisait l'extase des imprécations, des appels de mondes lointains et des interjections, dont la musique provenait du fond de la terre et de la mer. Mais Edmundo portait en lui une déception et une tristesse qui l'empêchaient de voir où se trouvait la sphère de feu pâle, bleuté. Contrit. Pourquoi s'était-il laissé prendre par cette discussion, alors qu'il avait déjà pressenti que ses amis nocturnes ne comprendraient jamais ce qu'était un livre. Un livre, un univers qui prétendait reproduire en silence, à dimension humaine, l'univers tout entier ? Tout en marchant, Edmundo reprit le passage à voix haute : *Feu, feu, feu, à l'intérieur de moi ! Sang ! Sang ! Sang ! Sang ! Mon cerveau tout entier explose ! Le monde déchiré en moi saigne !...* Dit-il, pour repousser la tentation et retrouver de l'énergie. Il rentra chez lui, grimpa les escaliers, l'aube pointait, il se dirigea vers la chambre de Titi.

Mais, pour Titi, peu importait que ce fût la nuit, l'aube ou le matin. Titi était désormais un petit tas d'os sous un drap et une couverture, qui rappelait l'époque récente où elle était un oracle. Et, du coup, ne l'était-elle pas toujours, ou alors se trompait-il ? Il s'approcha, parla fort. Les Vierges de Fer et les Écraseurs de Citrouilles auraient-ils épuisé la question ? Vous en avez pensé quoi, Titi ? Répondez, Titi. Ils réclament à cor et à cri l'holocauste final, et en font le suprême délice de leur vie, et moi non. Moi, je voudrais crier pour éviter que cela n'arrive et ne parlerais de cette question qu'à regret. Mais est-ce que j'ai raison ? Vous en pensez quoi, Titi ? Et il y a plus encore. Ces brèves strophes qu'ils ont chantées, sont-elles des livres ? Ou bien sont-elles des objets que l'on n'appelle pas livres et cependant les remplacent comme si elles en étaient ? La réponse de Titi somnolente, Titi couchée la tête sur une de ses mains, la réponse qu'il voulait entendre de sa bouche était non. Mais Titi ne répondait pas. Lui, il était toujours debout, à côté de sa tante. Parlez, parlez, Titi, car ces lignes ont besoin de musique, ont besoin d'un orchestre au complet, avec un amplificateur de son de deux cents watts, tandis que vos livres, Titi, ces petites boîtes en carton qui tapissent votre bibliothèque, renferment un orchestre entier, ils ont une chanson collée aux mots eux-mêmes, la musique naît de leur propre silence et ils se suffisent à eux-mêmes. Dites-moi que j'ai raison, chère Titi, dites que oui. Il ne suffisait donc plus qu'entre la sphère bleue et ma main droite soit intervenu mon père, qui nous a volontairement abandonnés, nous laissant en plein désarroi, et qu'interviennent mes frères, qui ont perdu l'essentiel de leurs biens, et aussi la voix de Titi que j'ai perdue, aucun d'eux ne disparaissant de ma vue malgré tous mes efforts pour les maintenir à distance, non, toutes ces interventions n'ont pas suffi, pas plus d'ailleurs que l'opinion de mes amis nocturnes sur mon livre, toute de sarcasme. Est-ce que le monde entier pense comme eux, ou va penser ainsi d'ici peu, et que c'est moi qui vis dans l'erreur ? Est-ce que j'appartiens à un monde qui a pris fin, et qu'avoir la prétention d'écrire le livre de la transition vers l'avenir n'est qu'une attitude folle, ou qui, en tout cas, se situe dans un temps inutile ? Serait-ce que j'arrive si tard que je fais pitié, suscitant la contrariété chez mes contemporains ?

Juste à ce moment-là, Titi bougea, et Edmundo eut la confirmation qu'elle était encore vivante. Mais c'était comme si elle était morte, car elle ne lui répondait pas. Par la fenêtre de la chambre de Titi, le matin d'octobre se levait déployant l'aube, et les maisons en face, en amphithéâtre, s'illuminaient d'une lueur mauve. La main droite d'Edmundo se déplaça parfaitement consciente qu'il lui manquait trois doigts précieux qu'il avait laissés à Dadaab, et le plus jeune fils de Manuel Galeano se sentit incapable de surmonter les vicissitudes qui le séparaient de son projet originel. Il était seul.

27

C'est alors qu'arrivèrent au Largo do Corpo Santo les assistantes envoyées par João Vasco pour aider Charlote, prisonnière de tâches domestiques sans fin. Elles arrivaient au moment opportun, parce que maintenir une maison en ordre n'est pas une tâche facile, surtout quand il s'agit d'une vieille maison et qu'y habitent un enfant de dix ans et une personne âgée. Une vieille maison multiplie les recoins où se cachent les bestioles, les visibles comme les invisibles, attire les poussières qui dansent dans l'air comme si pour elle régnait une loi de la gravité différente. Avec l'arrivée des pluies d'automne, la maison sentait le bois trempé, la terre et le fromage moisi. Le petit était sale de boue et de restes de nourriture, et il émanait des appartements de la personne âgée une forte odeur de lavande mêlée à celle de renfermé des tiroirs.

Voilà ce que disait Natacha, avec délicatesse, pour éviter de parler d'excréments et d'urine. Sónia était plus directe et utilisait des mots concrets, imaginant que Titi n'entendait pas : "Laissez-vous laver, madame, vous savez ce que ça sent, quand j'arrive ici le matin ? Exactement ce que personne de nous ne veut dire. Ça pue. Si vous vous mettiez dans la chambre qui était celle de votre frère, ça serait bien plus facile." Natacha, la plus délicate, délayait le sujet : "Si j'étais vous, madame Titi, je m'installerais dans la chambre jadis de votre frère M. Manuel Galeano. Elle a une vue splendide, beaucoup plus jolie que celle-ci. De là on voit le fleuve, d'ici on ne voit que les vieux immeubles, entassés les uns au-dessus des autres."

Toutes deux lavaient, récuraient, désinfectaient la maison et le corps de Titi. Elles l'habillaient. Elles ne lui mettaient pas de rouge à lèvres, ne lui accrochaient pas ses boucles d'oreilles. Ses boucles d'oreilles restaient dans les deux petites mains de bronze. Au bout de dix jours arrivèrent deux grands paquets à laisser à la porte, contenant le couffin et la poussette de bébé. Il pleuvait dehors, il faisait sombre à l'intérieur de la maison, mais les lumières n'étaient pas allumées. Sónia avait fait le lit de la chambre qu'avait occupée Manuel Galeano, et avait rangé à côté de la fenêtre tout ce dont Titi avait besoin. À un moment donné surgit Natacha arrivant du dehors entièrement trempée, elle s'était essuyé les chaussures sur le paillasson, était montée. Quand elle entra dans la chambre de Titi, elle retira ses vêtements tout mouillés et s'apprêta à l'aider.

L'idée était que toutes deux transporteraient Dona Tatiana, sans qu'elle s'en rende compte, en l'appelant ma chérie, mon amour, ma petite fille. Elles s'approchèrent de Titi, essayèrent de l'enlacer pour l'installer dans son fauteuil roulant et la mener tout doucement, mon amour, ma petite fille, ma chérie. "On y va !" avait dit Sónia. "Allez..." avait répondu Natacha. Mais à ce moment précis, Titi, comme si elle lisait dans leurs pensées, se laissa glisser et s'assit toute seule dans son lit, et se mit à crier : "Voleuses, voleuses, hors d'ici !"

Ses cris étaient si aigus que Charlote descendit du troisième au deuxième étage comme si elle volait et surgit devant la porte. Quelle surprise, Titi parlait. Titi ne se contentait pas d'indiquer qu'elle ne voulait pas quitter la suite royale, se servant de son index, qu'elle avait retiré de sous sa tête posée sur l'oreiller. Titi était assise, les deux mains sur les genoux, et elle secouait la tête en disant, "voleuses". Titi avait ressuscité.

Charlote s'agenouilla devant Titi.

Titi se trompait. Sónia et Natacha étaient deux gentilles filles qui venaient, tantôt l'une, tantôt l'autre, aider à la difficile tenue de la maison, étant donné que depuis longtemps on avait été obligé de se passer de Seleide, et qu'elle, toute seule, ne pouvait faire face à pareille tâche. Titi avait pris peur seulement parce qu'elle les avait vues toutes les deux ensemble et qu'elle ne les connaissait pas. D'ailleurs, en ce qui la concernait, Titi devait bien sûr occuper la chambre de Manuel Galeano, laissant sa suite à Alexandre et à sa femme, mais Titi ne voulait pas, et ce n'était pas facile de contrarier quelqu'un qui avait été le pilier de cette famille pendant toutes ces années. Pour elle, Charlote, son frère et Rosário devaient occuper la suite. Les deux jeunes filles russes s'étonnèrent. "Ce frère-là ? Non. C'est votre frère João Vasco et son épouse Nadja qui vont l'occuper."

Elles prenaient Charlote par surprise. Et c'est à ce moment-là seulement qu'elle remarqua, empilés devant la porte de la suite, des tas d'emballages à défaire. "De quoi s'agit-il ?" demanda-t-elle. "C'est la poussette et le couffin du bébé qui va naître." Et qui les a apportés ? reprit-elle. Sónia répondit : "Nous." "Et qui vous l'a demandé ?" "Lui."

Charlote pensa que la maison de leur père était ballottée par les eaux et qu'une nouvelle tempête s'approchait. Quelqu'un doit m'aider, pensa-t-elle, et elle ne vit personne.

28

Qui pourrait maîtriser la querelle qui s'annonçait ? Charlote imagina João Vasco et Nadja envahissant la suite de leur tante, transportant un couffin dans une poussette de bébé, et ne trouva pas de mots pour traduire la situation. Alors, la fille de Manuel Galeano pensa à Amadeu Lima et à l'impossibilité de s'adresser à lui. Elle avait essayé deux fois, elle ne le ferait pas une troisième, même si c'était entre ses mains que se trouvait l'écheveau qui leur gâchait la vie. Un paquet fermé qui conduisait ses frères à revenir dans la maison paternelle, déclenchant une guerre de territoires, comme chez les tribus primitives. Mais elle ne se rendrait pas une troisième fois au palais ministériel.

Elle se rappelait le printemps 1998, quand elle s'était sentie partagée entre la brutalité de la surprise et la force du ressentiment, émotions qui lui avaient fait rejeter d'emblée toute tentative de réconciliation venant d'Amadeu Lima. Elle se rappelait s'être verrouillée à l'intérieur avec toutes les clés dont sa conscience de l'affront disposait, et n'avoir trouvé de cohérence et de raison que dans ce blocage. Elle avait éprouvé la double sensation que sa vie naufrageait sous le poids de l'injustice et, en même temps, revoyant tout ce qui s'était passé entre elle et Amadeu Lima, elle estimait que ce dénouement était inévitable. Le pronostic de ses frères, qui avaient toujours envisagé une issue négative, contribuait à cela, même si elle faisait tout pour ne pas l'admettre à voix haute. Quoi qu'il en soit, quand elle était revenue à ce moment-là à la maison du Largo do Campo Santo, c'était mue par l'idée que, finalement, comme on avait l'habitude de dire dans la famille, tout finissait par avoir sa justification et trouver sa place adéquate.

Pour des raisons différentes, Charlote éprouvait à présent la même sensation de désolation et de gouffre. Comment éviter le chaos que l'on pressentait ? Combien de disputes, combien de combats ici chez eux avant que l'épisode de l'invasion par la famille de son frère João Vasco ne trouve son épilogue pacifique ? Il y avait sûrement un réseau de liaisons obscures s'établissant entre des réalités enfouies dont on ne connaissait que quelques points d'émergence fixes, et dont la logique profonde était inaccessible. Un autre type d'existence ? Une réalité voilée, à laquelle on n'avait pas accès, lançait des bouées à la surface pour nous sauver, suggérant une cohérence entre les faits. À la lumière de cette logique, João Vasco avait envoyé des accompagnatrices à Titi, pour la neutraliser et lui ouvrir à lui les portes de la suite royale. Cette concentration sur une seule pièce avait une origine. Quelqu'un devrait essayer de débrouiller cet écheveau qui se trouvait dans les tiroirs de quelque ministère. Et pourtant elle-même ne chercherait plus à le faire.

Charlote ne chercherait plus à retrouver Amadeu Lima.

L'épisode qui s'était déroulé le long de cette route secondaire, douze ans auparavant, lui apparaissait comme le corollaire naturel de son voyage en train jusqu'à la gare où Amadeu Lima était là à l'attendre, alors qu'il aurait très bien pu ne pas y être. Et de leur parcours à tous deux, tantôt enthousiastes, tantôt muets, jusqu'à l'hôtel Ampalius, ainsi que des jours qui avaient suivi, dans cet hôtel qui avait la forme d'un bateau ; conséquence de leurs déambulations au petit matin pour ramasser les déchets plastiques, de leurs brasses dans la mer soulevée par la force du vent d'est qui arrachait les parasols de la plage et les emportait dans la mer. De leur retour à Lisbonne dans la vieille Taunus, à la recherche d'une maison où habiter tous deux, de toutes ces allées et venues qu'elle avait à l'époque trouvées naturelles, parce qu'elles s'inscrivaient dans l'orbite de l'éclair qui les unissait sous sa même fulguration en zigzag, et qu'elles lui semblaient organisées exprès pour culminer dans cette scène d'une Fiat qui perd de vue une Jaguar. En fin de compte, tout était à sa place. C'est seulement qu'un excès en avait appelé un autre, rien de plus. La montée et la descente, un carrousel incontournable. Voilà ce que Charlote pensait, pendant les mois qui suivirent cet épisode hors norme, où elle-même s'était transformée en quelqu'un d'autre, une personne inconnue.

Comme si en elle-même existaient plusieurs personnes, l'une d'elles était alors devenue trop sociable, trop accessible, et ses frères, à cette époque, l'avaient à l'œil, s'occupaient de ses entrées et sorties, la surveillaient, sans hésiter à montrer qu'ils le faisaient avec toute l'indiscrétion nécessaire. Elle, elle était au courant de leurs manœuvres, mais rien de cette vigilance ne l'empêchait de passer d'un lit à l'autre. Au point que Sílvio, l'ayant rencontrée devant la porte, lui avait dit : Dans pas longtemps seul le Sud-Express ne te sera pas passé dessus. Sílvio, tu es un ignorant, un grossier personnage, pour parler ainsi, lui avait-elle répondu. Cela avait duré environ six mois, pas moins. Ensuite, Charlote s'était lassée. Elle avait inversé les choses. À la fin du deuxième semestre, elle s'était mariée à Francisco Andreu, un copain d'Alexandre qui fréquentait beaucoup leur maison. Elle-même était étonnée du revirement qu'elle instaurait autour d'elle. Comme si elle était quelqu'un d'autre, certain jour de mai, elle s'était enveloppée dans un nuage blanc de tulle et soie, et avait éprouvé un sentiment de paix indescriptible en marchant sur des talons aiguilles au son triomphal du *Songe d'une nuit d'été* de Mendelssohn. Elle savourait sa marche, comme si tout ce qu'elle avait jusque-là estimé vulgaire et méprisable par son aspect conventionnel s'était transformé en port du salut mettant un terme au parcours qu'elle avait commencé en prenant un train qui la menait à une gare de chemin de fer bien précise.

Elle mettait ainsi fin, publiquement, à deux étapes de sa vie, l'étape où elle avait concentré toutes ses pensées et tous ses sentiments sur Amadeu Lima, et l'étape de sa dispersion auprès de figurants qui ne signifiaient rien d'autre que des amusettes passagères. Elle avait clos ces deux cycles, antagoniques et jumeaux, au milieu de ses frères et de cinquante convives, se sentant cohérente et apaisée. C'est à ce moment-là que Charlote avait admis qu'Amadeu Lima avait joué son rôle, mais avait disparu comme si la nuit de la Jaguar jaune, au lieu de s'installer dans ses souvenirs comme la preuve d'une tentative d'homicide, était devenue l'inévitable péripétie d'une fin de cycle. Elle s'était mariée, c'était le terme exact. Avec prêtres, cierges, vidéos et photographies, sons de trompette. Et, un an après, elle avait eu un fils. On lui avait apporté enveloppé dans une petite couverture blanche, et comme déguisé avec sa capuche à rayures. Un nouveau-né parfait. Cependant, quand, au bout de quelques heures, elle lui avait retiré cette capuche et l'avait vu pour la première fois, Charlote avait eu l'impression que son enfant n'avait pas les traits de Francisco Andreu, mais ceux d'Amadeu Lima. Elle avait trouvé étrange que ses yeux, dans cette situation particulière, entre des paravents en tissu et des infirmières expéditives, aient créé pareille illusion. Elle avait essayé d'oublier.

Sauf que ce n'était pas une impression à elle, c'était objectif. Elle rentra chez elle et chaque jour qui passait ne faisait que confirmer cette ressemblance. Incrédule, elle profita d'un rendez-vous chez le médecin pour lui demander : "Auriez-vous déjà entendu parler, docteur, d'un bébé qui aurait les traits de quelqu'un dont il ne serait pas l'enfant ?" Le médecin passa longuement son regard sur elle et sur l'enfant dans ses bras. Il plaisanta : "Oui, déjà, jeune dame. Quand le verbe s'est fait chair. Vous n'avez jamais entendu parler de cela ? Ne vous faites pas de souci." Et il sourit, méfiant. Son assistante, cependant, ajouta : "Excusez-moi, docteur, cela peut arriver. On a vu de tout dans cette maternité. Il y a des femmes dont les enfants ressemblent aux hommes qui les ont abandonnées. Il y a de ces cas..." L'assistante profita de cette pause pour raconter deux histoires singulières, toutes deux pleines de drame et de violence. Et, même dans ce cadre, les nouveau-nés avaient le visage des scélérats, mon bon docteur. Il y a de ces cas... répétait-elle. L'assistante s'approcha du paquet de linge que Charlote avait dans les bras pour examiner les traits de David. Le médecin lui-même eut le même geste.

Mais ce n'est qu'au bout de trois mois que le scandale éclata.

Alexandre et Rosário étaient venus rendre visite à leur neveu. David était couché au fond de son berceau. Rosário le tint en l'air dans ses bras et Alexandre se mit à regarder de près le fils de Charlote. Il dit à sa sœur de venir près de lui, la fixa attentivement. Puis la défia : "Ou je me trompe, ou ce bébé a les traits d'Amadeu Lima." Charlote ne trouva rien à répondre. Alexandre se mit à crier : "Dis-moi la vérité, Charlote, tu as couché avec Amadeu Lima. Tu as trompé Francisco, tu as trompé mon ami, tu as trompé l'homme que je t'avais trouvé pour mari. Dis la vérité, dis la vérité, Charlote..." Au fur et à mesure qu'il répétait le mot vérité, Alexandre haussait le ton. De plus en plus. Il poussait sa sœur contre le mur, il l'enserrait de ses bras en tenaille. L'enfant se mit à hurler tandis que la maison s'emplissait du mot vérité, et vérité et encore vérité. À cet instant la porte s'ouvrit et Francisco Andreu entra. Tous quatre se turent tandis que l'enfant poursuivait ses hurlements implacables. Quand Charlote réussit à faire taire le petit David, Francisco Andreu partit chercher quatre verres et une bouteille de Château Cardonna Lahourcade. "Trinquons, dit-il. Et on se calme. Il n'y a eu aucun typhon, aucun tremblement de terre, aucune épidémie, aucune guerre. On est tous tranquilles. On est tous vivants, qui vivra verra, toi le premier, Alexandre."

Deux ans s'étaient écoulés avant que la situation ne connaisse un dénouement. Charlote pensait, c'est le jour où on ira faire la preuve que je quitterai la maison. Mais ce ne fut pas nécessaire. Francisco Andreu avait décidé de son côté qu'à partir de là, ils ne pourraient pas vivre ensemble. C'est lui qui alla chercher le résultat des tests. Il les rapportait dans une enveloppe blanche. Dès l'entrée, il brandit l'enveloppe dans les airs. C'était bien ce qu'il avait imaginé, Charlote avait dit vrai, David, le petit de deux ans, était bien son fils à lui, mais il avait le visage d'un autre homme. Ce n'était pas une fable qui se serait concrétisée chez lui, il y avait des cas avérés de ce genre. C'était l'un d'eux. Si au moins il en eût été autrement, si le petit David avait été le fils d'Amadeu Lima, tout aurait été en ordre, il l'aurait accepté. Charlote était Charlote. La main qui noie le passé normalement revient mouillée. Mais là, que cet homme vive dans son âme d'une façon si intime qu'il en vienne à donner à l'enfant, à distance, ses traits, il s'agissait là d'un ascendant trop fort, et lui ne pourrait pas cohabiter avec ce fantôme. C'est un cas de paternité très spécial, avait dit Francisco en lui remettant l'enveloppe des tests. Il en résultait la chose suivante : parce qu'il était son fils, il ne pouvait être son fils. De l'avocat qui prit en charge le changement de nom de famille, Charlote exigea que David n'ait pas de père. Ce ne fut pas facile. David serait le fils de sa mère, une fois, deux fois, plein de fois. Son fils, le fils de l'amour qu'elle lui portait, même si le mot avait disparu depuis longtemps sous le poids des montagnes. Seulement fils de l'amour qu'elle lui portait, et de personne d'autre. Les mêmes yeux, la même implantation des cheveux, le même rictus, le même visage triangulaire, le même cheveu frisé, le même cou trapu. Charlote n'était jamais entrée en contact avec Amadeu Lima. Amadeu Lima, lui, entra en contact avec Charlote.

Quelqu'un avait dû le prévenir.

L'enfant devait avoir à peu près cinq ans, il faisait du tricycle dans le jardin, et Amadeu Lima s'approcha, le souleva, le tint contre sa poitrine et se dirigea vers Charlote : "Je veux lui donner mon nom. S'il te plaît, Charlote. Accepte." Charlote ne dit mot. "Je veux le légitimer, la vie c'est ça. On pourrait tout recommencer. Parle-moi. Si c'est nécessaire, je vais t'expliquer ce qui s'est passé la nuit où tu conduisais la Fiat et où on allait tous deux à l'hôtel Ampalius", dit Amadeu Lima. Charlote ne voulait pas lui parler. Elle lui enleva le petit des mains, le remit sur son tricycle, ils firent tous deux un petit tour entre le kiosque et les acacias, comme si Amadeu Lima ne les attendait pas dans la voiture, de l'autre côté de la rue. Jamais plus elle ne parlerait avec Amadeu Lima. Un silence dont elle souhaitait qu'il fût radical et profond, de même que la mort était l'objectif de sa vie.

Dans le fond, elle avait honte d'elle-même, d'être la preuve qu'il existait sur la Terre des gens qui éprouvaient ce sentiment que jadis on appelait l'amour, et qu'à présent on ne pourrait appeler que dépendance hystérique, ou simplement fixation hallucinée. Elle avait honte parce que, alors que des milliers de femmes se battaient pour leur dignité et leur autonomie, que des millions tentaient de se libérer de jougs ancestraux, elle, elle concevait à distance, comme dans les fables anciennes. Un éclair, avait-il dit, pour ne pas répéter le mot amour. Mais c'était un mensonge, il n'y avait pas d'amour. Pour elle, il n'y avait plus aucun amour à la surface de la Terre. Il n'avait jamais existé, ce n'était qu'un mensonge. Qu'un masque, ou de la procréation, ou de l'instinct grégaire, ou de l'érotisme pur et simple, ou alors c'était un héritage de mots, qui voyageait de pays en pays, pour que la société s'organise autour de ce facteur de contrôle. C'est pour cette raison qu'elle, qui en avait eu l'expérience, à l'époque où elle croyait que ce fantôme avec son long suaire blanc existait, avant d'apprendre que les mots de notre langage ne coïncidaient pas avec les limites de notre monde, et qui avait pensé abusivement qu'elle éprouvait de l'amour, elle voulait que le contraire fût silence. Un silence si parfait que même ses frères ne sauraient pas ce qui s'était passé. Si ses frères connaissaient la vérité, ils ne lui demanderaient pas d'aller parler avec Amadeu Lima pour qu'il les aide à résoudre le problème que représentait le naufrage de deux bateaux au large d'Abidjan, devenus deux énormes gueules engloutissant jour et nuit ce qui restait de leur patrimoine petit à petit grignoté. Elle avait déjà fait deux tentatives et avait renoncé. À présent elle était au fait de la décadence familiale, mais même dans ces conditions elle n'irait pas trouver Amadeu Lima. C'était décidé. Peut-être l'heure de tout raconter à ses frères était-elle venue. C'était une fin d'après-midi, début décembre, tombaient des pluies éparses. Elle entendit la porte claquer. C'était Edmundo qui rentrait.

Elle l'attendit en haut de l'escalier.

"Edmundo, attends, j'ai quelque chose à te dire. Je vais te raconter ce qui s'est passé il y a dix ans." Ils parlèrent toute la nuit, jusqu'à l'aube.

29

Edmundo Galeano s'approcha du fleuve à grandes enjambées. Le matin se levait, pas très net encore. Une brume blanchâtre surplombait les rives, confondant la terre ferme et l'eau, et les lumières des réverbères remplaçaient de façon illusoire ce qui aurait dû être le halo de l'aurore. Le monde paraissait s'être rétréci autour de lui. Et plus il se rétrécissait autour de lui, plus grand était l'espace vers lequel sa pensée s'envolait. Elle s'envolait bien loin. Elle s'envolait jusqu'à Dadaab, d'où il avait rapporté l'idée qui l'occupait tout entier depuis des mois. Elle s'envolait jusqu'à l'Afrique tout entière avec ses déserts et sa brousse, et vers l'Asie des moussons et des tempêtes, et les deux Amériques et leurs diverses convulsions, et l'Australie des sécheresses et des incendies. Vers les calottes glaciaires. Vers l'idée d'écrire des pages concernant le destin des hommes. Ses pressentiments. Mais peut-être ce qu'il avait imaginé écrire sur des pages de cahier n'avait-il aucune valeur, ou en tout cas ne cessait d'en perdre à ses yeux, dès lors que la sphère bleue qui l'encourageait dans cette tâche s'était éloignée de son regard parce que, entre-temps, quelque chose avait changé autour de lui.

Quelque chose qui n'était compréhensible qu'en partie, parce qu'à la fois indéfini et sans explication. Ainsi la mort surprenante de son père, dont il avait tenu le corps encore chaud entre ses bras et dont il avait fermé les yeux. Et il avait beau penser à la férocité de cet acte, et en même temps à sa délicatesse, qu'il fût parti de cette façon restait inexplicable.

Ensuite il y avait eu le retour d'Alexandre et Rosário dans la petite pièce contiguë à la chambre de leur père, dénués de tout à part leurs vêtements et leurs ordinateurs. Le retour de Sílvio et de son incalculable quantité de chaussures et de vêtements, de ses pièces de bateau, morceau de gouvernail, lanternes, cordes en polyester et la fatidique corde en raphia. Et la décadence de Titi. L'adversité poussant la vie dans un recoin obscur qui avait sûrement un sens, mais non lisible et difficilement recevable. Parce que ce n'était pas admissible, ça faisait mal. Et tous ces événements, auxquels il avait tenté d'échapper, un à un, avaient fini par créer un monde qui s'interposait entre sa personne et la sphère de feu pâle, auxquelles s'ajoutaient plusieurs coups du sort. Il le savait fort bien. Mais, en ce matin de décembre, froid et laiteux, la chose qui l'avait le plus impressionné, et qui se dressait devant lui telle une muraille, c'était la confession de Charlote, la veille au soir.

Charlote, sa sœur, une femme jeune qui se rappelait un ramasseur de plastiques, penché au bord de l'eau, avec une grande précision et une mémoire du détail, comme si les moments de cette mission de nettoyage dataient de la veille. Faisant appel à un homme qui tenait des poissons morts contre sa poitrine et qui était allé l'attendre dans une gare, bras ouverts, et qui l'avait emmenée en Taunus dans un hôtel en forme de barque, avec des rideaux blancs qui voletaient par la fenêtre comme des drapeaux. Se rappelant parfaitement ce même homme montant dans une Jaguar et faisant tout pour qu'une petite Fiat se trompe de route. Cet homme qui, à distance, avait donné ses traits au fils de Charlote un an après. C'était l'évocation de cette dernière séquence que sa sœur tenait pour une confession. Comme s'il y avait eu une erreur de sa part ou une fragilité à découvert dont elle avait honte et qui la mettait en colère. Edmundo ainsi savait désormais que son neveu David n'était pas le fils d'Amadeu Lima, même si lui-même et tout le monde le pensait.

Ils avaient parlé jusqu'au petit matin.

Le cas de sa sœur lui révélait, en somme, l'existence d'un monde qu'il ignorait, une trame humaine qui lui avait toujours échappé et qu'il voulait à présent récupérer. Pour la première fois il regardait Charlote et comprenait qu'à Dagahaley, Ifo et Hagadera, des êtres humains il n'avait vu qu'une partie. Il connaissait l'impatience de la fuite, mais n'aurait su décrire le désespoir. Il connaissait la faim et le manque des choses les plus élémentaires, mais il n'avait pas éprouvé personnellement les symptômes de la faim. Il connaissait la mort, mais pas les sentiments qui mènent à l'indignité. Il avait lu sur les visages les signes de cette indignité, mais il ne savait pas comment cela fonctionnait à l'intérieur, quels zigzags, quelles montées et descentes au sein des âmes, quel seuil de tolérance, quel point limite. Il avait distribué des milliers de kits de survie, mais il n'avait pas connu l'inactivité soumise de ceux qui arrivaient. Il avait eu pitié du destin d'Abibi, mais n'avait pas su interpréter la raison profonde de son geste, et commençait seulement à avoir une vague conception de la vie. Il n'avait été attentif qu'à une partie de la condition humaine. Sans en avoir une connaissance plus intime, il se risquait à imaginer des êtres en carton-pâte qui bougeaient, comme dans les dessins animés, sans pour autant parvenir à toucher les esprits. À présent, oui, à cause de l'adversité qui s'était abattue sur la maison du Largo do Corpo Santo, il commençait à connaître un peu le cœur humain. Le cœur humain qui bat dans la poitrine des hommes, que l'on soit en paix, en guerre ou en transhumance. Ce n'était donc pas un renoncement, c'était un report d'échéance qu'il allait devoir effectuer. Il n'avait pas encore lu ce qu'il aurait dû lire, il n'avait pas encore vécu suffisamment ou prêté suffisamment attention aux paroles d'autrui. Il était rempli des siennes et elles étaient précaires.

Alors, qu'allait-il faire de sa vie ?

Il en ferait toujours quelque chose. Il pouvait baigner dans la musique de l'ode sans devoir obligatoirement s'asseoir devant son cahier pour écrire des phrases valant pour l'éternité. Ainsi en décidait Edmundo, le lendemain de la confession de Charlote, tout en faisant des allers-retours le long du fleuve, dans le port qui semblait à l'arrêt. Sa mémoire en éveil, tenant une pomme coupée en deux, il disait à voix haute : *Larguer les amarres, s'échapper, sur les vagues, le danger, la mer, / Partir au Loin, partir vers le Dehors, vers la Distance abstraite. / Indéfiniment, au long des nuits mystérieuses, insondables, / Emporté, comme la poussière, par les vents, par les tempêtes ! / Partir, partir, partir, partir d'un coup !* Et il répétait ces vers, peut-être pour la centième fois. De telle sorte que leur musique, charmeuse, continuerait, l'entraînant vers le monde de la simultanéité et de la circularité, sujet qu'il était du fond des eaux et de la pelote des nuages. Mais son projet, délicat, serait remis à plus tard, peut-être à jamais. Et c'était précisément cela qu'il aurait aimé raconter aux types du Super Flumina qui s'étaient moqués de lui. Ils s'étaient moqués de lui pour des raisons erronées. Bien qu'il y eût une prévision juste dans ces raisons erronées.

Il avait hâte d'arriver au bar et de dire : Eh, les mecs, en fait je ne vais écrire aucun livre. Et comme ça il entrerait dans leur clan, assimilé à tous les autres, même ceux qui s'étaient mis la main devant la bouche en faisant semblant de vomir. Un livre-vomissement. Assimilé à ceux qui avaient écrit un livre de quatorze lignes, chanté un livre qui en comptait douze ou treize. Les nouveaux livres, bien courts, bien rabougris, avec une musique en plus, du genre bande-son. Un livre, un objet d'une page à côté de sa partition. Un livre, un cahier de partition exigeant une guitare, plusieurs guitares, une batterie, un piano, un reco-reco, peut-être un violon nostalgique, un ensemble d'instruments qui le joueraient sur un ton mélodieux ou le chanteraient en faisant des bonds et en criant. Assimilé à ceux qui avaient proclamé que tout était écrit sous la menace de la fin du monde, depuis qu'avait été écrit *Deux minutes avant minuit*, en 1984, depuis qu'avait été écrit *L'Horloge du Jugement dernier*, en 2007. Tout avait déjà été écrit. Donc il arriverait en disant : Salut, les gars, je suis des vôtres. Moi aussi je vomis les livres. Les vieux, ceux qui avaient instrument de musique et chant entre leurs pages ampoulées. Et il était si pressé de revenir sur ce qu'il avait dit qu'il arriva trop tôt. Onze heures au Super Flumina. Comme toujours, à cette heure-là, il n'y avait encore que des femmes au bar. Elles se précipitèrent vers lui. Contrariant. Les filles ne savaient rien. Il ne pourrait pas dialoguer avec elles. Ça ne valait pas la peine de leur dire qu'il vomissait les livres.

Mais il se trompait.

30

Au contraire, les filles avaient été informées de la rencontre de la semaine précédente et elles l'accueillaient avec enthousiasme. Et elles étaient là, tout agitées, babillant, assises au fond du bar. Il s'était écoulé suffisamment de temps pour qu'il connaisse leurs noms, même s'il les identifiait à partir de la réaction qu'elles avaient eue le premier jour où il avait exposé sur la table sa main mutilée. Celle qui avait vu dans sa main un signe de danger s'appelait Diana, celle qui avait compris que sa main était pleine de mort s'appelait Rosália. Celle qui avait dit que sa main était pleine de vie s'appelait Madalena. Celle qui avait baisé sa blessure s'appelait Maria das Mercês. Celle qui avait pleuré sur sa blessure pas encore cicatrisée et qui s'était enflammée s'appelait Matilde. Certaines avaient des visages fermés et elles étaient sensibles, d'autres paraissaient délicates et leur discours était dur. Elles étaient à présent là toutes les cinq, tout émues en le voyant. Le barman circulait non loin de leur table car le Super Flumina à cette heure était encore presque vide, mais elles ne voulaient absolument rien prendre. Elles voulaient lui parler, elles avaient quelque chose à lui dire.

Elles savaient qu'il écrivait un livre, elles savaient que c'était un livre très gros, et qu'il l'écrivait pour éviter la fin de la Terre habitée. Et elles étaient au courant de ce qui s'était passé la semaine précédente. Elles se précipitèrent sur Edmundo. Diana, qui avait un visage doux, avait une opinion arrêtée. Elle le pria de n'écouter ni Vinícius, ni Francis, ni Tudor, ni aucun des autres, qu'elle traitait de crétins finis. S'il avait envie d'écrire un livre, il devait l'écrire. Pour démontrer, précisément, que Dieu n'existait pas. S'Il existait, toute chose aurait une explication, les livres ne seraient plus nécessaires. Qu'on n'ait plus besoin de livres, c'est ce que pensent les croyants qui n'en lisent qu'un, qui existe déjà, et qui ne veulent prendre connaissance d'aucun autre, craignant que ne s'instille le doute. Les pauvres, que protègerait une certitude définitive. Son visage se ferma quand elle dit : "Tu as raison ; continue, montre que Dieu n'existe pas, mets en avant le doute, Edmundo." Telle était l'opinion de Diana.

Mais les autres filles étaient d'un avis différent.

Rosália, celle qui avait dit à Edmundo que sa main blessée était pleine de mort, insistait sur la solitude des hommes et voyait dans les livres une forme de compagnie, et elle estimait pour cette raison qu'Edmundo avait raison de partager son témoignage. D'ailleurs elle avait personnellement une théorie sur l'origine de la vie humaine, qui seule permettait de comprendre le destin et d'en relativiser l'importance. Elle intervint en disant : "Il est de source sûre que tous les anges au début étaient moches, tous étaient faits de muscles ténébreux et de sang verdâtre, ils avaient une queue recouverte d'écailles, leurs ailes étaient semblables à celles des chauves-souris, et ils se nourrissaient de leurs propres fureurs. Un jour, l'un d'eux se rebella et décida d'être bon, prenant fait et cause pour le bien. Il y gagna des ailes blanches. Mais cet ange est encore seul de nos jours. L'ange de la bonté n'a pas de compagnie. Nous sommes les enfants de cet ange solitaire. Écris ton livre." Madalena était du même avis que Rosália. Elle avait des traits graphiques, romains, mais quand elle parlait, elle apparaissait douce. C'était la fille qui avait dit, le premier jour, que la main d'Edmundo était pleine de vie. Pour d'autres raisons, elle aussi estimait qu'Edmundo devait écrire son livre aux pages si nombreuses. Elle déclara qu'Edmundo avait raison d'écrire ce qu'il avait envie d'écrire. Un livre pour sauver les hommes de la Terre. "Au bout du compte, ce sera un livre à la louange de tout ce qui naît, indépendamment de la mort qu'il aura, dit-elle. Et de tout ce qui meurt naît quelque chose. De ta main naîtra un livre. Si seulement ça se pouvait", dit Madalena.

Le barman faisait le tour de la table et ne parvenait pas à noter les commandes dans son *carnet**, parce que personne ne demandait quoi que ce soit. Les filles étaient centrées sur la conversation en cours comme si le sujet les concernait directement et qu'il était essentiel. Aucune d'elles n'avait soif. Maria das Mercês, celle qui avait embrassé la main mutilée, s'exprima différemment et très exactement à l'opposé. Elle avait un visage doux : "Pas la peine d'écrire ton livre, Edmundo. En ce monde, la seule chose vraiment bonne, c'est la pitié. Au lieu d'écrire un livre, consacre-toi aux autres, comme tu l'as fait en Afrique, et tu verras que c'est la seule façon d'obtenir des résultats palpables. Les effets d'un livre ne peuvent jamais se mesurer. Qu'il fasse du bien ou du mal, tu ne pourras jamais en démontrer les effets bénéfiques ou nocifs. Si tu veux faire quelque chose de bien, répands le bien autour de toi, même si tu y perds la partie restante de ta main. Et n'aie pas peur, Edmundo, que la vie humaine puisse être détruite. Elle ne sera pas détruite, et pour ce faire on n'aura besoin d'aucun livre. Jésus-Christ reviendra plutôt sur la Terre pour nous sauver. Seul il est le paradigme de la compassion. Quand tu éprouveras des doutes, demande-toi ce que ferait le Christ à ta place. Penses-tu que si tu demandais à Jésus-Christ si tu dois écrire ce livre, il te répondrait que oui ? Moi, je pense qu'il te dirait que non. Christ lui-même n'a écrit aucun livre, et il était Dieu. Alors toi, qui es tout juste un gamin, pourquoi veux-tu écrire un livre ?"

"Précisément pour cette raison, parce que Edmundo n'est ni prophète ni Dieu, qui n'existe pas, comme je l'ai dit dès le début", intervint Diana, celle qui avait vu dans cette main mutilée un signe de danger. Pendant quelques instants les deux filles se disputèrent et le Super Flumina s'emplit de hurlements. Mais elles n'avaient pas intérêt à se quereller. Tout ce que les filles avaient dit, individuellement ou ensemble, correspondait à des idées qu'il avait déjà approfondies. Chacune d'elles avait un peu raison, même si à première vue leurs opinions étaient contradictoires. Elles ne l'étaient pas. Quand on écrivait un livre, même si on venait de le commencer, on comprenait que l'on écrivait seulement parce qu'il n'y avait pas une idée unique, il y en avait plusieurs et elles se combattaient comme si elles étaient des soldats. Il ne pouvait encore le dire mais, très probablement, cette diversité serait la chair de son livre, s'il l'écrivait un jour, pensa-t-il. C'est alors qu'on apporta les boissons. Edmundo Galeano attendait les jeunes gens qui ne tarderaient pas à arriver, avec leurs boucles d'oreilles, leurs queues-de-cheval, leurs tatouages, rêvant d'appartenir à l'innommable, pour se sentir différents de tout ce qui pouvait ressembler à du passé. Pour s'imaginer assez forts pour affronter les ténèbres. Pour s'imaginer qu'eux-mêmes étaient grands et s'armer de courage.

Manquait Matilde.

Matilde n'avait-elle pas d'opinion ? Elle ne disait rien ? Edmond insista. Il avait toujours présente la brûlure qu'il ressentait quand sa blessure n'était pas complètement guérie. Si, Matilde aussi avait une opinion. Elle, comme aucune autre, connaissait une partie de l'histoire de Dadaab. Elle finit par dire que, dès qu'elle avait vu la main droite d'Edmundo posée sur la table, elle avait compris qu'il appartenait à un clan auquel on pouvait se fier. Mais elle n'avait pas les mots nécessaires pour parler par elle-même. Il lui fallait les emprunter. Ayant lu cela quelque part, elle pensait qu'Edmundo possédait dans sa main un germe d'une telle qualité que, même si elle avait été complètement massacrée, le germe n'aurait été ni atteint, ni détruit, ni corrompu. Je l'ai su l'an dernier pendant les vacances.

“Voilà pourquoi je ne te donne pas de conseils, je suis sûre que rien de ce que tu feras ne sera nocif, et ça suffit”, dit Matilde. Ses yeux étaient noirs et brillaient intensément. Il fallait être sur ses gardes. Quand la nuit blanche au Flumina prit fin, tout le monde sortit en groupe pour se diriger vers la Marginal*. Ils étaient une vingtaine. Matilde se tenait près d’Edmundo, mais il lui fallait être courageux.

Il dit : “Éloigne-toi de moi, petite, ne me suis pas.”

---

* Nom que l’on donne à la route qui longe le Tage depuis Lisbonne jusqu’aux plages de la côte de l’Estoril et va jusqu’à Cascais.

31

Sílvio leva les yeux du dossier qu'il avait entre les mains et vit un aspirant au divorce qui le regardait d'un air grave, assis en face de lui. Que souhaitait cet aspirant au divorce ? Que sa femme lui verse une pension alimentaire, puisqu'elle travaillait et lui non. Qu'il ait accès au foyer commun autant qu'elle, et que soit écrit noir sur blanc qu'il aurait le droit de voir ses filles chaque fois qu'il en aurait la possibilité et pas seulement trois fois par semaine. Qui pourrait lui retirer ces droits ?

L'aspirant au divorce savait, bien entendu, qu'il ne verrait ses filles que de temps à autre, car il pensait partir pour Bahreïn, de même qu'il ne pensait nullement que sa femme allait lui verser la moindre pension, mais il s'initiait ainsi à la négociation pour la mettre à distance et l'enfermer dans des obligations qui la feraient trembler à jamais. Pour ce qui était de la maison, héritage de son beau-père, il posait cette exigence pour qu'elle sache que, selon la loi, il y avait autant droit qu'elle. En ce qui le concernait, il ne voulait en aucun cas lui envoyer le moindre sou de l'argent qu'il allait gagner dans le désert de Bahreïn. Pensez qu'il serait là-bas, à se débrouiller, cependant qu'elle, ici même, pourrait poser sur la table ne serait-ce qu'une omelette, payée au prix de sa sueur à lui, le rendait rouge de fureur et prêt à démolir toutes les portes. L'aspirant au divorce détaillait ses exigences non sans avoir un mois auparavant mis une raclée monumentale à sa femme, quand le portable de Sílvio Galeano se mit à vibrer. Sílvio y jeta un œil et vit que l'émetteur n'était pas reconnu. Il vit aussi que la personne non identifiée avait déjà téléphoné quatre fois. Pour en revenir à l'entretien avec l'aspirant au divorce en question, celui-ci n'avait besoin de rien exiger de plus. Qu'il retienne bien ce qu'il allait lui dire.

On récapitule.

C'était à lui de demander la pension alimentaire, d'affirmer le droit de voir ses filles chaque fois qu'il le souhaiterait, et pas seulement trois fois par semaine, et d'affirmer son droit sur la maison, pour que sa femme ne puisse jamais, même si elle en avait besoin, vendre. Clair, rien de plus. Son portable sonna à nouveau, et cette fois Sílvio se leva pour répondre. Avec votre permission. Il alla dans le couloir. L'aspirant au divorce restait là où il était, soulagé. Ce qu'il exigeait était légal, et faisable. Il lui avait bien mis une raclée, mais elle n'avait pas porté plainte à la police. Trois ou quatre de ses amies s'en iraient raconter qu'il lui avait mis l'œil au beurre noir, mais elles ne s'en étaient rendu compte que lorsqu'il avait viré au vert bleuté. Complètement idiote, pensait-il, tandis que l'avocat entrait en communication avec le numéro non identifié. Sílvio dit oui, vous désirez ?, et attendit. À l'autre bout du fil, une voix d'homme lui dit bonjour, sur un ton naturel. Puis demanda si c'était bien M. Sílvio Galeano qui était au téléphone, et, sans s'identifier, lui dit, mon cher ami, je suis moi-même un ami qui souhaite vous parler, soyez demain vers deux heures sur notre hippodrome. Au bar. Je porterai une veste brun-rouge. L'homme raccrocha. Sílvio retourna au bureau où il parlait avec l'aspirant au divorce. Il lui dit : “Bon, trois de ses amies pourront témoigner qu'elle s'est retrouvée avec un œil au beurre noir. Mais sans doute aucune d'entre elles ne pourra affirmer qu'elle était là quand l'agression a eu lieu. Elles l'auront seulement entendu dire. Ça ne vaudra rien. Est-ce qu'elle est allée voir un médecin ?” Non, elle n'y était pas allée, elle avait seulement mis des patchs froids sur l'œil malmené. Ah, donc ça ne valait rien. "On n'entrera pas dans les détails des faits, sauf s'ils sont invoqués. Vous pouvez partir tranquille."

L'aspirant au divorce demanda : "C'est dans la poche ?" Sílvio pensait au coup de fil non identifié. "On va voir, on va voir. Je n'aime pas lancer des fusées avant la date des réjouissances. Bonne soirée." "Bonne soirée, maître", dit l'aspirant au divorce. Et Sílvio commença à organiser sa journée du lendemain de façon à être sur place, à l'hippodrome, pour rencontrer tel ou tel, même s'il lui en coûtait de se retrouver en un lieu où il y avait des chevaux.

Le lendemain Sílvio se rendit à l'hippodrome et se retrouva en terrain connu. Il y avait cependant moins de chevaux, et beaucoup moins de cavaliers, à dire vrai. Il marcha sur la partie dallée jusqu'au bar, pensant que c'était là l'endroit normal pour un rendez-vous fixé de manière si imprécise. Il s'assit, attendit, une heure passa, deux heures passèrent, et l'homme au costume brun-rouge ne se montrait nulle part. Certains cavaliers en tenue rentraient, il les connaissait, certains lui demandèrent même des nouvelles de son cheval, et il répondit évasivement. Il n'allait pas dire qu'il avait voulu se débarrasser de l'Immortel et qu'il s'était échappé, avait disparu sans que personne l'ait jamais retrouvé. Il n'allait pas dire que le cheval s'était détaché d'un arbre au moment même où il lui tirait dessus. Et il raconterait encore moins à qui que ce fût que le cheval désormais avait le statut de fantôme. Il n'allait rien raconter. Il était là, en train d'attendre un ami mystérieux qui avait fait savoir qu'il serait vêtu d'un costume brun-rouge, mais il allait partir car le mystérieux ami ne se montrait pas. Une sorte de carnaval avant l'heure. Il se préparait à payer l'addition et à partir, quand il remarqua les chevaux qui étaient dans le manège, arrêtés, les uns montés, les autres tenus par les rênes, cependant qu'on entendait la voix de l'instructeur. C'est alors qu'il se rendit compte que l'un des chevaux, monté par un adolescent fluet, ressemblait à l'Immortel.

Une illusion à lui, peut-être.

Il descendit les marches, s'approcha, l'adolescent commença à galoper dans un sens puis dans un autre, et il n'y avait aucun doute, vu la façon dont l'animal orientait son cou vers la gauche, montrant sa tête de profil, tournant son museau vers sa patte et faisant une sorte de bond en avant lorsqu'il allait attaquer la course, qu'il s'agissait de l'Immortel. Ce n'était pas un fantôme, c'était un vrai cheval, au poil brun-rouge, crinière et queue noires, yeux auréolés de blanc. Une bête de toute beauté, ce qui lui avait valu le nom d'Immortel. Il était là, sous la selle d'un jeune garçon. C'était si évident, si évident. Quelqu'un savait et l'avait prévenu.

Mais il ne comptait pas rencontrer l'adolescent, lui demander à qui son père avait acheté le cheval, et il irait encore moins trouver la personne qui l'aurait vendu au père et à laquelle celui-ci l'aurait donc acheté, en continuant à dérouler la pelote jusqu'à ce que surgisse la figure de Rafaelito Borato. Non, il n'irait pas, il n'irait jamais. L'intrigue avait été fort bien conçue, toute l'affaire parfaitement menée, le point culminant ayant été atteint avec la mise au point de cette apparition orchestrée par le clan tout entier, ils méritaient le premier prix de dissimulation et tromperie. Ils feraient tous d'excellents avocats s'ils avaient fait des études de droit. Lui, il avait voulu échapper aux roublardises du barreau en devenant armateur comme son père, et cela ne lui avait pas réussi. Même la mer était peuplée de perfidies. Là où il y avait des hommes, il y avait des perfidies, les perfidies étaient les fils de la toile d'araignée qui se tisse entre les hommes. Il ne courrait pas après l'adolescent qui galopait tassé sur l'Immortel, la dernière extrémité de la toile, mais il irait trouver Rafaelito, la première extrémité de la toile, seulement pour que le mec comprenne qu'il savait, pour qu'il ne le prenne pas pour un crétin des Alpes. Et ce n'était pas demain qu'il irait, ni le surlendemain, c'était aujourd'hui même.

Alors il traversa le pont, sortit à droite, affronta virages sur virages entre les pins et arriva au campement. Il faisait froid, un vent du nord soufflait, on était en décembre. Il y avait un feu, la fumée qui s'en échappait était la preuve que c'était du bois vert. Autour du feu les enfants avaient des plaids sur le dos. Autour du campement il y avait peu d'animaux. Deux mulets étaient couchés sur le sol, les yeux fermés. Sílvio appela depuis la haie, et les enfants s'empressèrent. Il demanda où étaient leur père et leur grand-père. "Ils arrivent, monsieur, dirent les enfants. Tous les soirs ils parlent avec votre cheval." "Qui va là ?" demanda Rafaelito en se dirigeant vers lui. Lorsqu'il se fut approché, il dit : "Monsieur, monsieur, tous les soirs votre cheval vient nous retrouver, et il nous parle..." Sílvio se dit que, finalement, il ne devait pas évoquer la rencontre qu'il avait faite à l'hippodrome. Qu'il ne devait vraiment pas. Sílvio modifia la question qu'il allait poser. Il demanda : "Il parle ? Et qu'est-ce qu'il dit ?" Derrière Rafaelito se tenait Rafael, son fusil de chasse en bandoulière. Le Zabala à deux canons faisait une croix avec le corps haut et mince de Rafael. "Ah ! Monsieur, d'abord il demande un peu de nourrissage, on lui en donne à volonté, et ensuite il dit que si quelqu'un vient s'enquérir de lui, au moment du coucher du soleil, on doit lui coller une balle dans le buffet. Et après avoir dit ces mots, votre cheval disparaît, monsieur." Rafaelito faisait tourner son chapeau entre ses mains, Rafael c'était son fusil. La femme de Rafaelito s'approcha et expliqua. Si monsieur Sílvio voulait se chauffer auprès du feu, ça, ça serait possible, ils avaient une chaise, ça le cheval l'acceptait, mais parler du cheval, ça le cheval ne voulait pas, il ne permettait pas qu'on parle de sa personne. Il aimait apparaître, se nourrir, dire bonne nuit, lâcher un ou deux éclats de rire, et disparaître dans la nuit.

Sílvio Galeano regagna sa BMW, s'assit, alluma une cigarette, eut du mal à démarrer. Il était émerveillé, stupéfait, abasourdi par cette parfaite affabulation. Compliments, Rafaelito Borato, compliments, Rafael, des gens qui auraient mérité d'être anoblis : Dom Rafael, Dom Rafaelito. Sens de l'opportunité, ingénieux, actifs, malins. Ils avaient toutes les qualités des hommes modernes. Les atouts qu'il fallait. Formidable. Voilà comment ça devait être. Et tout était bien qui finissait bien. Le cheval, bien nourri, faisant les délices d'un adolescent, le clan disposant des euros nécessaires pour s'acheter des *édredons** en perspective de l'hiver, tandis que lui-même se voyait débarrassé d'une dépense et d'inquiétudes inutiles. C'était ce qu'il voulait. Il n'avait plus le cheval, et en outre il savait qu'il n'était pas devenu un fantôme. Clair et net, formidable. La société qui avançait était celle qui continuait de préserver les instincts comme chez Dom Rafael et Dom Rafaelito Borato. Parfait. Avec des gens comme eux, le monde progressait. Cela donnerait de brillants négociateurs, de formidables diplomates, d'insignes chefs d'État. Il rentra à la maison et trouva dans le salon, absorbé dans ses pensées, son frère Edmundo. “Réveille-toi, frérot, et mets-toi à rire. Cette maison manque de rires. Depuis combien de temps ne rit-on plus dans cette maison ? Même pas le petit, qui ne pense qu'à sa baleine solitaire. Allez, ris chez nous de ce que je vais te raconter…” Les deux frères passèrent une bonne partie de la nuit à rire. Il ne pouvait y avoir de meilleur dénouement aux aventures de l'Immortel qu'un accès de fou rire. À la fin, Edmundo se sentit triste d'avoir tant ri. Ce qui est normal.

Sílvio entra dans sa chambre encombrée de vêtements, ceintures, souliers, choses de bateau, une boussole, un costume d'équitation, s'allongea sur son lit, au milieu de cette concentration débordante, et se mit à pleurer. Il ne savait pas s'il pleurait sur la mort de son père, s'il pleurait sur les divorcés ou sur la perte de l'Immortel. Peu importait, les larmes réalisaient la transformation en eau salée d'un unique sentiment.

32

João Vasco monta en athlète les marches de la maison du Largo do Corpo Santo jusqu'au deuxième étage. Il n'était pas seul. Il était accompagné par Sónia avec laquelle il partageait le poids d'un berceau encore dans son carton. Il sifflotait *Ah toi, joli pin vert, joli pin vert* et, en arrivant à la suite royale, il pensa que c'était le bon moment pour entrer. Titi était allongée sur un divan, entre des oreillers et avec les éléments métalliques de soutien près d'elle. Elle n'avait pas l'air d'avoir remarqué l'arrivée de son neveu. João Vasco hésita avant de parler du changement qui devait s'opérer dans la maison. Il parla d'une voix forte. Puisque tout le monde était revenu, lui, qui avait les plus grosses dépenses, voulait revenir lui aussi, voulait que son fils très tôt connaisse l'espace qui appartenait aux Galeano. Ce n'était pas parce qu'il avait emprunté des chemins différents de ceux de ses frères et de sa sœur qu'il n'avait pas les mêmes droits. Il voulait que sa femme soit reçue comme Rosário l'était, que son fils boive son biberon et marche à quatre pattes dans le grand salon en regardant les murs de la maison qui avait appartenu à son trisaïeul. Il n'abdiquait pas, et il voulait dire cela même à cette tante qui se refusait à abandonner son lieu de prédilection indûment occupé. Mais Sónia, si blonde, si blanche, un tout petit peu moins blonde, moins blanche que Nadja, conseilla la prudence.

Ils avaient déjà le couffin, la poussette et le berceau, le bébé devait naître fin janvier. Il restait un mois pour agir, cela leur laissait le temps. Natacha et elle trouveraient la solution. Ou alors elle ne s'appelait pas Sónia Toshemka. Elle ne serait pas venue de la ville de Togliatti qu'elle n'aurait pas su ce qu'étaient, dans le monde de la production automobile et de la richesse, la faim et la nécessité. Le monde était vraiment comme ça, il était comme ça le monde. Elle était préparée à tout. Alors João Vasco commença à descendre les escaliers, en chantant *framboise, ma framboise*, et Sónia partit repasser, chantant de son côté : *Oh ! Pin parasol, ne fais pas de bruit au-dessus de la jolie* poduska *! Au-dessus, au-dessus de la jolie* poduska *!* Et elle chantait, chantait, chantait tout en repassant le linge et en versant de l'eau dans son fer qui émettait de la vapeur, et tout entière elle repassait, accrochait, pliait, selon les pièces, continuant à fredonner, *lalala Liouli, lalala Liouli*, au-dessus de la jolie *poduska*, mon amour, si bien qu'elle décida d'aller regarder sur le Net sans parvenir à trouver le sens du mot tel qu'elle pensait l'entendre.

Si le mot avait été chanté par Sónia une ou deux fois, il aurait pu n'avoir aucun sens, mais dans le cas précis *poduska*, jolie *poduska* était répété de telle façon qu'il y avait forcément un rapport entre les limites de ce langage et les limites de notre monde. C'est ce que pensait Charlote, immobile, au troisième étage, en écoutant la rengaine de Sónia. Qu'est-ce que Sónia pouvait bien vouloir dire avec cet irritant refrain ? Le raisonnement de Charlote se développait en circuit fermé, entre quatre points placés sur la ligne d'un cercle. Premièrement, João Vasco et Nadja faisaient un caprice de nouveaux riches en voulant la suite royale. Deuxièmement, Titi ne voulait pas renoncer à la suite. Troisièmement, João Vasco était pressé, très pressé même, car le bébé devait naître en janvier. Quatrièmement, Sónia avait chanté son refrain cinquante fois tout en repassant, *Oh ! Pin parasol, ne fais pas de bruit au-dessus de la jolie* poduska.

La figure géométrique n'était donc pas très complexe, c'était un carré. Le mot était peut-être le nom d'une fleur. Mais quelle fleur ? Et elle pensa à une fleur vénéneuse.

Charlote savait que tout cela pouvait arriver, parce que sa vie avait fait la preuve de ce genre d'événements, même si, dans son cas, elle n'en avait jamais envisagé les implications. *Framboise, ma framboise*, avait chanté Sónia. Avant qu'un crime ne se produise dans leur maison, il lui fallait agir. Elle expliquerait à ses frères ce qui se passait. Quelque chose de très grave pourrait en effet arriver. *Ah ! Bellissime et bienveillante, je veux que tu m'aimes*, une fleur pour empoisonner Titi et un médecin *ad hoc* pour établir le certificat de décès. *Lalala Liouli, lalala Liouli*, toi, le joli pin vert, ne fais pas de bruit au-dessus de moi, un bel enfant va naître, et s'approprier la suite royale. Les héritages devraient avoir des dates d'expiration indiquées sur les calendriers, et les morts et les nouveau-nés devraient trouver un accord, pour ne pas entrer en conflit lors du partage de notre monde. Ceux qui y entrent, et ceux qui le quittent. *Lalala Liouli, lalala Liouli, Kalinka, lalala…*

Le vent d'ouest appelait la pluie à tomber sur la ville.
Il fallait fermer toutes les fenêtres.

Charlote ouvrit une fenêtre pour sentir l'air et que s'envolent les idées noires. Tout était le fruit de son imagination. Sónia avait descendu l'escalier, toute claire, toute blonde, l'œil tout bleu, il était impossible que *poduska* veuille dire fleur vénéneuse.

Le vent entra par la fenêtre et les portes claquèrent avec fureur.

David s'assit au coin de la longue table. Il avait apporté un magazine avec les grands animaux de la mer. David demanda à sa mère : "Maman, la Baleine 52 Hertz est mâle ou femelle ?" Charlote répondit : "Si les lois de la nature disent vrai, c'est un mâle. Seuls les mâles chantent. On sait qu'elle est née d'une baleine bleue et d'une baleine blanche." Après un silence, David commenta : "Dommage, si c'était une femelle, je me serais marié avec elle." Charlote devint grave : "David, tu as dix ans, ça veut dire quoi, ça ?

Les personnes ne se marient pas avec des baleines." Mais David toisa sa mère du haut de ses dix ans : "Maman, ça, c'est ce que toi tu penses."

Charlote se sentait si vulnérable que la plaisanterie d'un enfant la faisait frémir. Elle ne se calma que lorsqu'elle réussit à comprendre que David était seulement triste qu'une baleine vive toute seule au milieu des mers, qu'elle soit mâle ou femelle. David avait écouté la chanson de Laura Ann Bates, *The Loneliest Creature on Earth**, et en avait pleuré de tristesse. Pour David, la Baleine 52 Hertz était devenue le symbole des solitaires. Dans le fond David, le fils éblouissement de Charlote, faisait son apprentissage de la réflexion sur la condition des êtres humains en partant de la figure d'une baleine. Charlote se sentait trop vulnérable. Alors elle attendit qu'Edmundo revienne pour lui raconter que Sónia Toshemka avait chanté soixante fois *toi le beau pin vert ne fais pas de bruit au-dessus de la jolie* poduska. Edmundo se sentit malheureux pour sa sœur. Charlote devait se reposer, se coucher, dormir, relaxer son corps et son imagination. C'est lui-même qui irait le lendemain s'occuper de Titi. Ce n'est pas parce qu'il avait une main déficiente qu'il ne pourrait pas sortir de son lit quelqu'un de léger comme une plume. Il savait comment faire, il avait passé deux ans dans les camps d'Ifo, Hagadera et Dagalhaley, et il s'était occupé de gens qui étaient dans un état bien pire.

Edmundo se réveilla de bonne heure, pénétra dans la chambre de sa tante, et tout lui parut normal. De bizarre il remarqua seulement que sa tante était couchée sur son lit avec ses oreillers par terre. Il tenta de les replacer sous la tête de Titi, mais Titi les repoussa. Il lui demanda pourquoi elle se comportait de la sorte et Titi ne répondit pas. Si tout avait été normal, il n'aurait pas hésité à se pencher sur le visage de sa tante pour lui dire qu'il n'avait pas renoncé à son projet, qu'il l'avait seulement repoussé à plus tard.

---

* Chanson dédiée à la solitude de la Baleine 52 Hertz.

Il aurait agi ainsi au nom de la vérité qu'il désirait maintenir vis-à-vis de celle qui était son oracle. Mais Titi, à présent, fixait un point au plafond et tentait à nouveau de jeter les oreillers par terre. Semblant avoir horreur de ces oreillers. Alors Edmundo jeta un œil dans le couloir et vit qu'Alexandre et Rosário, dans la pièce à côté de la chambre de leur père, étaient étendus sur le lit comme s'ils ne s'y étaient pas couchés pour dormir. Tout habillés et chaussés. "C'est quoi, ça ? Vous venez de vous lever ou vous ne vous êtes pas encore couchés ?" demanda-t-il. Alexandre lui tourna le dos. Rosário, elle, répondit : "On ne dort pas, on ne se repose pas, on attend à tout moment la bonne nouvelle."

Edmundo entra à nouveau dans la chambre de Titi et observa les gestes de celle qui avait été son oracle. À présent, elle regardait ses oreillers jetés par terre et faisait non avec la main. Elle faisait non avec la véhémence que lui permettait sa main repliée sur elle-même. Où avait-elle trouvé cette force ? Que signifiait ce rejet ? C'était comme si la maison du Largo do Corpo Santo s'était transformée en plateau de jeu. Le jeu devait avoir des règles, on en comprenait les mouvements, mais il manquait des pièces et des détails précis pour les interpréter. Edmundo se sentait dans la peau d'un détective qui, au lieu d'enquêter sur des forfaits accomplis, essaierait de déceler les pistes qui permettraient d'anticiper les crimes. Il humait l'air ambiant. Il monta jusqu'à son réduit, alluma son ordinateur, tapa le mot oreiller. Ensuite il écrivit dans la barre de recherche "dictionnaire des langues du monde". Il cliqua sur "Russe", c'est le mot *poduska* qui apparut. Il avait désormais les éléments suffisants pour reconstituer le quadrilatère de Charlote. Premièrement, João Vasco et Nadja voulaient habiter la suite royale. Deuxièmement, Titi ne voulait pas quitter la suite. Troisièmement, João Vasco était pressé, car le bébé devait naître en janvier. Quatrièmement, *poduska* voulait dire oreiller. Oreiller, un truc pour s'appuyer, rond, rectangulaire ou carré, en tissu ou en fourrure, doublé de laine, d'acrylique, de plumes, qui sert à protéger le corps à l'heure du repos. Et objet très pratique pour enlever la vie aux gens, en les étouffant. On appelait autrefois la personne chargée d'asphyxier étouffeuse ou étouffeur. On ne pratique plus l'étouffement, sévèrement puni par les lois de la République, mais il fonctionne toujours. Edmundo imagina les visages blancs et les yeux bleus de Nadja, Sónia et Natacha, et dit à voix haute : "Impossible." Puis il ajouta à voix basse : "Impossible, oui, la vie nous a joué un sacré tour, on est fatigués, alors on invente."

Et pourtant il faut faire quelque chose. Mais qui s'en chargera, alors ?

33

Edmundo Galeano oublia son livre et, comme s'il n'avait jamais nourri ce genre de projet, il pénétra dans le hall d'entrée où il y avait deux fonctionnaires et un policier. On était fin décembre et l'air avait des accents de fête. Des gens entraient, sortaient, mais tous semblaient obéir à un ordre établi ligne par ligne dans le volumineux cahier qui se trouvait à la conciergerie. Tous ceux qui à ce moment même disparaissaient par la porte du fond devaient avoir obligatoirement leurs noms inscrits sur cet agenda à la couverture noire. Ce n'était pas son cas. Il s'approcha du comptoir et expliqua pourquoi il venait. Le fonctionnaire qui était debout parut très surpris. Celui qui était assis se leva cependant que le policier s'approchait lentement, regardant de tous côtés. Se passait-il quelque chose d'anormal ?

Le fonctionnaire assis se plongea dans l'agenda. Le fonctionnaire debout jeta à Edmundo un regard méprisant. Le policier se mit à faire de grands cercles dans le vestibule, comme s'il s'attendait à du grabuge. Edmundo insista. Si, outre par son nom, inscrit sur sa carte de visite, il s'identifiait auprès de ce service comme référent de la CARE, et s'il avait souligné sur cette carte de façon très explicite qu'il était le frère d'une personne qui s'appelait Charlote Galeano, c'est parce que l'affaire qui l'amenait était de nature très spéciale. Et c'est à ce moment précis que sa main mutilée surgit sur le comptoir, faisant sursauter le fonctionnaire assis. Edmundo demanda au fonctionnaire debout de porter sa carte de visite à qui de droit. Le temps passait lentement, alors que le policier continuait de tourner en rond à grandes enjambées. Continuant à s'attendre à du grabuge. Finalement le fonctionnaire debout revint, tint conférence avec le fonctionnaire assis, et tous deux décidèrent qu'Edmundo pourrait attendre dans la salle à côté et lui offrirent une tasse de thé.

Il resta ainsi à attendre, si longtemps qu'ils lui apportèrent une deuxième tasse de thé. Finalement la porte s'ouvrit, le fonctionnaire debout l'appela au comptoir et le fonctionnaire assis se leva agenda en main, fixant une audience avec Edmundo Galeano le 5 janvier vers trois heures de l'après-midi. Les fêtes de fin d'année s'interposant, Edmundo ne pourrait pas se plaindre du délai. Ce serait donc le 5 du premier mois de l'année, à quinze heures, souligna-t-il. "Et ça ne pourrait pas être maintenant ?" demanda-t-il. Les deux fonctionnaires le regardèrent avec commisération. Non, ça ne pouvait pas. Et ils le reconduisirent jusqu'à la porte, pour qu'il débarrasse le plancher une fois pour toutes. Ils le prenaient probablement pour un mendigot. Sa carte de visite contenait une faute, là où on lisait assistant il fallait lire assisté. Amadeu Lima, bien sûr, le recevrait le 5 janvier, par respect pour un mendigot, infirme de surcroît. Le policier regardait la pluie à travers les vitres. Il semblait paisible.

Edmundo ne s'inquiéta nullement.

Le sigle de la CARE était connu – les premiers à arriver, les derniers à partir. C'est ce qu'il pensa en quittant le hall d'entrée. Il était probablement le dernier qui se rappelât le lien qui s'était créé entre son père et l'État sept ans auparavant et qu'il cherchait à présent lui-même à éclaircir. Il avait besoin d'une ultime mise au point, définitive. Il savait que la façon dont il se présentait, agressif, et dont il exigeait d'être reçu, n'était sans doute pas la meilleure, mais c'était celle que les circonstances lui offraient, c'était là sa façon de faire, ou celle qu'il lui restait. Avec la CARE, à Dadaab, il avait appris à résister jusqu'au dernier souffle. Et il avait donc bien fait de se contenir, au lieu de se lancer dans des imprécations dans ce hall, comme il en avait caressé l'idée. En fait, le 5 janvier c'était dans cinq jours, il prendrait son mal en patience, tous ils prendraient leur mal en patience. C'est lui-même qui transporterait Titi jusqu'au réduit et remettrait la suite royale à João Vasco, c'est lui-même qui y introduirait la poussette, le berceau et le couffin. Il expulserait Sónia et Natacha de chez eux. Lui-même avec sa main mutilée aiderait au rangement, au nettoyage, parlerait à Alexandre et à Rosário, et leur dirait que oui, une bonne nouvelle allait arriver, même s'il ne savait pas laquelle. Des étapes qu'il aurait considérées négligeables six mois avant, quand il divisait en deux catégories les événements du monde, ceux qui méritaient de faire partie de son livre, et ceux qui ne le méritaient pas. Et, à présent, non seulement il lui semblait que les étapes négligées étaient indispensables et d'un intérêt majeur pour la vie, immédiate et future, mais il se posait la question de savoir si, telles qu'elles lui apparaissaient, elles ne deviendraient pas la matière essentielle de son livre pensé pour éviter l'apocalypse, si un jour ce livre parvenait à exister. Il pensait de la sorte, déjà dans la rue, alors qu'il pleuvait des hallebardes devant lui et qu'il voyait les passants courir avec des tas de paquets et des parapluies grand ouverts. Pour s'abriter, il n'avait qu'une capuche.

Il attendrait donc le 5 janvier.

Il se couvrit la tête, traversa la rue et entra dans une pâtisserie. Il demanda un café, s'assit. Le 5 janvier, vers quinze heures, il serait là, c'est ce qu'il se répétait. Il fit le compte des heures. La multiplication donnait cent quarante-quatre heures. Il avait été à Dadaab, il savait ce que c'était que d'attendre. Et sur ce, il vit une voiture noire s'approcher du trottoir, déposer une personne et continuer pour se garer plus loin. Et devant lui surgirent, se dirigeant vers une des tables, Amadeu Lima et deux autres hommes, tous trois à peu près du même âge, parlant entre eux très concentrés. Ils ne levaient pas les yeux du document qu'ils se passaient de main en main. À un moment donné, l'un d'eux se leva, se dirigea vers le comptoir, paya, et Amadeu Lima dit à voix haute à celui qui l'accompagnait : "Il faudra donc vous rendre aux services administratifs. D'ici un mois, plus ou moins." Amadeu Lima resta seul à table, concentré, et Edmundo se leva. Il s'apprêtait à le rejoindre. Il n'en eut pas le temps.

Amadeu Lima se dirigea vers la porte, sortit et s'approcha de la voiture noire qui entre-temps avait fait marche arrière pour le protéger de la pluie. Amadeu Lima s'assit à côté du chauffeur. Edmundo ne fit qu'un bond jusqu'à la rue, se jetant sur le capot de la voiture, les deux mains écartées sur le pare-brise. Amadeu Lima ouvrit sa vitre et cria : "Mais c'est quoi, ça ? Qu'est-ce qui se passe, là ?" Le chauffeur et Amadeu Lima sortirent de la voiture et attrapèrent Edmundo par les épaules et par le cou. Ils bataillèrent. Edmundo s'en débarrassa, les repoussa, leva les bras en l'air et dit qui il était. Amadeu Lima semblait avoir perdu la mémoire. Il finit par le reconnaître, hésita, marchant de long en large sous la pluie, parla en sourdine au chauffeur et finit par lui ouvrir la porte de la voiture. "En route", dit-il au chauffeur. Et ils revinrent à leur point de départ. Le fonctionnaire assis était encore là, il leur ouvrit la porte de la salle à côté. Une employée apporta deux thés en sachet.

Edmundo posa sa main droite sur son genou.

Amadeu Lima ne lui demanda pas pourquoi il ne pouvait attendre jusqu'au 5 janvier. Il ne lui demanda pas non plus ce qui s'était passé pour qu'il vienne le chercher en dehors des heures normales. Il était stupéfait, à cause de l'agression qu'il avait subie, mais surtout en voyant la main déficiente d'Edmundo. Amadeu Lima n'arrivait pas à commencer la conversation. Edmundo, si. Il alla directement à ce qui l'amenait. Il accusa calmement : "Tu as écris cette lettre. Mon père l'a lue et il s'est suicidé." Amadeu Lima lui demanda de répéter. Ton père s'est suicidé ? Je ne le savais pas. Cela me fait beaucoup de peine. Ça s'est passé quand ? Je ne l'ai pas su, personne ne me l'a dit. On ne m'a pas téléphoné, ni tes frères ni ta sœur ne m'ont téléphoné. "Il s'est suicidé, mais comment ?" demanda Amadeu Lima, très étonné. "Il s'est suicidé juste après ta lettre. Ce n'était pas seulement l'indifférence affichée à l'égard de sa requête, c'était le mépris qui s'exprimait dans cette lettre. On l'a tous lue assis autour de la table du premier étage." Amadeu Lima se montrait toujours surpris. Il ne savait pas de quelle lettre il s'agissait. Il n'était pas au courant du suicide, il ne comprenait pas de quoi on parlait. Edmundo lui demanda s'il ne savait rien de l'affaire *Horizonte* et *Batalha*. À l'énoncé de ces deux noms, Amadeu Lima tourna la tête de gauche à droite et de droite à gauche plusieurs fois pour dire que non. Personnellement, il n'en savait rien. S'il y avait une affaire impliquant ces deux noms, il l'ignorait, il ne pouvait pas tout savoir. Il n'était là que depuis deux ans. En outre, il n'avait écrit aucune lettre. Edmundo répéta qu'il l'avait envoyée ; lui, il redit qu'il n'était pas au courant, que, s'il s'agissait d'une lettre personnelle, c'était sans doute le chef de cabinet qui l'avait écrite : "Si elle portait ma signature c'est que je l'ai signée en faisant confiance à son auteur. Oui, si tu préfères, j'aurais donc signé à l'aveugle." Et, pendant un moment, Amadeu Lima se défendit. Il dit : "Ce n'est pas parce que les gens se suicident que cela ébranle l'État. Le rythme de l'État ne bat pas au rythme du cœur humain."

Edmundo s'énerva : "C'est le contraire, mon vieux. Le cœur humain a été pris de désespoir parce que le rythme de l'État était inhumain. Tu mets les conséquences à la place des causes. Dans le cas dont je te parle, dans notre cas, pour ce que j'en sais, il y a d'abord eu de longs silences et moult informations évasives, à la fin la lettre personnelle de l'État, et c'est seulement ensuite que le désespoir est apparu. Tu interprètes de travers." Amadeu Lima était toujours figé par la stupeur. Il s'était débarrassé de sa gabardine et de son parapluie. Sa serviette était posée par terre. Edmundo avait hâte de dire concrètement ce qui l'amenait. Il dit : "C'est impossible que tu ne connaisses pas l'affaire de ces deux anciens bateaux, les seuls qui avaient survécu au démantèlement, et que leur propriétaire, père, avait transformé de cargos en bateaux-citernes. L'affaire avait fait beaucoup de bruit, il y a sept ans, il s'agissait d'un partenariat avec l'État qui avait besoin de l'aval de la Commission européenne. Un partenariat qui se basait sur le postulat d'un projet pionnier, expérimental, un projet altruiste, conçu pour réduire les difficultés de populations qui n'ont pas accès à l'eau potable, un projet généreux et d'avenir, comme c'est clairement écrit dans le texte, depuis sept ans, je le répète, un modèle qui offre la possibilité de se multiplier comme exemple. Tel quel, décrit en phrases claires, capables d'être comprises même par des gens sachant à peine lire. Dans un idiome universel. Captage en mer, non loin de l'île Bioko, en Guinée équatoriale. Les premiers clients de la liste ordonnée seraient les pays de la péninsule arabique. Ne dis pas que tu ne le sais pas. Je te connais depuis mes quatorze ans, j'ai cessé de te voir quand j'en ai eu quinze, assez longtemps pour comprendre que tu peux ne pas dire la vérité. Et je le dis comme ça pour ne pas avoir à dire que tu mens."

Amadeu Lima se défendit évasivement.

Il ne pouvait tout de même pas rendre compte de tous les dossiers dont il avait hérité. Il n'était pas un robot, il n'était qu'un être humain. En outre, selon ce qu'Edmundo décrivait, le plus probable est qu'il n'aurait pas pu changer le cours de l'affaire en question. Ou alors très peu. Contrairement à ce qu'on pensait d'ordinaire, il n'avait rigoureusement aucun pouvoir sur quoi que ce fût. Il était un domestique, un serviteur de l'imbroglio de la législation, un serviteur des délais et surtout des manigances des petits malins. D'ailleurs il avait parfois l'impression de n'être rien d'autre que le jouet de rivalités, d'intérêts personnels, d'intérêts nationaux, le jouet des banques, de l'humeur des gestionnaires des banques. Son nom était un hochet qu'ils se lançaient à la tête les uns les autres lors de dîners où tous ces administrateurs avaient des intérêts communs, entre le poisson et le dessert. Un imbroglio qui se tramait comme une autre réalité, parallèle à la réalité. À présent c'était clair, le cas de ces deux bateaux avait été mis au frigidaire. Il y avait deux ans qu'il avait pris ses fonctions, et il n'avait pas encore eu l'occasion de les en sortir. Mais même sans voir le dossier, avec ce que lui disait Edmundo, il pouvait reconstituer ce qui s'était passé. Transport par bateau de grandes quantités d'eau. Il aurait parié que la décision dépendait des services d'action sanitaire. Il aurait pu le jurer. L'affaire avait commencé il y a sept ans, lorsque le transport d'eau entre régions distantes commençait d'être évoqué comme une solution économiquement viable. Scientifiquement justifiable. Trois ans après, elle avait été scientifiquement déclarée indéfendable. Un grave problème. L'eau emmagasinée en grande quantité aurait créé en son sein des bestioles familières. Les Romains déjà auraient inventé les aqueducs à ciel ouvert parce qu'ils avaient remarqué ce processus de détérioration de l'eau. Donc, c'était le lobby de la désalinisation et la complexe industrie des filtres qui avaient gagné. Scientifiquement défendable. Le dossier avait dû être classé. Il ne serait pas facile de le déclassifier. Car, même si le transport d'eau par bateau s'avérait praticable, pour beaucoup il constituerait un danger. Des croyances scientifiquement défendables. Et l'on ne peut rien faire contre les croyances d'une époque. Contre les croyances d'un individu, on peut faire certaines choses. Contre les croyances d'une époque, on ne peut rien faire car elles deviennent l'air que l'on respire. "Et où peuvent-ils bien être à présent, ces deux bateaux ?" demanda Amadeu Lima. Inquiet, il se leva, marcha de long en large dans la salle. Sa voix se lamentait sur plusieurs tons. Atermoiements. Questions. Et pourquoi n'êtes-vous jamais venus me trouver au long de ces deux années ? Parce que vous pensiez qu'en vous identifiant cela vous ferait du tort ? Parce que lorsqu'une affaire administrative est en jeu, il faut inventer, comme dans les opéras, une intrigue sentimentale qui justifie la démarche ? Et que du coup cette histoire impliquant vos bateaux ne pouvait se construire, ni plus ni moins, que sur les ruines de mon passé avec ta sœur ? Le grand méchant loup s'était installé dans le bureau de ce palais ministériel, et il aiguisait ses dents. "Tristement lamentable", dit Amadeu Lima.

Edmundo commençait à voir la chose sous un autre angle. Et en concluait pour lui-même, non sans ironie, que le sabotage du dossier que sa famille considérait comme une persécution, dans la mesure où cela se justifiait pour une raison concrète et donc avait un sens précis, pourrait en fait n'avoir ni de raison ni de sens, ce qui serait vraiment terrible. Si l'on se fiait aux propos d'Amadeu Lima, tout aurait été le résultat d'un simple oubli, d'une pure ignorance. Inertie. L'ancestrale habitude de punir celui qui ose, ou qui invente. Très triste. Mais il n'allait pas le lui dire. Il était là pour l'accuser : "Que je sache, pendant tout ce temps, diverses requêtes ont été envoyées, dont je ne saurais dire le nombre, mais qui n'ont pas été négligeables. C'est l'avocat Pereira qui en a le compte. Et il y a la lettre, ou les lettres personnelles de mon père, à qui tu as répondu, alors que tu dis ne pas l'avoir fait. Responsabilité pour ce qui te concerne, nulle et non avenue. Efficacité dans cette affaire, zéro."

Une tête de femme apparut à la porte du fond avec deux autres thés en sachet. Amadeu Lima demanda à cette femme de les poser sur la table basse et lui dit : "Excusez-moi, il y a encore quelqu'un là-haut ? Dites-lui de rester encore un peu. Et d'apporter le dossier portant le nom de Manuel Galeano, un dossier vieux de sept ans. Ou, plus facile peut-être, de *Horizonte* et *Batalha*, des bateaux-citernes, ou bateaux au long cours, ou bateaux à eau. Excusez-moi auprès de lui pour l'heure tardive." Amadeu Lima s'assit. Ils gardaient le silence et Amadeu Lima ne lui posait pas de question au sujet de sa main. Quand, finalement, un homme encore jeune posa le dossier sur la table où se trouvaient leurs tasses de thé – deux volumineux classeurs dont les anneaux en métal claquaient comme des épées qui s'affrontent –, il devait être environ neuf heures du soir. Amadeu Lima parcourut le tout du début à la fin avec l'aide de l'homme encore jeune. Il prenait de brèves notes. Quand il en termina, il dit : "Le plus important, c'est que votre père m'a écrit cinq lettres personnelles et que je les vois pour la première fois. En outre, récemment ton frère Sílvio a envoyé deux requêtes visant à obtenir une audience au nom des héritiers. Il avait raison, le processus était gelé. Et risquait bien de le rester jusqu'à la prochaine glaciation."

"Jusqu'à la prochaine glaciation il serait gelé, au cas où tu ne serais pas disposé à le décongeler. Mais y es-tu disposé ? Et comment puis-je te faire confiance ? Comment puis-je savoir si ce que tu me dis est vrai ? Comment puis-je croire que ce n'est pas toi qui as écrit la lettre envoyée à mon père ? Comment puis-je y croire si j'ai encore en tête ce qui s'est passé entre ma sœur et toi, une nuit où elle roulait en Fiat et toi en Jaguar ? Excuse-moi de te le dire. Mais je ne peux croire en ton ignorance des faits qui, disons les choses franchement, n'a d'ailleurs plus d'importance, pas plus que je ne crois que tu vas essayer de trouver un juste dénouement à cette affaire. Tu trahis toujours gravement la vérité. Mes frères et ma sœur ne l'ont pas oublié, moi je ne l'ai pas oublié, notre père ne l'a pas non plus oublié de son vivant. C'est Charlote, surtout, qui ne l'a pas oublié."

"Oui, Charlote ne l'a pas oublié", dit Amadeu Lima, marchant de long en large de la fenêtre à la table.

Il continuait à pleuvoir contre les fenêtres, mais ce n'était plus des hallebardes, ce n'était à présent qu'une pluie forte et continue. Le policier marchait dehors en décrivant des cercles sur le pavement dallé du hall.

34

"Charlote n'a pas oublié, dis-tu. Je sais parfaitement qu'elle n'a pas oublié", répéta Amadeu Lima. Il se laissa tomber sur le canapé avant d'ajouter : "Moi non plus, je n'ai pas oublié. Mais alors qu'elle est du bon côté, moi j'ai le rôle du méchant. Je donnerais ma vie pour pouvoir changer de position."

Edmundo gardait sa main mutilée sur son genou. Amadeu Lima jetait de fréquents coups d'œil à cette main cicatrisée comme si elle était au centre de la rencontre où chacun se renvoyait la balle. Finalement il aborda le sujet : "Et toi ? Qu'est-il arrivé à ta main ? Tu peux ne pas vouloir me le raconter, vu le si peu d'estime que tu as pour moi, mais je peux te dire qu'en ce qui me concerne, je comprends très bien ce que tu es venu faire ici. Tu es venu me menacer. Tu es venu me dire, fais bien attention à moi, quand on a perdu une partie de son corps on est prêt à en perdre plus si nécessaire. Tu as l'expérience de la perte. La perte, qui pour les uns est physique, pour les autres morale. Tu es arrivé ici avec l'intention de faire un scandale, ou de menacer d'en faire un. C'est ce que j'ai deviné quand le fonctionnaire a remis ta carte au bureau et que la secrétaire l'a posée sur ma table. Mais la perte s'interprète de deux façons. Elle diminue et elle grandit. C'est à la partie qui te grandit, te transforme en homme adulte que je veux raconter ce qui s'est passé au cours de cette lointaine nuit où ta sœur étrennait une Fiat cependant que je conduisais une Jaguar qu'on m'avait prêtée. Je pense que c'est à partir de cette époque-là que toi et moi ne nous sommes plus jamais assis ensemble à la grande table de votre maison pour écouter de la musique, ta musique faite de rock lourd, la mienne plus douce, que j'avais dans la poche de ma veste avec l'espoir de te transmettre ce goût. On avait convenu d'alterner. On passait des heures à discuter. Tu étais un gosse intéressant. J'aimais ton impétuosité. Et on ne s'est plus jamais revus parce que ta sœur et moi nous sommes séparés cette nuit-là. Mais ce n'est pas de toi et moi que je veux parler. C'est d'elle, de ta sœur Charlote, et de moi. Oui, c'est vrai, j'étais sur la route, soit derrière, soit devant la Fiat. C'est vrai, je l'ai mise dans plusieurs situations dangereuses. C'est vrai que pendant tout ce trajet j'ai ressenti le désir d'être seul, parce que je pensais que mes horizons étaient si vastes que personne en ce monde, même pas ta sœur, ne pouvait me suivre. Peut-être, je ne sais plus très bien, m'est-il passé par la tête que ç'aurait été bien que Charlote, à un moment donné de ce périple, se soit mise sur la file de droite pour me laisser passer sans qu'ensuite je la revoie avant longtemps. Peut-être, je n'en suis pas sûr. Tout cela est vrai, et donc je comprends que ta sœur m'ait considéré comme un uxoricide*. J'ai étudié cette affaire. Il existe même une figure juridique qui la concerne. Il y a plusieurs thèses sur la question. Le cas est désigné comme imputation objective. C'est lorsqu'un individu prépare les conditions permettant de mettre l'autre en danger, sans que ce soit sa main à lui qui conduise cet autre à une fatale catastrophe. Peut alors se poser la question de la faute intentionnelle ou pas. Et là aussi j'admets les accusations de ta sœur, à l'appui de cette thèse. On est parvenus à parler de cela mais on l'a fait dans un tel état de tension que je ne sais pas si elle et moi nous aurons été suffisamment clairs. Elle pour l'accusation, moi pour la défense. Et, en plus, tous les deux on a discuté assis sur le canapé de la maison que nous avions occupée ensemble jadis. Mais ça n'a plus d'importance. On n'a pas discuté assez pour que les choses m'apparaissent clairement.

* Qui tue son épouse (du latin *uxor*).

Ou plutôt, à cette époque-là, j'étais incapable de voir les choses clairement."

Amadeu Lima se leva, alla jusqu'à la porte de la salle qui donnait sur le hall d'entrée où le policier marchait de long en large sur le sol dallé et le pria de marcher plus lentement, pour ne pas déranger. Il revint dans la salle et s'adossa au mur. Edmundo lui dit : "Tout se résume à cela. Cette nuit-là pour toi ça t'était égal que Charlote disparaisse, et tu as tout fait pour."

"Ah, pardon, mais ce n'est pas ce que j'ai dit. J'avais rencontré ta sœur dans un moment très spécial. J'étais au zénith de mon existence, je venais de divorcer, j'avais cette sensation de liberté absolue qu'éprouvent les gens qui désirent le divorce quand enfin ils arrivent à régulariser leur séparation. Et je pensais que je serais pour toujours débarrassé de toute attache sentimentale. Et c'est à ce moment-là, entre le soulagement du divorce et la fin de ma thèse, que ta sœur a surgi, et c'était quelqu'un de merveilleux. Une surprise. Elle était délicate sans être fragile, vertueuse sans excès de pudeur, indépendante sans être égoïste, rebelle sans être violente, ferme sans être butée. C'était une femme qui réagissait face à la divergence en proposant l'harmonie, qui insistait sans fatiguer, qui demandait sans importuner. Bonne étudiante mais sans fanatisme. Les études de droit n'avaient pas fait naître en elle l'idée que l'homme était un être éminemment irresponsable qu'il fallait mener à la baguette. Elle était certaine que l'homme et la femme étaient des êtres lumineux avec des zones d'ombre, et non le contraire. Sa sensibilité la rendait attentive aux moindres détails des comportements, et elle en faisait l'éloge. À cette époque, je voulais que les plages soient propres, je croyais que l'on pourrait arriver à un nettoyage global à partir de la contribution de tout un chacun, à l'air libre, dans une sorte d'exhibition théâtrale exemplaire. J'étais comme ça, il me restait encore beaucoup à apprendre. Je ne peux pas dire que je n'étais pas honnête, je croyais en ce que je faisais. Et elle, elle était impressionnée et me suivait en tout. Si elle voyait un truc en plastique, elle allait aussitôt le chercher et me le remettait en le plaçant dans le sac-poubelle. Je l'avais contaminée. En plus elle était belle sans être provocante. Joyeuse sans être un moulin à paroles. Je lui avais donné rendez-vous dans une gare, persuadé qu'elle ne viendrait pas, qu'elle n'aurait pas le courage, qu'elle n'était pas assez aventureuse pour aller retrouver ce ramasseur de déchets plastique. J'ai failli ne pas aller l'attendre, tellement je l'avais sentie rétive au bout du fil. Elle n'allait pas venir, c'était évident. Mais j'y suis allé, en pleine incertitude. Le train a surgi, et la gare, le quai, la foule des passagers, tout me paraissait sans intérêt. Et elle a tout à coup surgi à la porte d'un des wagons, et moi je suis allé l'accueillir. Je ne sais pas ce que ce jour-là signifie pour elle, pour moi c'est un des moments les plus grisants de ma vie, dit Amadeu Lima. Si on me demandait ce qu'est le bonheur je dirais que c'est le moment où son wagon s'est arrêté et où elle a marché vers moi. D'ailleurs j'avais pris l'habitude de dire qu'elle n'avait pas marché, mais volé du train jusque dans mes bras."

"Et pourtant, deux ans plus tard, tu étais prêt à t'en débarrasser", insista Edmundo Galeano.

"Non, ce n'est pas vraiment ça, poursuivit Amadeu Lima. Je vivais dans un bien-être triomphant auprès de Charlote, et il faut revenir en arrière, à ce moment où les circonstances m'ont poussé à me délivrer de ce paisible confort pour entrer dans le monde de la séduction que le pouvoir engendre. Je parle des circonstances et de leur effet corrosif sur l'essence des choses. Petit à petit, j'ai été prisonnier du charme que produit la sensation que l'on peut décider de la vie des autres, prisonnier de ce sentiment misérable selon lequel pouvoir signifie soumettre, de cette attitude originelle qui est à la base de l'érotisme primitif, quand le respect pour ce qui est soumis n'existe pas encore. Une sorte de renaissance de ce moment inaugural qui précède le geste proprement humain. Et soudain j'ai senti que la perfection que je vivais auprès d'une femme belle et totale, que la vie m'avait placée au bord des vagues un certain mois de septembre, remplissait ma vie domestiquée, civilisée, mais pas ma vie sauvage. Pour que tu comprennes, ma vie avait besoin de fidélité et d'infidélité. La fidélité était vécue avec elle, ta sœur Charlote, l'infidélité, dont j'avais besoin aussi, n'avait pas de visage, elle était vécue avec d'autres visages se superposant, et moi je voulais les deux, la fidélité et l'infidélité. J'éprouvais du plaisir à vivre ce risque, à vivre une asymétrie inconfortable entre vie fidèle à Charlote et vie de débauche avec la première venue. J'éprouvais du plaisir à essayer d'équilibrer non sans mal la vie sauvage et la vie honnête, sachant à mes risques et périls que les deux se côtoyaient dans une même poitrine. Et dans cette opposition bancale, aussi incroyable que cela puisse te paraître, il y avait un équilibre. Mais à partir d'un certain moment c'est un déséquilibre intenable qui s'installa. L'espace de la fidélité continuait d'occuper une place si démesurée qu'il interdisait l'espace de l'infidélité, et moi je ne voulais pas gâcher les hasards de la vie qui me permettaient ce second volet. En somme, j'aurais voulu garder dans un coffre fermé à clé l'amour que je ressentais pour ta sœur afin de pouvoir me livrer à l'indépendance tous azimuts de l'infidélité. Car, et contrairement à ce que tu dois penser en ce moment, je l'aimais, dit Amadeu Lima. Entre elle et moi surgissait un éclair qui ne se produisait avec personne d'autre. Une joie pure venue d'elle s'installait entre nous. Mais je ne m'accommodais pas, peut-être, de la force de sa perfection et de sa pureté. Mille fois, dans ces jours qui se succédaient, j'ai réaffirmé cette moitié de vérité à ta sœur en lui cachant l'autre moitié, encore que sans succès, car il y a une justice. Je te raconte tout ça à toi qui n'as que vingt-sept ans pour que tu n'oublies pas qu'au fond du cœur humain il existe des mystères inexplicables, aussi inexplicables que les mystères de Dieu dans la sphère théologique."

“Et c’est ainsi que tu l’as fait aller sur une route dangereuse au volant d’une Fiat qu’elle n’avait jamais conduite, pour qu’elle s’égare et meure au milieu de cette route. Et tu parles de perfection et de pureté, et tu dis que ton intention n’était pas machiavélique”, dit Edmundo Galeano.

“Mon intention n’était pas machiavélique, Edmundo, non. Peut-être ai-je pu penser deux ou trois fois, au cours de cette équipée, que je souhaitais que Charlote ne découvre pas mon autre vie. Peut-être durant quelques instants ai-je désiré qu’elle n’assiste pas à l’écroulement de l’image qu’elle s’était faite de moi, un homme qui se promenait le long des vagues pour essayer de nettoyer la mer de notre Terre. Combien de fois ne me l’a-t-elle pas dit ? Après cette nuit-là, tout a été horrible. Le face-à-face, mon incapacité à m’expliquer, mes remords, l’impossibilité d’obtenir le pardon dans ce cas précis. Et je la voyais se dégrader, je ne sais si à cause de la façon vulgaire dont elle s’est habillée, dont elle s’est mise à boire, couchant avec des proches, ou des inconnus, ou à cause de ce mariage en blanc qu’elle a fait, avec toute ta famille au garde-à-vous, quand elle a défilé sur un beau tapis d’église, épisode banal d’une vengeance contre elle-même, classique chez une personne qui a été rejetée. Mais peut-être ce qui m’a le plus blessé et m’a fait comprendre que notre histoire avait été étrangement singulière, c’est d’apprendre, quelque temps après, que le fils de Charlote Galeano avait mon visage.”

“Alors que tu avais souhaité la faire disparaître ? Triste, non ? Ou tu trouves ça glorieux ? Combien d’hommes aimeraient pouvoir se vanter d’une telle prouesse ? Deux, trois en ce monde pourraient reprendre tes paroles ? Qu’en penses-tu ?”

“C’est comme tu veux, tu continues à t’entêter sur la version erronée des faits, même si je suis en train de te livrer mon âme, de m’ouvrir à quelqu’un de cette façon pour la première fois. Qu’il en soit donc ainsi. Je veux seulement encore te dire que c’est arrivé, cette ressemblance à distance, précisément parce qu’elle n’a résolu ni l’attachement qu’elle éprouvait pour moi, et que nous éprouvions réciproquement l'un pour l'autre, ni le ressentiment qu'elle a conservé. Jusqu'à aujourd'hui. J'ai aperçu David plusieurs fois pendant toutes ces années. Il me ressemble beaucoup plus qu'aucun de mes autres fils. Je n'ai aucune explication à te fournir. Dernièrement, j'ai plusieurs fois essayé de raconter la vérité à Charlote, cela n'a jamais été possible. Elle a peur d'être convaincue par un mensonge sortant de ma bouche, alors que je veux seulement lui raconter la vérité. Elle a raison, elle a ses raisons, qui sont fortes, absolues. Elle se veut intègre, courageuse. À présent j'ai compris. Ce différend absurde entre votre père et l'État aurait pu d'une façon ou d'une autre pousser Charlote à se rapprocher. Elle ne l'a pas fait."

"Non, elle ne l'a pas fait, dit Edmundo. Je l'ai fait à sa place."

"C'est toi, oui, qui l'as fait, tardivement, dit Amadeu Lima. Et tu portais la haine en toi. À juste titre. Sílvio ne se gênait pas pour dire, en profitant pour créer la rime, que l'État se comporte mal tant qu'on ne l'oblige pas à se comporter bien, et que, même comme ça, il fait les choses couci-couça. Je te demande de dire à tes frères et à ta sœur qu'ils viennent avec toi le 5. Je ne sais pas ce qui va se passer. Mais il se passera quelque chose, et le droit s'appliquera avec justice, même face aux certitudes de notre époque. Que l'on considère scientifiquement prouvées tel mois, et qui sont dépassées le mois d'après, sorte de girandole qui relativise toutes les convictions qui nous entourent et nous plonge dans un océan de doutes et d'incertitudes. Rien n'est parfait, rien n'est résolu, nous disent de plus en plus les sciences. Bon, maintenant je vais te ramener chez toi, parce qu'il pleut et qu'il est très tard. Tu peux faire un bref compte rendu à tes frères et à ta sœur."

Ils pénétrèrent dans le hall d'entrée.

Le policier arrêta de tourner en rond. Le fonctionnaire assis dissimula sa contrariété que l'heure fût aussi tardive, en se levant et souhaitant bonne nuit. La voiture noire attendait dehors. Il avait recommencé à pleuvoir des hallebardes, et des mares se formaient dans les rues. Amadeu Lima ouvrit la porte de la voiture pour qu'Edmundo Galeano monte, mais il ne monta pas. C'était ridicule qu'une voiture noire, de l'État, avance au rythme d'un type qui se dirigeait vers l'arrêt d'autobus, sa capuche sur la tête, en faisant flic-floc dans l'eau, sa main mutilée dans une poche de son pantalon, son dos déjà noirci par la pluie. Le chauffeur insistait. Edmundo cria par la vitre, donc au 5 janvier, vers quinze heures, mais il ne monta pas. Il pensait à la dernière partie de son livre, si tant est qu'un jour il se mettait à l'écrire.

35

La lumière rouge des feux de position de la voiture disparut dans le premier virage de l'avenue et l'autobus qu'il attendait n'arrivait pas. L'abribus dégoulinait presque sur ses pieds, et Edmundo pensait à la personne qui était partie avec la voiture noire. Il pensait non à cette confession abrégée qu'il avait entendue – au cours de laquelle un homme s'était rétracté jusqu'à s'abaisser à la contradiction démente qui s'était emparée de lui –, mais au déroulement réel de la vie qui avait permis qu'une nuit comme celle de la Fiat pût exister. Il imaginait les détails, les conversations, les coups de téléphone, les oublis, les mensonges, le désir mal réprimé qu'une femme, que cet homme avait écartée de son existence, disparaisse parce qu'il n'était pas souhaitable qu'elle fût là, pour réapparaître quand sa présence était nécessaire. Mais au lieu de considérer cette conduite misérable, il était tellement acquis à la perspective de celui qui lui avait raconté toute cette histoire qu'il se sentait ému et enclin à la compréhension. Il ne savait pas comment juger, il jugeait, cependant, savoir comment raconter. Et arrivé à ce point précis de sa pensée, Edmundo, pieds et capuche trempés, repensa à son projet. Reviendrait-il un jour à son livre ?

Ça allait être difficile.

Il y avait déjà un mois qu'il avait perdu la sphère de feu pâle, et rien ne laissait à penser qu'elle réapparaîtrait. Ses amis nocturnes, quand il leur avait parlé d'un livre, l'avaient accablé de moqueries. Lui-même trouvait inutile et fatigant de recopier des passages de l'*Iliade*, si puissants, si inimitables qu'au lieu de le stimuler ils l'écrasaient. Une nuit, il avait rempli quatre pages de son cahier et, le lendemain matin, il s'était trouvé face à un texte qui était loin d'avoir le ton harmonieux dont il avait rêvé. Il avait désormais compris qu'il n'était qu'un pauvre débutant qui déclamait une ode et qui, par la musique et la cadence, s'était assimilé à cette ode, mais n'était pas capable d'en imaginer la suite. En outre, son oracle était au fond d'un lit, repoussait encore ses oreillers, mais ne lui répondait plus. Et Matilde lui avait dit qu'elle croyait plus en la semence qu'il cachait dans sa main que dans les œuvres qui en découleraient. Lui-même comprenait, comme cela venait de se produire, qu'il obtenait des résultats plus efficaces en agissant sur la réalité concrète qu'en écrivant sur la réalité transfigurée. Cela vaudrait-il la peine de revenir à cette idée de livre ?

En outre, il était arrivé à la conclusion qu'il ignorait absolument qui se débarrassait de yachts et de chevaux, qui se suicidait en se pendant avec une corde en raphia, qui jetait à la mer des sortilèges, qui imaginait se débarrasser d'une vieille tante ou qui avait des enfants aux visages identiques à ceux d'amants vivant à des milles de là. Après avoir fait la preuve de tant d'ignorance, voudrait-il encore écrire son livre ? Il avait compris, surtout, qu'il ne savait pas comment se tissent les rapports entre les États et leurs citoyens ni comment on martyrise les amants après qu'ils ont tenté de se défaire de leurs maîtresses, comme cela venait de se passer il y avait une demi-heure et alors que la déchirure qui avait accompagné les aveux se faisait toujours sentir. Et même dans cet état, trempé jusqu'aux os, et tout seul, et sans aucun encouragement, il continuait à penser à son livre ? Pourquoi ? Alors, comprenant que la circulation était bloquée à quelque croisement de la ville et qu'il attendait en vain, il quitta l'abribus et héla un taxi qui passait en faisant gicler l'eau au ras de la chaussée. Le taxi s'arrêta et

Edmundo Galeano lui demanda de le conduire jusqu'au Largo do Corpo Santo.

Il rentrait à la maison.

L'édifice de cinq étages était là. De l'extérieur, on voyait que certaines fenêtres étaient éclairées. Edmundo eut envie d'entrer et de crier au milieu de l'escalier : Venez, j'ai à vous raconter l'entrevue que j'ai eue avec Amadeu Lima, et ça c'est une bonne nouvelle. Et en effet on pouvait le dire, étant donné que le 5, vers quinze heures, les héritiers de Manuel Galeano allaient pouvoir accéder à l'obscur écheveau qui leur gâchait la vie, et peut-être le débrouiller, et une nouvelle étape en découlerait, comme leur père le leur avait annoncé le jour de la lecture de la lettre. À cette occasion, Manuel Galeano avait dit que l'avenir allait créer des temps nouveaux, pareils aux rafales qui constamment vont et viennent. Il était possible que la nouvelle qu'il apportait signifie la fin d'une bourrasque par trop féroce qui finirait par perdre de sa violence et de sa rapidité, leur permettant de retrouver la paix. Mais quand Edmundo monta, par la porte entrouverte il comprit que Titi dormait bruyamment.

Dans la chambre de Sílvio il y avait de la lumière, mais la porte était fermée. La porte à côté de la chambre de leur père était ouverte, son frère et sa belle-sœur étaient couchés, leurs vêtements bien pliés comme pour un voyage. Il les appela quand même, mais ils ne répondirent pas. Il eut envie de de faire irruption dans la pièce pour prévenir Alexandre de la réunion du 5 janvier, mais il n'en avait pas le droit. Il allait leur donner une information, il ne savait pas si ce serait une bonne nouvelle, celle que tous deux espéraient. Il se savait impulsif, mais pas imprudent. On verrait. La porte de sa sœur Charlote était fermée elle aussi, bien qu'on entendît à l'intérieur le bourdonnement d'une lecture à voix haute, que le bruit de la pluie, qui tombait moins fort, estompait sans pour autant l'éteindre. Allait-il frapper à sa porte pour lui dire qu'il était allé trouver

Amadeu Lima ? Quelles amertumes n'allait-il pas réveiller chez elle ? Quels souvenirs ? Quels rêves ? Quels espoirs ? Et comment parler d'Amadeu Lima devant cet enfant qui était et n'était pas son fils ? Donc il ferait circuler l'information demain. Prière de noter, mes frères, ma sœur : les héritiers de Manuel Galeano devront se trouver, vers quinze heures le 5 janvier, dans le bureau d'Amadeu Lima. Dites à João Vasco de venir aussi. Mais sa sœur Charlote, est-ce qu'elle viendrait ? Ou ne viendrait pas ? Jusqu'à quel point la blessure qui s'était ouverte lors de la nuit de la Fiat et de la Jaguar, douze ans auparavant, se maintenait intacte ? Edmundo monta jusqu'à son réduit, se changea, la pluie avait cessé, il sortit dans la rue.

L'air de la ville était froid et lavé.

Le bruit des sirènes et le vacarme du torrent d'eau étaient passés. Il se mit à marcher le long du fleuve, dans le sens du jusant. Il s'appuya à un réverbère et observa sa main. À quoi lui servait sa main ? En elle était imprimée, de façon définitive, la marque de la charité. Mais était-ce dans ce but qu'elle avait été créée ? Pour quelle raison lui attribuait-il une autre tâche et lui imaginait-il un autre destin ? Pourquoi ne se débarrassait-il pas de ce rêve de créer un objet qui puisse servir les autres à partir d'exemples dépeints au nom de la beauté ? Pourquoi avait-il la nostalgie d'un temps qui était à la fois temps présent, futur et passé, la somme de ces trois temps associés et, dans l'impossibilité de les réunir sur le papier en une seule page, en un seul instant, pourquoi avait-il besoin d'écrire une histoire complète avec des temps différents ? Pourquoi ne parvenait-il pas à cesser de penser que son livre, s'il l'écrivait un jour, ne serait pas d'une seule page, mais très long, comme ceux d'autrefois, et divisé en trois longues parties ? Pour quelle raison les événements de la vie quotidienne frappaient-ils à sa porte avec une telle intensité et se mettait-il, lui, à dessiner des lettres, soigneusement, sur un papier ordinaire comme s'il les dessinait sur le papier de soie sur lequel, dans son imagination, son livre serait écrit ?

Même après toutes ces pertes il le pensait ?

Appuyé au réverbère, il pensait que dans un premier temps il décrirait la beauté de la Terre, malgré les catastrophes naturelles, la beauté des villes malgré les tribulations de la multitude, la beauté des déserts malgré l'aridité des sols, la beauté du corps humain malgré la déchéance, la maladie et la vieillesse. La grandeur des sciences, malgré les limitations du savoir, la sophistication de la technologie, malgré les déséquilibres de sa mise en œuvre, l'éblouissement du ciel et de la mer, malgré l'invasion de toutes sortes de poussières, et l'intégrité des animaux, des herbes, des ruisseaux et des montagnes fardées de neige. La beauté du brouillard et de la pluie. Le charme de l'arc-en-ciel. Il pensait à un ample arc-en-ciel unissant la Terre aux astres, reproduction du premier arc-en-ciel qu'il avait vu dans sa vie, un triple, dont les extrémités plongeaient dans les eaux de l'estuaire, quand son père l'emmenait dans la barque qui s'appelait *Maria Balbina*. Au milieu du quai, après la pluie, il était heureux de faire cet éloge de la création. Il rêvait de classer toute la matière en chapitres séparés, sur environ cent cinquante pages, imaginant de laisser cet inventaire comme témoignage de quelqu'un qui aimait la Terre, l'Espace et l'Humanité, vingt ans avant *2030*, le titre de son ouvrage.

Ensuite viendrait la deuxième partie, s'il écrivait ce livre.

Comme il l'avait pensé d'innombrables fois, la deuxième partie serait différente. Elle serait centrée sur le combat humain, celui de toujours, celui qui a conduit Hector à tuer Patrocle, et Achille à tuer Hector, comme Titi le lui avait suggéré. Ainsi la Terre serait-elle supposément gérée par l'ensemble des gouvernements des deux cents pays qui forment le globe, à partir de plans d'équilibre, de paix et de concorde, mais, et même si pareil projet avait été présenté dans la lettre d'engagement qui les réunissait tous autour d'une table ronde, de la taille d'une plage, le document cachait un mensonge. S'il écrivait son livre, il y dirait qu'en réalité, la Terre serait gérée par celui qui disposerait de la bombe nucléaire prête à être lancée sur le territoire des adversaires. Ou, plus précisément, par celui qui en aurait le plus, de plus puissantes et de plus mortifères. Là se trouvait l'équilibre. À dire vrai, une cour de récré, où chaque enfant aurait le pouvoir du dernier embrasement. Des hommes aux commandes, de grands enfants jouant aux dés avec la mort. Dix à disposer de la bombe, vingt à disposer de la bombe, trente à disposer de la bombe. Très vite les deux cents disposeraient de la bombe aussi facilement qu'ils avaient une table et des couverts. Maudit le jour où n'importe lequel d'entre eux, se jugeant immortel, s'imaginerait qu'il était envoyé par Dieu pour la lancer et parviendrait à le faire. Alors, ce qui resterait ne pourrait être raconté par Edmundo dans un gros livre, ni par un chanteur dans un livre d'une seule page. Ne resterait plus que Dieu pour raconter le dénouement, si par hasard il l'avait intéressé, comme un détail étrange au sein des batailles entre objets astraux. Un épisode parmi des milliards d'autres, pour Dieu et son œil magique. Quelle importance en effet auraient la Terre et sa matière organique pour Dieu, dans un Univers qui ne cesse de se dilater à l'infini entre ses doigts. Deux cents pages, donc, pour imaginer la destruction l'une après l'autre de vastes zones de la surface de la Terre bien-aimée, si Edmundo se décidait à écrire son livre. Deux cents pages pour décrire l'Hiver nucléaire s'abattant sur les villes autrefois habitées, les campagnes autrefois vertes, les mers autrefois bleues. La rouille monterait dans le ciel et créerait un manteau tel un suaire qui empêcherait la lumière du soleil de descendre jusqu'au sol. Dans cette partie-là de son livre, s'il l'écrivait, Edmundo raconterait les millions d'hommes disparus, l'état des survivants, les effets sur les plantes, sur les animaux, et tout cela pour dépeindre la Terre comme un immense Dadaab. Dadaab comme paramètre de la future Terre. Ensuite, le projet de rédemption. Parce qu'il devrait y avoir un projet de rédemption dans son livre, contrairement aux livres des Vierges de Fer et des Écraseurs de citrouilles. C'est pour lui qu'il serait écrit. S'il l'écrivait.

Viendrait ensuite la troisième partie.

Edmundo se détacha du réverbère et avança sur le trottoir de la berge luisante d'humidité. Il faisait froid. Si on était deux mois auparavant, il ferait trois, quatre pas, et dirait : *À vous tous en un, à vous tous en vous tous pareils à un, À vous tous mêlés, entrecroisés, À vous tous ensanglantés, violents, haïs, craints, sacrés.* Il ferait trois pas en avant et dirait : *Je vous salue, je vous salue, je vous salue ! Je vous salue, je vous salue, je vous salue ! Eh-eh-eh-eh eh ! Eh-eh-eh-eh eh ! Eh-eh-eh eh-eh-eh eh ! Eh-lahô-lahô-laHO-lahá-á-á-à à !* Et la troisième partie rêvée de son livre se poursuivrait dans le sillage de cette ode, rédigée cent ans avant, qui glorifie tous les pirates des mers. De là tous les êtres humains, toutes les choses et tous les lieux, aucun endroit concret puisqu'il était imaginé totalement. Ainsi se nourrissait son imaginaire quand la sphère bleutée de feu pâle, bleuté, s'était collée à ses pieds. Pour qu'en surgisse l'homme complet, peut-être l'homme ange, l'homme ailé, le fils de l'ange rebelle, l'ange bon. Voilà ce qui l'avait nourri.

Mais à présent, par cette nuit pluvieuse au cours de laquelle il avait voyagé jusqu'au cœur de l'histoire des gens humbles et concrets qui vivaient autour de la maison du Largo do Corpo Santo, Edmundo Galeano avait les yeux tout pleins de leurs vies, et il avait beau vouloir aimer des figures collectives, lointaines et abstraites, volant au-dessus de la Terre détruite pour recréer une nouvelle patrie, c'était les visages familiers qui surgissaient devant lui et occupaient entièrement la scène dans la troisième partie. De l'apocalypse de la deuxième, il ne voyait que ceux qui dans son livre, s'il l'écrivait, seraient des survivants. Marchant le long du trottoir mis à mal par le torrent d'eau, dans un espace vide de gens, avec ses blanches embarcations immobiles, à l'ancre le long des quais, Edmundo mélangeait dans son livre les sauveurs et les rescapés, et voyait clairement qui allait survivre. Dans la troisième partie de son livre se sauvaient ceux qui étaient passés près de lui, indépendamment du bien et du mal, de la comédie et de la tragédie qu'ils avaient jouées. C'était ceux-là dont il souhaitait qu'ils survivent. Se sauvaient ceux qu'il connaissait, ceux qu'il avait saisis en pleine lutte pour leur vie quotidienne, dans leur humble cadre. Se sauvaient une jeune championne de course à pied qui s'appelait Abibi et son bébé sauterelle, et dans son rêve elle continuerait de courir dans les stades. Se sauvait un photo journaliste et sa caméra numérique afin qu'il pût continuer à photographier les visages qu'il aimait le plus. Un médecin du nom de Häkkinen et son kit d'urgence pour amoindrir la douleur là où elle se manifestait. Se sauvaient un homme qui s'appelait Manuel Galeano et ses deux bateaux-citernes, afin que ces derniers continuent de sillonner les mers en déversant de l'eau potable là où il n'y en avait pas assez. Se sauvait un autre homme du nom d'Alexandre, avec la bouteille qu'il s'apprêtait à jeter à la mer, afin de recevoir une bonne nouvelle lui permettant de surveiller pacifiquement les barrages du Nil. Se sauvaient un autre homme du nom de Sílvio et un cheval appelé Immortel, pour qu'il puisse continuer à monter ce dernier les mercredis et les dimanches dans sa tenue d'équitation.

Se sauvaient un autre homme du nom de João Vasco et sa fiancée enceinte, et la vieille chanson russe sur la fleur du genévrier, appelée *Kalinka*. Se sauvait aussi un gamin appelé David, et sa baleine solitaire aussi se sauvait. À côté de lui, pour qu'ils ne puissent jamais se séparer, se sauveraient, avec ses sacs plastique retirés de la mer, un type appelé Amadeu Lima et le remords inconsolable et muet qui l'habitait à cause de cette nuit avec sa Jaguar. Et Charlote continuerait de l'aimer. Et lui continuerait d'aimer Charlote. Se sauvait une vieille dame du nom de Tatiana, cendre chaude de la maisonnée, avec ses deux boucles d'oreilles en perles. Se sauvaient Rafaelito, le fantôme et son fusil de chasse, et se sauvait avec lui toute sa valeureuse tribu, lancés à la reconquête des divers biens dont le clan pensait qu'ils leur avaient été volés. Et se sauvaient aussi les cinq garçons de la nuit et leurs rires, et aussi les quatre filles avec leurs arguments, se sauvait Matilde et ses larmes, Matilde qui aurait pu être sa femme s'il avait été un homme différent. Se sauvaient une bibliothèque et ses sept mille livres rangés sur les étagères, tapissant quatre murs où les titres étaient illuminés au gré de la lumière, et la nuit on entendait des voix venues des siècles passés et s'adressant au futur. *Le Livre du rire et de l'oubli**, *L'Homme sans qualités***, *La Chartreuse de Parme*, la *Pérégrination****, l'*Iliade* et l'*Odyssée*. Se sauvaient sa ville multimillénaire et son fleuve. Le ventre énorme de son fleuve, où il avait l'impression que les histoires des vies étaient retenues, dressées dans l'air un moment, en un furieux cantique qui s'élevait contre le passage du temps, avant de disparaître pour toujours dans l'eau de la mer océane.

Edmundo s'arrêta à côté de la Praça do Mar, l'esplanade était fermée, les chaises enchaînées aux tables, le bois de la passerelle sombre et glissant. Curieux, il y avait une chaise sans attache que le vent et la pluie avaient renversée, toute seule à côté d'une clôture. Il prit la chaise mouillée, s'y assit, sa capuche sur la tête, en plein milieu de l'esplanade,

---

* *Le livre du rire et de l'oubli*, de Milan Kundera, 1979.

** *L'Homme sans qualités*, de Robert Musil, 1931-1933.

*** *Peregrinação*, de Fernando Mendes Pinto (1509-1583), voyage en Extrême-Orient. Publié en 1614.

et pensa que, finalement, il avait hâte d'écrire, de sa main mutilée, un livre intitulé *2030*, qui commencerait par ce qu'il aimait et connaissait le plus, et qu'il souhaitait le plus voir sauvé. Il allait commencer, le jour suivant, un livre ancien, de beaucoup de pages, qui ne serait constitué que de la troisième partie de son livre. Et il se mit à marcher à grandes enjambées, pour retrouver sa maison.

Dans plusieurs passages du livre on dit qu'Edmundo a récité et copié dix fois une ode, dont il reproduit divers passages. Il s'agit, évidemment, de l'"Ode maritime", d'Álvaro de Campos, le plus beau poème de la langue portugaise. Que le masque le plus sensible de Fernando Pessoa me pardonne d'en avoir retranscrit en désordre les vers. Au chapitre 30, par ailleurs, il y a une citation qui n'est pas conforme à l'original. Dans son intégralité, la phrase du poète Philippe Jaccottet est la suivante : "*Quelqu'un te mettra dans la main une graine telle que même après ta main détruite, rien ne t'aura été retiré ni rompu.*" Par ailleurs, les noms des groupes musicaux ont été traduits, ainsi que les extraits de leurs chansons. L'intention n'était ni de les minimiser ni de les vexer. C'était pour les faire revivre, en cherchant à épargner à leur poésie, qui nous a été donnée en anglais, l'usure du temps. Enfin, on fait souvent référence dans ce livre à l'*Iliade*. C'est toujours d'une très grande audace que de le faire. C'est le livre des livres, celui auquel nous souhaiterions tous ajouter une ligne, sans jamais y arriver. C'est, d'ailleurs, le livre qui inspire toutes les audaces. C'est pourquoi Edmundo, jeune homme ambitieux, le choisit par le biais de Titi, son oracle, rêvant de lui donner une suite. Je remercie aussi tous les amis qui ont contribué à ce livre. Je ne les nomme pas ici, ça n'aurait aucun intérêt pour eux, et moi je préfère les garder au fond de mon cœur.

Bonjour, nous vous remercions d'avoir acheté ce livre et nous aimerions pouvoir vous connaître mieux, lire vos commentaires sur nos publications, vous informer de nos nouveautés, vous offrir la primeur des premiers chapitres de nos textes à paraître, vous prévenir quand nous organisons une rencontre près de chez vous. Pour ce faire il vous suffit de nous envoyer votre mail et la ville dans laquelle vous habitez à : **redaction@metailie.fr**.

Rappelons aussi qu'en scannant le QR code ci-dessous ou en entrant **metailie.premierchapitre.fr** dans la barre d'adresse de votre navigateur (sur ordinateur, tablette ou smartphone), vous accédez directement aux derniers extraits de nos nouveautés à paraître. Gardez cette adresse dans vos favoris ou sur l'écran d'accueil de votre smartphone et vous serez constamment à la page !

Cet ouvrage a été composé par
FACOMPO
à Lisieux (Calvados)

CET OUVRAGE
A ÉTÉ ACHEVÉ D'IMPRIMER
SUR ROTO-PAGE
PAR L'IMPRIMERIE FLOCH
À MAYENNE EN JUIN 2019

N° d'édition : 0848001 - N° d'impression : 94506.
Dépôt légal : août 2019

Imprimé en France